HEYNE
BÜCHER

W0236097

Von David Morrell sind als
Heyne-Taschenbücher erschienen:

Rambo 2 — Der Auftrag · Band 01/6364
Rambo · Band 01/6448
Totem · Band 01/6582
Testament · Band 01/6682
Blutschwur · Band 01/6760
Der Geheimbund der Rose · Band 01/6850

DAVID MORRELL

MASSAKER

Roman

Deutsche Erstausgabe

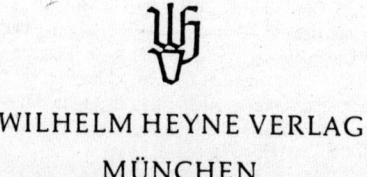

WILHELM HEYNE VERLAG
MÜNCHEN

HEYNE ALLGEMEINE REIHE
Nr. 01/7605

Titel der amerikanischen Originalausgabe
LAST REVEILLE
Deutsche Übersetzung von Jürgen Bürger

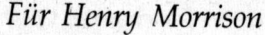

Für Henry Morrison

Dieses Buch ist Geschichte. Obwohl einige Figuren und Begebenheiten frei erfunden sind, basiert dieses Buch im wesentlichen auf historischen Fakten. Wo immer dies möglich war, hat der Autor tatsächliche Dialoge und Details der beschriebenen Ereignisse verwendet.

ERSTER TEIL

>Der Krieg ist grausam,
und man kann ihn nicht kultivieren.«
WILLIAM TECUMSEH SHERMAN

1

EL PASO, TEXAS, 8. März – *Unbestätigten Berichten zufolge, die General Gabriel Gavira heute in Juárez erhalten hat, wurden am Montag zwei Amerikaner namens Franklin und Wright in Pacheco, zwischen Casas Grandes und Janos, Chihuahua, von Villa-Banditen getötet.*

Die Mitteilungen enthielten keinerlei Hinweise auf das Schicksal von Mr. Wrights Ehefrau und seines kleinen Sohnes, die, wie berichtet wurde, zusammen mit den Männern in Pacheco waren.

Gavira erklärte, daß die Männer, bei denen es sich angeblich um westlich von Casas Grandes lebende mormonische Rancher handelt, Warnungen ignorierten, die er an alle Amerikaner mit Wohnsitz im Nordwesten Chihuahuas geschickt hatte, nachdem er das erste Mal von Villas Truppenbewegungen in dieser Region erfuhr.

2

COLUMBUS, NEW MEXICO, 8. März – *Laut einem heute hier eingetroffenen Telegramm des amerikanischen Vorarbeiters der zehn Meilen südlich der Grenze und fünfundvierzig Meilen östlich von hier gelegenen Ranch der Palomas Land and Cattle Company in Nogales, Chihuahua, erreichten Francisco Villa und seine Streitkräfte heute die Ranch.*

In der Mitteilung wurden die amerikanischen Viehzüchter Arthur McKinney, James Corbett und James O'Neill, von denen es heißt, daß sie gestern gefangengenommen worden sind, nicht erwähnt.

3

WASHINGTON, 8. März – *Dem State Department sind heute Informationen zugegangen, die als Bestätigung für den Bericht angesehen werden, daß Villa tatsächlich auf der Palomas Ranch ein paar Meilen südlich von Columbus, New Mexico, war. Keinerlei Nachrichten erreichten Washington hinsichtlich des Berichtes, daß Villa zwei Amerikaner namens Franklin und Wright zwischen Casas Grandes und Janos getötet hat. Wie weiter gemeldet wird, haben mit einer Ausnahme sämtliche auf der Palomas Ranch beschäftigte Amerikaner bei Villas Heranrücken die Grenze auf die amerikanische Seite überschritten. Es heißt, daß Villas Streitmacht etwa vierhundert Mann stark war.*

4

COLUMBUS, NEW MEXICO, 1916. Es gab nicht einmal Bäume.

Zwischen den Zelten und Häusern wuchs hier und da Buschwerk, etwas dichtes Ried säumte den Wassergraben, der parallel zur Nord-Süd-Straße quer durch die Stadt verlief, vereinzelt gab es Tumbleweed und Kakteen – eine Wüste voller Steine und Sand.

Er konnte es nicht recht glauben. Als er aus dem Fenster hinausschaute, hatte er gedacht, daß dies der Stadtrand sein müßte. Dann hatte der Zug angehalten, und er war mit den anderen aufgestanden, hatte seinen Tornister auf die Schultern genommen, war ausgestiegen, und nichts da Stadtrand – er blickte an der Lok vorbei dorthin, wo die Häuser aufhörten, und die ganze Stadt war nicht mehr als vier Blocks breit. Er stand da und versuchte, sich darauf einzustellen.

El Paso war grün gewesen, dann der Rio Grande, die elektrische Straßenbahn. Während seines dreitägigen Aufenthaltes dort hatte er seine Freizeit damit verbracht, auf dem Platz von Fort Bliss zu sitzen und sich unter den windzerzausten Bäumen abzukühlen. Oben im Norden, von wo er gekommen war, war es immer noch Winter gewesen, die Bäume waren immer noch kahl, das Gras immer noch braun. Doch der März in Texas war eine gute Zeit, es war warm genug, daß die Frühjahrsregen die Farben herausbrachten, noch nicht heiß genug, um alles verwelken und verblassen zu lassen. Man hatte ihm von den Wüstenblumen im Frühjahr erzählt, doch nachdem El Paso erst hinter ihnen lag, hatte es keine Blumen mehr gegeben, und er hatte sich gefragt, warum sie ihn so ansahen, und jetzt wußte er es. Es gab gar nichts. Hütten aus sonnengetrockneten Ziegeln, Holzhäuser, steinharte Straßen, ein magerer Hund mit hängender Zunge, der im Graben verschwand. Er blickte auf die rissigen Holzbretter des Bahnsteiges herab, warf einen kurzen Blick auf den Staub in den Ritzen, zog seinen Stiefel quer darüber, blinzelte zu den mit einer dünnen Staubschicht überzogenen Fenstern des Bahnhofsgebäudes, leckte sich über den Mund und sah sich noch einmal um.

Soweit er sagen konnte, war diese Seite der Stadt ein Feldlager. Die Soldaten, mit denen er im Zug zusammengewesen war, waren in diese Richtung nach links gegangen; sie kehrten aus ihrem Urlaub zurück, trugen ihre Tornister zu einer Reihe langer und schmaler hölzerner Gebäude, wahrscheinlich Quartiere, von deren rückwärtiger Seite das Wiehern von Pferden zu ihm herüberdrang. Er ging ans andere Ende des Bahnsteiges hinunter und sah eine Fahne, ein Schild mit der Aufschrift CAMP FURLONG und zwei Offiziere, die aus einem gedrungenen Backsteinhaus kamen, und er wußte, daß er hier richtig war. Die Sonne schien ihm jetzt in die Augen, genau auf die Gleise, der Himmel immer noch weiß und diesig, und das dicke wollene Hemd klebte auf seiner verschwitzten Brust. Er drehte sich wieder zu dem Zug um. Die Lok war jetzt lauter, Waggons bewegten

11

sich, der letzte rollte an ihm vorbei. Es mußte am Winkel der Sonne gelegen haben, denn die andere Seite der Stadt war nicht sehr viel anders – noch mehr Holzhütten, Ziegelhäuser, ein paar zweistöckige Gebäude, die aussahen, als wären es möglicherweise Hotels, ein Geschäft, ein Postamt, die gleichen mit feinem Splitt bedeckten Straßen –, doch die Sonne verlieh ihnen jetzt einen Braunton, und auf merkwürdige Art wirkten sie anders, weicher und irgendwie unwirklich, so wie auf Fotografien. Er sah zwei Männer in formlosen Anzügen um eine Ecke gehen, hörte das Tuckern eines Autos aus Richtung Norden näherkommen, trat an die Bahnsteigkante und blickte in die Richtung, aus der das Geräusch kam, konnte jedoch nichts erkennen, obschon die Straße schnurgerade nach Norden verlief und er das obere Ende der Stadt sehen konnte. Fünf Blocks. Kein Wasser im Graben. Es gab überhaupt nichts.

5

Der Sergeant mußte schon die ganze Zeit über dort gewesen sein und ihn durch das mit einer feinen Staubschicht überzogene Fenster des Bahnhofes angestarrt haben. Jetzt hörte er hinter sich das trockene Quietschen der Tür, und als er sich umdrehte, sah er ihn in der Tür stehen – ein hartes Gesicht, die Hemdsärmel aufgekrempelt, kleinwüchsig, breite Hüften, ein weites olivfarbenes Hemd und eine ausgebeulte Reithose, die in die Stiefel gesteckt war. Er hatte sich rasiert, doch in dem plötzlichen Staub und Wind sah es aus, als hätte er das nicht getan.

Er schlug die Hacken zusammen, drückte die Brust raus und salutierte.

»Wie heißt du?«

Er sagte es ihm. »Prentice.«

»Prentice, *Sergeant*. Und du brauchst nicht zu salutieren. Zeig mal deinen Marschbefehl.«

Er wühlte darauf in seinem Tornister und holte ihn heraus.

»Was ist denn mit dem Rest von euch?«

»Ich verstehe nicht, was Sie meinen.«

»Die anderen, der Rest von euch. Wir wollten zehn Mann, drei haben sie uns gegeben – also, wo sind die beiden anderen?«

»Ich weiß es wirklich nicht.«

»... Hier steht, du kommst aus Ohio. Neunzehn Jahre alt, sechs Wochen im Dienst. Und man hat dich zur Kavallerie gesteckt.« Er schwieg, schüttelte seinen Kopf. »Die Kavallerie. Ich weiß nicht, was das soll. Also, na schön, was ist mit ihnen?«

»Ich verstehe nicht.«

»Pferde. Was ist mit denen? Was für eine Art Pferde benutzen wir?«

»Oh, ich *verstehe*. *Das* meinen Sie.«

»Ja, richtig. *Das*. Also was ist mit ihnen? Du bist jetzt bei der Kavallerie, also beweis es auch. Was ist mit den ...«

»Eine Kreuzung zwischen Araber und *Quarter horse**.«

Der Sergeant blinzelte und fuhr dann fort. »Was ist mit dem Sattel?«

»Ein modifizierter McClellan.«

»Das bedeutet was?«

»Ein offener Schlitz zwischen Sattelknopf und Pferderücken. Kein Sattelhorn. Der Sattel ist vorne hochgezogen und hat einen abgerundeten, nach oben geschwungenen rückwärtigen Teil.«

---

* Eine in Amerika gezüchtete Pferdegattung mit einem niedrigen, kompakten und muskulösen Körperbau, die bis auf eine Distanz von einer Viertelmeile (daher der Name) ein sehr hohes Tempo erreichen können.

»Taugt das was?«

»Ein bißchen, aber nicht sehr viel. Gewehrscheiden rutschen ab. Die beiden Seitenteile drücken sich nach unten durch, man kommt dauernd an den Sattelknopf, und das ganze Gewicht lastet auf der Wirbelsäule. Abgesehen davon ist das Steigbügelleder zu schwer. Es scheuert gegen das Fell des Pferdes.«

»Wo hast du das alles gelernt? In irgendeinem Polo-Club in Cincinnati?«

»Nein. Ich komme aus der Nähe von Cleveland. Das habe ich auf der Farm meines Vaters gelernt.«

Der Sergeant schürzte die Lippen und starrte ihn an. »Tja, vielleicht war's ja doch nicht so schlecht, daß sie uns dich geschickt haben.«

6

Der Raum maß drei Meter im Quadrat, es gab drei Betten, ein paar Regale, einen kleinen Kanonenofen, an den Wänden Pin-ups aus einem Sears-Katalog – Frauenhüfthalter.

»Das wird bis morgen wohl gehen. Die drei hier sind auf Urlaub.«

Er stellte seinen Tornister ab und schaute sich um. Festgestampfte Erde bildete den Fußboden. Die Wände bestanden aus Brettern mit Ritzen, durch die man die untergehende Sonne sehen konnte, und – jedes Bein der Pritschen stand in einer offenen Büchse. Er drehte sich um und sah den Sergeant fragend an.

»Klar, und wo du schon mal dabei bist, beachte auch, daß die Pritschen die Wände nicht berühren.«

Er verstand nichts.

»Über drei Sachen solltest du Bescheid wissen. Hier ist es nicht so wie oben im Norden. Spinnen, Schlangen und Skorpione.«

Bei dem Gedanken an Spinnen mußte er sich schütteln.

»Wenn du hier reinkommst, dann nimmst du als erstes mal den Besen da und stocherst unter dem Bett.« Während der Sergeant das sagte, zeigte er Prentice, wie er es machen mußte. »Anschließend schlägst du die Laken zurück und vergewisserst dich, daß nichts drunter liegt. Morgens stocherst du dann wieder unter dem Bett. Schüttel deine Kleider aus und dreh deine Stiefel um. Und zieh sie wirklich ganz langsam und vorsichtig an. Wenn du das im wesentlichen erst mal kapiert hast, ist gar nichts mehr dabei.«

»Und wieso stehen die Füße von den Pritschen in den Büchsen da?«

»Die sind zu einem Viertel mit Kerosin gefüllt.«

Der penetrant-süßliche Geruch war einfach überall.

»Falls irgendwas zu dir raufkrabbeln will, während du schläfst, muß es erst an dem Kerosin vorbei. Und das klappt nie. Mach eines von den Dingern voll, und du wirst ganz schön staunen, was du nach einer Woche alles da drin findest.«

Er wollte gar nicht erst darüber nachdenken.

»Tja, das reicht meistens. Sag den Jungs in der Küche, daß du gerade angekommen bist, und laß dir was zu essen geben. Ich sehe dich dann morgen früh. Was hast du noch gesagt, wo diese Farm lag?«

»Außerhalb von Cleveland.«

»Ja, ich stamme selbst aus der Gegend da oben. Und vergiß nicht, was ich dir über deine Stiefel gesagt habe.« Und dann war er fort.

Er stand in der Mitte des Raumes, roch das Kerosin, starrte auf die Lichtstreifen, die die untergehende Sonne auf den Boden malte, roch auch den Staub und das zersplitterte Holz, und einen Augenblick später, langsam und bedächtig atmend, leckte er sich über seinen Mund, um zu schlucken. Eine ganze Weile bewegte er sich nicht. Er nahm seinen Kavalleristenhut mit der runden Krempe ab und hing ihn auf einen Haken, fragte sich, wo er seinen Rucksack verstauen sollte, zog die Schultergurte straff und hing ihn dann an einen anderen Haken, ging dann zur Tür. Der Sergeant war nirgendwo zu sehen. Er blickte zu einer Reihe Hütten direkt gegenüber, zu den Quartieren etwas weiter weg. Soldaten saßen auf der Treppe. Dort, wo er die Ställe vermutete, schraubte sich eine Staubwolke in die Luft. Eine mit zwei Mann besetzte Kutsche klapperte an den Unterkünften vorbei, die Soldaten auf der Treppe beachteten sie nicht einmal. Dann veränderte sich das Licht, und die Sonne war untergegangen. Es wurde schnell kühl; ein Wind kam auf. Er stand da und fragte sich, ob er etwas essen sollte oder nicht, dachte an Schinkenspeck, Kaffee, hartes Kommißbrot, und allein bei dem Gedanken daran bekam er sofort einen säuerlichen Geschmack in den Mund; er blickte zu den Betten zurück, blickte wieder nach draußen, und schloß die Tür.

7

Das Gewitter weckte ihn.

Er träumte von grünen Feldern und wachsenden Obstplantagen, lief einen Hang hinauf, weiter oben saß sein Vater neben einer Eiche, und je schneller er lief, desto weiter war der Gipfel des Hügels entfernt, sein Vater inzwischen nicht mehr als nur ein verschwommener Fleck, und dann erreichte er sein Ziel, stolpernd, und sein Vater war nicht dort. Er drehte sich einmal ganz um seine Achse, starrte auf die weiten grünen Felder, das wachsende Gras, und ein hoher Berg mit Felsen an einem Ende kam ihm wie ein Grab vor, sein Vater war dort drin, mühte sich ab, kämpfte darum, herauszubrechen, und dann setzte der Regen ein, zuerst ganz leicht, dann schlug er ihm heftig ins Gesicht, peitschte auf ihn ein. Er konnte nichts sehen. Er streckte seine Hände aus, um den Baumstamm zu berühren, doch konnte ihn nicht finden, erstarrte in dem plötzliche Gewitter.

Sie waren draußen direkt vor der Tür, und er saß kerzengerade in seinem Bett, hatte seine Arme vor sich ausgestreckt, war sich nicht sicher, wo er war. Der Sergeant hatte sich geirrt. Nur ein Mann aus der Hütte war auf Urlaub fort. Die anderen beiden waren kurz nach neun zurückgekommen, hatten Hallo gesagt und waren dann schlafen gegangen, und jetzt warfen sie ihre Bettdecken von sich und sagten »Allmächtiger!« und »Was zum Teufel noch mal ist hier los?«

Die Schüsse beantworteten alle Fragen. Die Wände schwankten unter dem andauernden Donnern, und sie kletterten aus ihren Betten, schlüpften in ihre Reithosen, packten Gewehre, erreichten die Tür und liefen hinaus in die Dunkelheit.

Er hatte sich immer noch nicht bewegt. Von dort, wo er saß, sah er die durcheinander wirbelnden Bilder des Chaos, die draußen vorbeizogen. Wieder Schüsse, Blitze zerrissen die Nacht. Bevor er sich dessen richtig bewußt wurde, hatte er seine Hose angezogen, die er zusammengefaltet auf sein Bett gelegt hatte, griff nach den Stiefeln, erstarrte, als ihm wieder einfiel, was der Sergeant zu ihm gesagt hatte, ließ sie stehen, stolperte verwirrt auf die Tür zu.

Einfach überall schienen Reiter zu sein. Ein tobendes, schier endloses Gewimmel von Reitern, massive Objekte, die lärmend an ihm vorbeirasten. Jetzt kamen Schüsse von den Gebäuden, Reiter stürzten von ihren Pferden. Und jetzt auch Flammen, eine Hütte stand in Brand, eine weitere hatte gerade Feuer gefangen. Im dichten, von den Pferden aufgewirbelten Staub und bei der Dunkelheit schwer zu sagen, doch im schwachen Licht der krachenden Mündungsblitze aus den Pistolen der Reiter sah es aus, als wären sie Mexikaner. Dunkle, grimmige, bärtige Gesichter, eingerahmt von Sombreros, Patronengurte quer über der Brust, funkelnde Zähne, schreiende Stimmen, leuchtende Augen.

Er wußte nicht einmal, wann er es getan hatte. Gerade noch stand er halb schlafend und ganz benommen von dem, was sich dort draußen abspielte, einfach da, eine Hand auf dem maserigen Türpfosten. Und dann ging er langsam los, wie hypnotisiert von dem, was um ihn herum geschah, war bereit, geschluckt zu werden. Er konnte sich nicht zurückhalten. Die Pferde waren um ihn herum, näher, größer jetzt, wirbelten links und rechts an ihm vorbei, und er wußte, daß er eigentlich gar nicht dort sein sollte, sagte sich, daß er laufen mußte, doch es gelang ihm einfach nicht, das auch zu tun. Die Flanke eines Pferdes erwischte ihn, wirbelte ihn herum und riß ihn beinahe zu Boden. Mit ausgestreckten Armen versuchte er sein Gleichgewicht zu halten, stürzte auf ein Knie. Er stützte sich ab, stand auf und sah einen weiteren Reiter auf sich zukommen, die Machete zum Schlag erhoben. Dreißig Fuß noch, dann zwanzig, langsamer, größer, während er unaufhaltsam näherkam. Er spürte das weiche empfindliche Fleisch seines Halses und seiner Brust, wo die Klinge ihn erwischen würde, sagte sich, daß er laufen sollte, doch konnte es nicht, und der Reiter kam näher, wurde größer, die Machete weit nach hinten ausgeholt, als plötzlich irgendwo links von ihm ein Mündungsfeuer aufblitzte und den Reiter von seinem Pferd schlug. Der Mann blieb mit seinem Fuß im Steigbügel hängen, das Pferd geriet aus dem Schritt und brach aus, preschte an ihm vorbei, riß den Reiter, dessen Fuß immer noch im Steigbügel gefangen war, hinter sich her, ließ ihn immer wieder auf die Erde schlagen, warf ihn herum, und dann waren sie fort.

Er konnte nicht atmen. Er sagte sich, daß er atmen mußte. Benommen drehte er sich in die Richtung, aus der

der Schuß gekommen war, und dort war nichts. Er versuchte angestrengt die Dunkelheit zu durchdringen.

Nichts.

Und dann löste sich dort drüben ein Stück aus der Dunkelheit. Stark und massig. Ein Mann, groß, mit kantigem Gesicht, breitem Brustkorb, ein Zivilist, das sah er jetzt, kam herangelaufen – ging in die Hocke, schoß, lief weiter. In der einen Hand hielt er eine Automatik, in der Hand, mit der er schoß, in der anderen ein Repetiergewehr, und jetzt kam er auf ihn zu, wie der Reiter auf ihn zugekommen war. Er stand da, benommen, alles war genauso wie bei dem Reiter, nur daß dieses Mal kein Schuß fiel, um den Mann zu Fall zu bringen, der auf ihn zugestürmt kam und ihn so hart mit der Schulter rammte, daß sie beide zu Boden gingen.

Sein Mund bewegte sich im Staub. »Was ist denn? Wer verd ...«

»Verdammt, bleib unten!«

Er spürte eine Hand auf seinem Gürtel, eine andere auf seinem Kragen, wurde gezogen, verflucht, gestoßen. Er sah die Hütte vor sich aufragen, spürte, wie die beiden Hände ihn hinein und auf den Boden stießen.

Und dann verschwand der Mann so schnell wie er gekommen war wieder in der Dunkelheit, verharrte in den Mündungsblitzen der Pistolen der Reiter, schoß zweimal auf sie. Dann raste er in ihre Richtung davon und war verschwunden.

Er lag da auf der festgestampften Erde in der Hütte, starrte durch die offene Tür in die Richtung hinaus, in die der Mann verschwunden war. Er spürte den Druck auf seiner Wirbelsäule und seinem Genick, wo der Mann ihn gepackt hatte, spürte die Schrammen auf seinen Knien und Händen, wo er gestürzt war. Und noch etwas, etwas in seinen Händen. Das Repetiergewehr. Er hatte nicht mal mitbekommen, daß der Mann es zurückgelassen hatte. Er lag da und starrte es an, war überrascht, als er merkte, daß er sich bewegte, es betätigte, es hob, nicht wirklich zielte, als er einmal durch die offene Tür nach draußen in den wirbelnden Sturm schoß.

8

Es erwischte den Reiter im Genick und er stürzte. Der Zivilist schoß noch einmal und traf einen anderen in die Brust. Er war wirklich so groß, wie Prentice es ausgemacht hatte, mindestens einsneunzig, vielleicht sogar mehr, sein hoher Cowboy-Hut mit der aufgestellten Krempe ließ ihn noch größer erscheinen. Er hatte ein großes breites Gesicht, einen stämmigen Hals, kräftige breite Schultern, die Muskeln auf seinen Armen und seiner Brust zeichneten sich deutlich unter seinem Hemd und seiner Weste ab. Lange und kräftige Beine, ein massiger Torso. Es war schon ein Wunder, daß er sich dermaßen schnell und geschmeidig bewegt hatte, als er aus der Dunkelheit zu ihm gelaufen war. Das zweite Wunder war, daß er sich überhaupt mit irgendeinem Tempo bewegt hatte. Denn als er auf ihn zugestürzt gekommen war, hatte der Junge einen Blick auf ihn werfen können und erkannt, wie alt er war. Sechzig, fünfundsechzig, ein zerklüftetes, ledriges, leicht schlaffes Gesicht, grau und stoppelig wie bei einem alternden Mann.

Er hatte den ersten Schuß gehört, als er auf dem Weg von seiner Unterkunft zu den Ställen gewesen war. Es war kurz nach vier gewesen, und zuerst wollte er sich vergewissern, daß sein Pferd Futter und Wasser hatte, dann würde er sich etwas Schinken und Kaffee in der Messe besorgen, eine Zigarette rauchen und den Sonnenaufgang beobachten. Bis dahin würden die Soldaten, mit denen er auf Patrouille war, zum Aufbruch fertig sein. Er würde sich ihnen anschließen, davonreiten, die Grenze im Westen kontrollieren.

Bis zu den Ställen kam er nicht. Zehn Schritte von der Hütte entfernt, in der er geschlafen hatte, hörte er den ersten Schuß und blieb stehen. Er stand starr und angespannt da und wartete. Der zweite Schuß folgte sehr schnell, und dann krachten zahllose weitere Schüsse gleichzeitig los. Er hatte geglaubt, das Grollen, das er gehört hatte, stammte von einem Morgengewitter in den Bergen, und jetzt verstand er. Kein Gewitter. Es waren Pferde. Er hatte sein Repetiergewehr für den Patrouillenritt, die Pistole in seinem Holster, griff danach, lud durch, versuchte herauszubekommen, wo die Schüsse und Pferde waren, berechnete, wo er sie abfangen sollte.

Er lief an den Mannschaftsquartieren vorbei nach rechts, sah Mündungsblitze drüben am Lagerhaus, brennende Hütten, hörte Reiter brüllen, Pferde herangaloppieren, Gewehrschüsse, lief, bis er die Reiter deutlich sehen konnte, und schoß. Es passierte viel zuviel auf einmal, um zu wissen, ob man auch traf. Er schoß wieder, verschoß sein ganzes Magazin, schob ein neues ein, schoß auf die an ihm vorbeipreschenden Reiter. Ganz offensichtlich waren es Mexikaner; und während er auf einen Reiter mit einem großen Sombrero zielte, der seine Machete am Patronengurt vorbei nach hinten riß, drehte er sich blitzschnell um, schoß und holte ihn aus dem Sattel. Der Fuß des Mannes blieb im Steigbügel hängen, als das Pferd aus dem Schritt kam und ausbrach. Das Pferd schleifte den Reiter, den Fuß immer noch im Steigbügel, hinter sich her, ließ ihn immer wieder auf den Boden aufschlagen, schlug ihn herum.

Der alte Mann folgte mit seiner Bewegung dem Pferd und sah, worauf der Reiter zugehalten hatte, und er glaubte seinen Augen nicht zu trauen. Dort draußen, mitten in diesem Chaos, die Hände schlaff herabhängend und völlig schutzlos, stand ein Mann. Nein, nicht mal das: Ein Junge in der Uniformhose der Kavallerie, ohne Hemd, das Weiß seines Unterzeugs deutlich zu erkennen. Ein leichtes Ziel, wie er völlig bewegungslos einfach dastand und zu ihm hinüberstarrte, und um ihn herum die Reiter, die angriffen, schossen, und er wußte, daß er es nicht tun sollte, wußte, daß es dumm war, aber Himmel, der Junge stand einfach nur da, und dann raste er auch schon zwischen den Hütten heraus, stürmte auf den Jungen zu, duckte sich, schoß auf die Reiter neben ihm, stürmte weiter, und er war so wütend, daß er einfach in ihn hineinlief, mit der Schulter voll gegen seinen Brustkorb krachte.

Sie lagen ausgestreckt auf der Erde.

»Was ist denn? Wer verd- ...«

»Verdammt, bleib unten!« Und er war in diesem Augenblick so wütend auf sich selbst, daß er ihn beinahe geschlagen hätte, packte ihn am Gürtel, am Kragen seiner Unterwäsche, zog ihn, verfluchte ihn, stieß ihn weiter. Er sah eine nahegelegene Hütte. Die Tür stand offen, und dort warf er ihn hinein, warf ihm das Gewehr nach, drehte sich um, orientierte sich wieder und schoß zweimal auf die Reiter, die an ihm vorbeikamen.

9

Es erwischte den Reiter im Genick und er stürzte. Der Zivilist schoß noch einmal und traf einen anderen in die Brust. Er blickte zu der Stelle zurück, wo der Junge in der Hütte lag, sah Mündungsfeuer in der Tür aufblitzen, wußte, daß der Junge in Ordnung war, und vergaß ihn.

Er hörte einen Schuß hinter sich, und als er sich umdrehte, sah er einen Soldaten an der Ecke eines Gebäudes knien, das Gewehr im Anschlag, schießend. Er sah fünf weitere, kreisförmig flach auf dem Bauch liegend, die Flanken gesichert, schießend. Schüsse aus Häusern, unter Planwagen hervor, aus Gräben, aus Gebüschen, durcheinander reitende Angreifer. Und jetzt schlugen die

Flammen nicht nur aus brennenden Hütten, auch in der Stadt loderten Feuer in den Nachthimmel hinauf.

Er sah eine Reihe Reiter auf die Feuer losstürmen. Er sprang zwischen zwei Gebäude, lief weiter, schoß auf die Reiter, die am Bahnhof vorbeistürmten, erreichte den Bahndamm, arbeitete sich hinauf, verlangsamte sein Tempo, hielt inne, um sich zu vergewissern, daß niemand auf der anderen Seite war, und hastete dann dort wieder hinunter. Auf der Nord-Süd-Straße wimmelte es von um sich schießenden Reitern – das war links von ihm. Auf seiner Rechten hasteten Soldaten mit ihren Karabinern Richtung Stadt. Er lief über ein offenes Stück Gelände, erreichte eine Häuserreihe, sprang über einen Zaun, lief eine Gasse hinunter, kam auf einer Ost-West-Straße heraus. Die Flammen aus brennenden Geschäften direkt gegenüber waren wie der plötzliche Tag, der aus der dunkelsten Nacht hervorbrach.

Ein MG-Trupp versuchte auf der Straße Stellung zu beziehen. Reiter kamen um eine Ecke, griffen die Soldaten sofort an. Ein zweiter Trupp Angreifer schloß sich den ersten an. Später würde es einige Fragen geben. Ein gefangengenommener Mexikaner würde sagen, daß ihr Anführer bei dem Kampf nicht selbst dabeigewesen war, daß er, nachdem er die Befehle ausgegeben hatte, mit einer Reserve in der Wüste zurückgeblieben war, daß er nicht sein allgemein bekanntes weißes Pferd *Siete Leguas* geritten hatte, sondern einen Rotschimmel namens *Taurino*. Wie auch immer, der Zivilist war sich in diesem Augenblick ziemlich sicher, Villa vor sich zu sehen, klein und stämmig, mit einer breiten Brust. Irgendwie paßte er nicht zu dem riesigen weißen Pferd, mit dem er herangaloppiert kam; soweit zurück er auch war, schien seine Anwesenheit die Straße doch auszufüllen, seine kalten schwarzen Augen blickten unbeweglich und starr über seinem großen hängenden Schnurrbart.

Der MG-Trupp versuchte verzweifelt, die Waffe in

Stellung zu bringen. Ein Mann kauerte auf dem Boden, um den Dreifuß festzustellen, ein anderer schob ein Magazin in die Waffe, ein Dritter schoß schnell hintereinander, um den beiden anderen Feuerschutz zu geben. Sie hatten nie eine reelle Chance. Die beiden Reihen der Angreifer rasten einfach weiter auf sie zu, schossen, stürmten über sie hinweg. Der Zivilist trat einen Schritt in die Gasse zurück und zielte auf Villa, als er vorbeikam, zuckte zusammen, als eine Kugel in die Mauer über seinem Kopf einschlug. Er zielte wieder, und dieses Mal schoß er, verfehlte sein Ziel. Der Schlitten seiner Pistole glitt nicht wieder zurück. Das Magazin war leer. Er nahm ein frisches Magazin aus seiner Tasche, zog das alte aus der Waffe, merkte, daß vor ihm ein Schatten zum Stehen kam, blickte auf und sah einen Mexikaner auf einem Pferd vor sich, der ihn breit angrinste. Der Mexikaner war kaum drei Meter von ihm entfernt, und grinste ihn an, hob sein Gewehr, um zu zielen und abzudrücken. Er kam nicht dazu, seine Bewegung zu beenden. Der Zivilist griff unter seine offene Weste und zog eine zweite Waffe, einen schweren Revolver, stürzte auf das Pferd zu, stand dann unter seinem Kopf, zwang es, sich aufzubäumen, und während er sich noch unter den Hufen wegduckte, schoß er zu dem Reiter hinauf. Es erwischte den Mann im Gesicht. Er wurde zurückgeschleudert, zwang dadurch das Pferd, aufgebäumt stehen zu bleiben, und dann überschlugen sich Pferd und Reiter.

10

Später würden sie durch eine Uhr am Bahnhofsgebäude, die nach einem Schuß stehengeblieben war, den genauen Zeitpunkt des Angriffes erfahren: 4.11 Uhr. Es würde einige Fragen darüber geben, warum Villa den Angriff überhaupt durchgeführt hatte. Zwei Jahre zuvor hatte er noch öffentlich behauptet, daß er pro-amerikanisch eingestellt wäre, hatte Abgesandte des amerikanischen Präsidenten willkommen geheißen, hatte sich bei einem wohlbekannten Treffen auf der Brücke von El Paso nach Juárez mit hohen amerikanischen Offizieren beraten.

Doch das war nach vier Jahren Bürgerkrieg in Mexiko gewesen. Der Diktator Díaz war von einem offensichtlichen Volksliebling namens Madero ersetzt worden. Der wiederum von Huerta ersetzt worden war, einem zweiten Díaz. Villa hatte für Madero gekämpft, und mit vierzigtausend Soldaten im Rücken hatte er sich dann gegen Huerta gewandt. Es dauerte ein Jahr, doch mit Hilfe von Rebellenführern wie Zapata und Carranza hatte er schließlich gesiegt. Dann stellte sich das Problem, wer das Land regieren sollte. Villa hatte von Anfang an beteuert, daß er als möglicher Kandidat nicht in Frage kam, doch als Carranza genügend Unterstützung fand, um die Macht im Land zu ergreifen, stellte Villa sich gegen ihn. Im ganzen Norden kam es von Ost nach West zu Zusammenstößen zwischen Carranzas und Villas Truppen.

Die Entscheidung der Amerikaner brachte schließlich den Ausschlag. Damals war Wilson Präsident und verfolgte in Anbetracht des Krieges in Europa standhaft den Isolationismus. Die Deutschen hatten aus Angst, daß er sich mit der Zeit den Alliierten anschließen würde, Männer und Waffen nach Mexiko geschickt. Sie gingen dabei von der Annahme aus, daß er sich niemals auf ein europäisches Engagement einlassen würde, falls er eine Front in Mexiko zu befürchten hatte, und Wilson seinerseits war fest entschlossen, den Frieden in Mexiko zu sichern und die Deutschen zu verdrängen. Die Frage war nun, wer von den Rebellen stark genug war, das Land zu einigen. Carranza besaß Rückhalt im Volk, doch Villa ebenfalls, und Villas pro-amerikanische Einstellung machte ihn zu Wilsons wahrscheinlicher Wahl. Doch dann begann Villa die ersten Schlachten zu verlieren, und man munkelte, daß er auf seiten des Großkapitals stand. Als Carranza dann die Billigung und Unterstützung des amerikanischen Gewerkschaftsbundes fand, entschied sich Wilson unter dem Druck, eine schnelle Entscheidung treffen zu müssen, für Carranza. Er sperrte die amerikanischen Waffen- und Lebensmittellieferungen an Villa, während er gleichzeitig Carranza jede nur erdenkliche Hilfe zukommen ließ.

In Agua Prieta, einer Stadt an der Grenze zwischen Arizona und Mexiko, wo die dort stationierten Carranza-Streitkräfte von Villa belagert wurden, während die Vereinigten Staaten Carranza-Truppen erlaubten, die Stadt durch Eisenbahntransporte über das Gebiet der U.S.A. zu verstärken, erreichte der Konflikt seinen Höhepunkt. »Alles war bereit für eine Schlacht, die in der Militärgeschichte beinahe einzigartig war«, wie sich ein Historiker später einmal ausdrückte. »Beobachter konnten alles beinahe wie bei einem Football-Spiel vom Spielfeldrand aus verfolgen ... Die Streitkräfte Villas rückten vor, die amerikanischen Gräben waren bemannt, und die amerikanische Artillerie bezog kurz vor Tagesanbruch zuvor ausgesuchte Stellungen ... Carranzista-Artillerie eröffnete das Feuer, und für den restlichen Nachmittag und Abend entwickelte sich dann ein heftiges Feuergefecht zwischen Verteidigern und Angreifern. Um ein Uhr dreißig ging Villa dann zum Sturmangriff über, seine Männer forcierten ihren Angriff ... doch alles erfolglos, denn die Villistas mußten nun die bittere Erfahrung machen – wie schon vor ihnen beide Seiten an der Westfront in Europa –, daß ein Angriff gegen eine mit Stacheldraht geschützte Stellung, verteidigt von MG-Kreuzfeuer und unterstützt durch starken Artilleriebeschuß, von vornherein zum Scheitern verurteilt war. Höchstwahrscheinlich zum ersten Mal in der mexikanischen Militärgeschichte war das Schlachtfeld hell erleuchtet. Villas frühere Erfolge bei Nachtangriffen veranlaßten ihn, großes Vertrauen in sie zu setzen, doch bei Agua Prieta wurde die Nacht von starken Suchscheinwerfern zum Tage verwandelt, von Suchscheinwerfern, deren mächtige Strahlen nicht nur den nahenden Angriff frühzeitig erkennen ließen, sondern die außerdem die Angreifer auch noch blendeten. Diese Suchscheinwerfer verbitterten die Villistas sehr und verstärkten noch ihren Groll, den sie sowieso schon gegen die Vereinigten Staaten hegten. Als während der folgenden paar Tage offensichtlich wurde, daß die neue Politik der Vereinigten Staaten ihre Niederlage zumindest gefördert, wenn nicht ganz verursacht hatte, begannen unter den Villistas Gerüchte zu kursieren, daß die Suchscheinwerfer von den Vereinigten Staaten geliefert und mit Soldaten der Vereinigten Staaten bemannt worden waren, und schließlich sogar, daß die Scheinwerfer auf der amerikanischen Seite der Grenze aufgebaut worden waren.«

Nach dem Verlust ihrer Waffen und nachdem sie immer öfter verloren und die Kampfmoral immer schwächer wurde, ließen Villas Truppen ihn nach und nach im Stich. Ihre zahlenmäßige Stärke sank von vierzigtausend auf viertausend und schließlich vierhundert Mann. Er zog sich in das karge und einsame Bergland von Chihuahua zurück und richtete, erzürnt über die Hilfe, die die U.S.A. Carranza gewährt hatten, seine Aufmerksamkeit auf U.S.-amerikanische Bergbauprojekte in dieser Region, entführte die Leiter und verlangte Lösegeld für sie, fing Treibstofflieferungen ab und verlangte auch dafür Lösegelder, stürmte Lager und plünderte sie. Während des ganzen Jahres 1916 kam es zu mehreren Zusammenstößen dieser Art zwischen den U.S.A. und Villa. Der berühmteste Zwischenfall ereignete sich am 10. Januar und wurde das *Santa-Isabel-Massaker* genannt, bei dem siebzehn Amerikaner aus einem Zug geholt und erschossen wurden, da sie unterwegs waren, um eine Mine wieder in

Betrieb zu nehmen, die von Villa geschlossen worden war. Ein Hund, der den Amerikanern gehörte, war mit einem Säbel beinahe in zwei Hälften geschlagen worden, überlebte aber irgendwie. Ein Goldring, der einer der Leichen abgenommen worden war, tauchte später bei einem gefallenen Banditen in Columbus wieder auf. Allen Berichten zufolge war Villa selbst nicht beim Zug gewesen. Nichtsdestoweniger hatte er befohlen, was dort geschah.

Angesichts seines großen Bedarfs an Nachschub und seiner scharf veränderten Einstellung Amerika gegenüber, ist es nicht weiter überraschend, daß er mit der Zeit darauf kommen mußte, eine amerikanische Grenzstadt zu überfallen. Und in der Tat rechneten die U.S.A. damit. Täglich erreichten Berichte über Villas Bewegungen in der Nähe der Grenze Fort Bliss in El Paso. Garnisonen die gesamte Grenze entlang hatten den Befehl, aufmerksam alles zu beobachten. Camp Furlong in Columbus war für die Überwachung eines fünfundsechzig Meilen langen Grenzabschnittes verantwortlich.

Doch man war allgemein davon ausgegangen, daß der Angriff bei El Paso erfolgen würde, und sollte dies mißlingen, auf eine mexikanische Stadt südlich von Columbus genannt Palomas. Niemand begriff jedoch, wie dringend Villas Truppen Waffen und Pferde benötigten oder wie wütend er auf zwei Ladenbesitzer in Columbus war. Die beiden Brüder Sam und Louis Ravel besaßen ein Hotel und ein großes Geschäft, und als die Vereinigten Staaten die Nachschublieferungen an Villa eingestellt hatten, hatten sie sich nicht nur geweigert, ihm die Waffen zu liefern, die er bei ihnen bestellt hatte, sondern weigerten sich ebenfalls, das Geld zurückzuzahlen, das er ihnen bereits gegeben hatte. Der Überfall konzentrierte sich daher wesentlich auf ihr Hotel und ihr Geschäft, die zuerst geplündert und anschließend in Brand gesteckt wurden.

Der Überfall selbst wurde meisterhaft durchgeführt, ein nächtlicher Überraschungsangriff, für den Villa bekannt war. Nachdem der Grenzzaun einige Meilen westlich des Grenzüberganges zerschnitten und der Vorposten dort umgangen worden war, hatte er in den frühen Morgenstunden des 9. März seine Männer an den Stadtrand von Columbus geführt und einen Angriff mit zwei Angriffsspitzen befohlen: Die eine gegen das Camp, in erster Linie gegen die Stallungen und das Munitionslager, die zweite gegen das Geschäftszentrum der Stadt, gegen den Laden und gegen die Ravel-Brüder. Am Tag zuvor hatte er zwei Männer in die Stadt geschickt, um die Garnison auszukundschaften, und sie hatten ihm berichtet, daß nur dreißig Soldaten dort stationiert waren. Tatsächlich waren es dreihundert, doch tagsüber waren die meisten von ihnen unterwegs auf Patrouille, weswegen die beiden Kundschafter sie auch nicht gesehen hatten und warum sich das, was ein leichter problemloser Überfall hätte sein sollen, in ein Desaster verwandelte.

Man muß sich eine Stadt mit vierhundert Zivilisten und dreihundert Soldaten plus weitere vierhundert Angreifer vorstellen, die alle gleichzeitig schossen. Bei Tag wäre das Chaos schon groß genug gewesen, doch nachts war es noch erheblich schlimmer, und wenn man sich die Liste der Verluste ansieht, ist man wirklich überrascht, daß nur achtzehn Amerikaner getötet und acht weitere verletzt wurden, während auf der anderen Seite neunzig Angreifer erschossen, dreiundzwanzig verwundet und eine kleinere Anzahl gefangengenommen wurde. Man erkennt die Einsatzbereitschaft der amerikanischen Kavalleristen daran, daß sie den anfänglichen Schock schnell überwanden, wie es der Fall war, und genug Widerstand auf die Beine stellten, so daß aus dem, was ein blitzschneller Überfall hätte sein sollen, eine drei Stunden andauernde Schlacht wurde. Trotzdem bekam Villa das, was er hatte haben wollen. Eine beträchtliche Menge Lebensmittel und anderer Vorräte nicht mitgerechnet, machten sich seine Männer mit achtzig Pferden, dreißig Maultieren, mehreren Planwagen mit militärischer Ausrüstung, einschließlich MGs, Munition und dreihundert Mauser-Gewehren, von denen sie die meisten bald wieder verloren, davon. Vergewaltigungen wurden nicht gemeldet.

11

Ein Mann hastete mit seiner Frau über die Ost-West-Straße auf den Schutz des Backsteingebäudes des zweiten Hotels zu. Seine Frau war im fünften Monat schwanger – obschon es eher nach dem siebten oder achten Monat aussah –, ihr prall vorstehender Bauch war nicht zu übersehen, als sie von einer Kugel im Bauch erwischt wurde. Ihr Mann, trauernd neben ihr zusammengebrochen, überlebte irgendwie.

Ein anderer Mann, seine Frau und sein drei Monate altes Kind saßen neben ihm, setzte aus ihrer Garage zurück, um fortzufahren, und bekam eine Kugel in die Schulter. Er erreichte die Nord-Süd-Straße und hatte nach einem weiteren Schuß keine Kraft mehr. Seine Frau kletterte auf den Fahrersitz und fuhr sie in die Wüste hinaus.

Eine Familie versteckte sich in einer Gruppe Kakteen. Eine andere Familie versteckte sich in einem Graben, beschützt von einem Lieutenant und dessen Bruder. Als sie um ein Haar von einem Reiter niedergeritten wurden, schossen sie mit einem Gewehr auf ihn, verwundeten ihn aber nur. Aus Angst, durch einen weiteren Schuß die Aufmerksamkeit anderer auf sich zu ziehen, liefen die Männer zu dem auf der Erde liegenden Angreifer und stachen mit einem Messer auf ihn ein. Die Klinge brach ab, und während einer den Mexikaner festhielt, erschlug der andere ihn mit dem Gewehrkolben, knüppelte auf ihn ein, während Frau und Tochter des Lieutenants im Graben kauerten und fortblickten, sich die Hände über die Ohren preßten, um die Geräusche des mißhandelten Fleisches nicht zu hören.

Wieder eine andere Familie kauerte in ihrem Schlafzimmer, hatte Matratzen gegen die Holzwände ihres Hauses gestellt und befürchtete, daß das Schreien ihres fünf Monate alten Babys die Aufmerksamkeit der Angreifer auf sich lenken würde. Die Mutter stopfte dem Baby einen Kopfkissenbezug in den Mund. Sie sah fort. Als sie das nächste Mal wieder hinschaute, bewegte sich ihr Baby nicht mehr. Sie riß den Knebel heraus, schrie beinahe laut auf, und das Baby begann wieder zu atmen.

12

Die Angreifer waren inzwischen alle vorbei. Der Zivilist lief von einem gefallenen Mexikaner zum nächsten, vergewisserte sich, daß sie auch wirklich tot waren. Das Licht war besser, nicht nur wegen der sich ausdehnenden Brände, sondern auch wegen der nun aufgehenden Sonne, und als er über die Straße blickte, sah er zwei Mexikaner aus einer Tür herauskommen. Sie kämpften mit einem Jungen, der ihnen gerade mal bis an die Schultern reichte und der nur sein Unterzeug anhatte. Als ihnen bewußt wurde, daß sie ganz allein waren, blieben die beiden Männer stehen und schauten sich um, und genau in diesem Augenblick erschoß der Zivilist sie, feuerte zweimal. Die Wucht der Schüsse schlug den einen auf den hölzernen Bürgersteig zurück, den anderen durch ein Fenster. Dann wendeten die Angreifer und galoppierten zurück, und er konnte den Jungen nicht mehr sehen.

Er zog sich in den Durchgang zwischen den beiden

Häusern zurück, stieß mit jemandem zusammen, drehte sich um und sah eine von Kopf bis Fuß blutüberströmte Frau vor sich, die mit leerem Blick zurückstolperte. Sie hatte ihre Hände ausgestreckt, versuchte jetzt wieder, auf die Straße hinauszukommen, und er packte sie und stieß sie neben ein Faß auf die Erde, hockte sich auf einem Knie vor sie und schoß auf die Angreifer, die auf der Straße vorbeiritten, lief dann auf den Bürgersteig hinaus, schoß auf ihre Rücken.

Inzwischen war es noch heller geworden, und nachdem er einen kurzen Blick hinter sich geworfen hatte, um sich zu vergewissern, daß keine weiteren Angreifer mehr kamen, schoß er wieder auf sie, während sie schon um eine Hausecke auf der linken Straßenseite verschwanden. Ein Reiter stürzte von seinem Pferd, ein anderer umklammerte seine Schulter. Und dann waren sie fort, und er hörte Schüsse aus der Richtung des Camps hinter sich, vereinzelte Schüsse überall in der Stadt. Er blickte zu der Frau in der Gasse zurück, sah sie mit ihrem verletzten Gesicht auf die Straße zustolpern, sah eine weitere Frau auf sie zugelaufen kommen, drehte sich langsam um seine Achse, suchte nach Zielen, fand keine, hörte ein Hornsignal zum Sammeln blasen, dann das Signal zum Angriff, und er packte die Zügel des Pferdes eines gefallenen Mexikaners, achtete darauf, das Pferd nicht zu erschrecken, schwang sich dann geschmeidig in den Sattel, und als er dem Pferd dann in die Flanken trat und die Straße hinunter galoppierte, spürte er das ungewohnte mexikanische Sattelhorn zwischen seinen Beinen.

Was dann folgte, war einer der letzten vier berittenen Pistolenangriffe in der Geschichte der Vereinigten Staaten. Er ritt um die Ecke, preschte die Nord-Süd-Straße hinunter, weiter über die Eisenbahnschienen, vorbei an dem Bahnhof und der Zollstation, hörte rechts von sich Gewehrsalven und vermutete, daß sie von Soldaten stammen mußten, die von der leichten Anhöhe in der Nähe der Fahnenstange auf die sich zurückziehenden Angreifer schossen. Dann sah er eine Schwadron Kavalleristen durch das Camp galoppieren, sah, wie sich von links eine zweite Schwadron anschloß, und dann schwenkten beide Schwadronen Richtung Wüste ab. Das Licht der einsetzenden Morgendämmerung reichte immer noch nicht aus, um auf einige Entfernung etwas sehen zu können, und der Staub, den die vorstürmenden Pferde – er schätzte, daß es an die fünfzig sein mußten – hinter sich aufwirbelten, machte die Sicht noch schlechter. Er ritt bis zu der Staubwolke, dann hindurch, bog schließlich nach rechts ab. Das Sperrfeuer vom Camp verstummte jetzt langsam, wurde von den Schüssen der Kavalleristen ersetzt, die in die Wüste hinausgaloppierten. Sie änderten ihre Richtung ein wenig, dann noch ein bißchen mehr, ritten jetzt direkt nach Süden, zogen eine Staubfahne hinter sich her, galoppierten weiter, und er trat seinem Pferd in die Flanken, um sie einzuholen, holte langsam auf.

Dann entdeckte er schließlich in den sich schnell verbessernden Lichtverhältnissen, bei dem holprigen Auf und Ab der Hufe des Pferdes auf dem steinigen Wüstenboden, weit vor sich die Angreifer, dreihundert Meter weiter vorn, vielleicht auch mehr – kleine, sich auf und ab bewegende Punkte inmitten des Staubes und der Kakteen, die scharf ritten. Er kam an Gespannen und Planwagen vorbei, die sie zurückgelassen hatten, kam an blutenden Mexikanern vorbei, die in den Staub gefallen waren. Er blickte nach rechts zu dem sich auffächernden Trupp Kavalleristen, blickte wieder nach vorne, wo der Boden sich in einer Senke verlor, ritt hinein, arbeitete sich die andere Seite wieder hinauf und galoppierte weiter.

Er sah nach vorne, wo die Angreifer an einem leichten Hügel vorbeigekommen waren und Männer zurückgelassen hatten, um ihren Rückzug zu decken. Kugeln schleuderten Staub auf. Zwei Kavalleristen stürzten von ihren Pferden, und irgend jemand gab den Befehl anzuhalten. Zuerst befürchtete er schon, sie würden jetzt zum Camp zurückkehren. Er zügelte sein Pferd, brachte es langsam zum Stehen. Die anderen hielten ebenfalls nach und nach an. Er blickte zu ihnen hinüber, rechts von ihm waren sie in kleine Gruppen verteilt oder auch einzeln. Sie schluckten, wischten sich über ihre Gesichter, dunkle Schweißflecken auf ihren Hemden, hielten die Zügel straff. Die Staubwolke setzte sich. Weiter vorn in der jetzt hellen Ferne erhaschte er noch einen letzten Blick auf in Staub gehüllte Mexikaner, die nun die Anhöhe passierten, sah dann das Glitzern von Gewehren auf dem Hügel selbst. Der Mann, der den Befehl zum Anhalten gegeben hatte – Major Tompkins, wie er jetzt sah, ohne Hut, nur mit Reithose und einem Arbeitshemd bekleidet, sein kurzer dünner Schnurrbart staubbedeckt –, ritt zwischen seine Männer, die ihn erwartungsvoll ansahen. Er blickte den Angreifern nach, sah dann seine Männer an und sagte: »Verteilt euch!«

»Ja, *Sir!*« antwortete ein Sergeant und grinste.

Auch die anderen begannen breit zu grinsen. Denn sie würden nicht zum Camp zurückreiten. Dies war der erste einer Reihe von Befehlen, Angriffsformation einzunehmen, und angesichts des unordentlichen Musters, in dem sie gestoppt hatten, mußte sich der Zivilist doch sehr wundern, wie schnell sie sich dann formierten, jeder Mann in seinem Trupp, jeder Trupp an seiner Stelle, auf gleicher Höhe mit den anderen, auf den verteidigten Hügel ausgerichtet. Er trat seinem Pferd in die Flanken, reihte sich am linken Ende der Angriffsformation ein, sah den Major, nachdem er die Reihe seiner Männer hinauf und hinuntergeritten war, um sich zu vergewissern, daß sie bereit waren, auf sich zukommen und anhalten und ihn ansehen. Der Zivilist nickte. Der Major nickte auch.

Dann sah er seine Männer an und sagte: »Überprüft eure Pistolen«, doch sie waren ihm schon voraus, zogen die alten Magazine aus ihren Waffen, tauschten sie gegen neue aus, überprüften die Lademechanik ihrer Pistolen, drückten dann die frischen Magazine mit einer langen ungleichmäßigen Reihe von metallischen Klicken in ihre Waffen. Angespannt und bereit saßen sie da, umklammerten ihre Pistolen so fest, daß sich ihre Knöchel weiß abzeichneten.

Der Major sah seine Männer noch einmal an, dann sagte er: »Im Schritt!«

»Ja, *Sir*«, antwortete der Sergeant und wiederholte den Befehl, und dann setzten sie sich in Bewegung, eine einzige gerade Linie, Seite an Seite, beinahe so, als wäre dies ein Rennen und es wäre wichtig, daß sie alle gleichzeitig zusammen begannen.

Für kurze Zeit bewegten sie sich so nebeneinander vorwärts, ließen ihre Pferde zu Atem kommen, spürten den Rhythmus des gemeinsamen Vorrückens. Dann befahl der Major: »Im Trab!«, und der Sergeant wiederholte den Befehl, und dann kam »Leichter Galopp!« Es war wie bei einer gewaltigen Maschine, die sich in Gang setzte, geschmeidig und groß und mächtig, beinahe unmöglich aufzuhalten. Hinter dem Zivilisten stieg der Staub auf, die Kavalleristen neben ihm hielten mit der linken Hand ihre Zügel, während ihre Rechten die Pistolen bereit hielten.

Und dann hieß es »Galopp«, und dieses Mal mußte der Sergeant den Befehl nicht wiederholen. Die Pferde fanden ihren Rhythmus, strengten sich an weiterzumachen, und alles, was die Soldaten noch tun mußten, war, die Zügel etwas gehen zu lassen, und schon stürmten die Pferde im Galopp vorwärts. Der Hügel, auf dem sich die Nachhut der Banditen verschanzt hatte, rückte bedrohlich immer näher. Gewehrmündungen blitzten auf, Kugeln schossen ihnen entgegen, als sich ein Soldat nach dem anderen in seinen Steigbügeln aufrichtete, tief nach vorne beugte, und der Major befahl: »Feuer!«

Weit nach vorne gebeugt, mit den Pistolen über die Köpfe ihrer Pferde zielend, direkt zwischen den Ohren, fingen sie an. Schüsse erschallten, Rückschläge ließen Hände hochspringen, leere Patronenhülsen wurden ausgestoßen, und es hörte sich wie eine ganze Wagenladung Munition an, die in ein Feuer geworfen wurde, Knall um Knall rollte über die flache leere Wüstenebene davon. Fünfzig Pistolen, sieben Kugeln pro Magazin. Und jetzt hatten sie den Hügel fast erreicht. Geschosse prallten von den Felsen ab, Kakteen wurden zerfetzt. Die Mexikaner auf der Anhöhe feuerten. Der mittlere Teil der Linie fiel ein wenig zurück, während die Flanken weiter vordrangen. Die Schwadron halbkreisförmig auseinandergezogen, stießen die Kavalleristen den Abhang weiter hinauf, schossen, griffen an. Ein paar Männern war inzwischen die Munition ausgegangen. Mit der Linken hielten sie die Zügel, während sie mit rechts die leeren Magazine herausrissen und frische hineindrückten, dann stellten sie sich wieder auf und schossen weiter. Die Felsen und Kakteen auf dem Gipfel des Berges explodierten praktisch, Banditen stürzten, fielen zurück, die Soldaten griffen weiter an, stürmten vor, und dann erreichten sie den Gipfel, und dort war niemand mehr, überall lagen Leichen, doch die Reiter waren bereits auf der anderen Seite wieder herunter. Ein paar Kavalleristen machten sich schon an die Verfolgung, doch der Major brüllte wieder ein scharfes »Halt!« Der Sergeant wiederholte den Befehl. Sie mußten es noch einmal brüllen, bevor die Soldaten, die den Abhang hinunterritten, sie hörten, die Zügel scharf anzogen und kehrtmachten, während die Männer, die ihre Gewehre gepackt hatten, bereits das Feuer eröffneten. Sie lagen auf dem Bauch oder knieten, verteilt auf dem Gipfel, schossen. Weiter unten fielen Reiter von ihren Pferden. Und dann waren auch die Kavalleristen, die den Hang hinuntergeritten waren, wieder oben, und sie sprangen von ihren Pferden, packten ihre Gewehre, schossen, weitere Reiter fielen, dann weniger, dann hatten sie nur noch Flecken von aufwirbelndem Staub als Ziele, und der Major sagte: »Feuer einstellen«. Ein paar von ihnen schossen weiter. »Feuer einstellen!« befahl der Sergeant ihnen. Und sie hörten auf.

Wind kam auf, blies ihnen Sand entgegen. Keiner rührte sich. Dann hustete jemand. Ein anderer, auf seinem Bauch, das Gewehr schußbereit, rollte sich auf den Rücken. Wieder ein anderer wischte sich über den Mund. »Himmel«, sagte jemand, und es war vorbei.

Sie blickten sich an, tasteten sich ab, um zu sehen, ob sie verletzt waren. Sie kontrollierten ihre schweißgebadeten Pferde. Der Major schaute sich um und warf dem Zivilisten einen kurzen Blick zu.

»Wie weit ist es noch bis zur Grenze?«

Zuerst verstand der Zivilist nicht, doch dann begriff er. Der Major mußte dermaßen in der Verfolgung aufgegangen sein, daß er nicht mal das breite Stück zerschnittenen Grenzzaun bemerkt hatte, das sie überquert hatten. Er schob seinen Hut zurück und wischte sich den Schweiß von der Stirn. Dann streckte er seinen Arm aus.

»Major, ich würde sagen, die haben wir vor ungefähr vier Meilen überschritten.«

Der Major bewegte sich nicht. Er sah ihn einfach nur weiter an. Dann senkte er seinen Blick zu Boden und schüttelte seinen Kopf, und als er wieder aufschaute, waren seine Augen klar und er grinste. Nicht sehr breit, nicht so, daß dabei seine Zähne zu sehen waren, aber doch genug, und der Zivilist grinste ebenfalls und nickte.

»Sergeant«, sagte der Major. »Schicken Sie einen Kurier ins Camp zurück. Er soll dem Colonel berichten, was wir getan haben und ihn um weitere Anweisungen bitten.«

»Ja, Sir.«

»Warten Sie noch einen Moment. Drücken wir es etwas genauer aus. Der Mann soll aus dem Colonel herausbekommen, ob wir weitermachen dürfen.«

»Ja, *Sir*«, sagte der Sergeant und schaute sich um.

Sie warteten vierzig Minuten, und als der Mann zurückkam stellte sich heraus, daß der Colonel nur ausweichend geantwortet hatte und dem Major sagen ließ, daß er nach eigenem Gutdünken handeln sollte. »Mein Gutdünken sagt mir, daß wir weitermachen.«

Also stiegen sie wieder auf und ritten los. Offensichtlich hatten die Mexikaner nicht erwartet, daß die Kavalleristen sie weiter verfolgen würden, denn eine Stunde später holten die Soldaten wieder zu ihnen auf, und es kam zu einem weiteren Scharmützel und dann zu noch einem. So ging es den ganzen Morgen über weiter, bis die Mexikaner schließlich keine Nachhut mehr zurückließen, um ihrer Flucht Rückendeckung zu verschaffen. Statt dessen traten sie mit ihrer ganzen Streitmacht von dreihundert Mann gegen die fünfzig sie verfolgenden Kavalleristen an, und die Amerikaner hatten keine andere Wahl, als nicht von der Stelle zu weichen und sich neu zu formieren.

Jede der beiden Streitkräfte bildete eine Reihe, und man starrte sich über eine Distanz von knapp hundertfünfzig Metern an. Inzwischen war es Mittag geworden. Die Kavalleristen hatten keine Verpflegung und kein Wasser, ihre Pferde waren erschöpft, die Munition wurde knapp, und nachdem sie eine Stunde darauf gewartet hatten, daß die Mexikaner endlich angriffen, befahl der Major den Rückzug. Die Rückkehr verlief langsam, die Pferde waren lahm, die Sonne hatte ihren höchsten Stand erreicht und es war die heißeste Zeit des Tages, die Männer rutschten beinahe aus ihren Sätteln. Doch unterwegs zählten sie dreißig tote Mexikaner und stellten mehrere Planwagen mit Lebensmitteln und Kleidung, sowie zwei Maschinengewehre und ein Dutzend Kisten

Waffen und Munition sicher. Den ganzen Rückweg durch die Wüste sahen sie immer wieder Pferde, mexikanische und solche aus ihren eigenen Ställen. Der Zivilist half ihnen dabei, sie zusammenzutreiben.

13

Prentice packte die Stiefel an den Fersen. Der Mann, der mit ihm zu dieser Aufgabe abkommandiert war, packte die Handgelenke. Sie hoben an, zogen, mit gebeugtem Rücken, schleiften ihre Last zum Feuer hinüber. Selbst mit dem Taschentuch über Nase und Mund, das er im Nacken zusammengeknotet hatte, mußte er würgen. Er nickte dem Mann neben sich zu, und sie hoben ihre Last etwas höher, schwangen die Leiche vor und zurück, bis sie sie dann bei drei hochwuchteten und losließen. Der Körper flog durch die Luft, sank durch die Flammen und fiel schließlich auf den obersten Leichnam des Stapels. Die Flammen züngelten durch seine Haare, orange und weiß, schwarzer Rauch kringelte sich in die Luft. Er mußte sich abwenden, hörte hinter sich das Geräusch von bratendem Fleisch, brutzelndem, tropfendem Fett. Er kehrte zu der Reihe Leichen zurück, aufgestapelt wie Holzscheite für den Kamin, und blickte auf die Insekten auf ihnen herab. Überall wimmelte es von kleinen Käfern, die unter die Kleider der Toten liefen und wieder herauskamen, in ihre Wunden und offenstehenden Münder krabbelten und geschäftig wieder zum Vorschein kamen.

Und die Fliegen. Er hatte gehört, daß es in der Wüste keine Fliegen gab, aber es lag auf der Hand, daß das nicht stimmte. Denn die Fliegen hatten sich inzwischen ebenfalls niedergelassen, und in der Mittagshitze hatten die Leichen bereits begonnen, sich aufzublähen, und auch wenn er Handschuhe trug, und auch wenn er nur ihre

Stiefel berührte – er empfand das Gefühl des Fleisches unter seinen Händen ziemlich ekelerregend.

Er schaute auf und blickte nach rechts zur Stadt hinüber. Die Gebäude waren ausnahmslos niedrig und kantig, zweihundert Meter von ihm entfernt. Es war jetzt schon mehr als eine Stunde her, seit die letzte Wagenladung mit Leichen hergekommen war, und das waren alles Leichen gewesen, die am Stadtrand aufgesammelt worden waren. Daher nahm er an, daß es noch ein paar mehr geben würde. Trotzdem waren es genug. Bis jetzt hatten sie vierzig Leichen verbrannt, weitere fünfzig lagen noch auf dem Haufen, und es sah ganz so aus, als müßten sie noch ein weiteres Feuer entzünden. Hinter sich hörte er ein lautes spritzendes Geräusch. Er drehte sich nicht um. Drüben in der Stadt würden sie jetzt aufräumen, wenigstens für ein paar Tage Arbeit. Ein ganzer Block war ausgebrannt, ein zweiter fast zur Hälfte, verkohltes Holz, verbogenes Metall, zerbrochenes Glas und Töpfe, und der Himmel allein wußte, was sonst noch. Und das alles mußte aus der Stadt gekarrt, Bretter und Fenster mußten ersetzt, Zäune repariert werden. Es hatte manche angenehme Überraschungen, aber auch Fälle von unehrenhaftem Verhalten gegeben. Als der Angriff begann, waren die Männer des Küchentrupps bereits auf und in der Küche mit den Vorbereitungen für das Frühstück beschäftigt gewesen, und als die Angreifer dann dort hineingestürmt kamen, hatten sie sich mit allem verteidigt, was sie zur Hand hatten, hatten kochendes Wasser über sie geschüttet, hatten einen Mexikaner mit einer Axt erschlagen, einen anderen mit einem Baseballschläger, waren schließlich an ihre Schrotflinten herangekommen, die sie für die Jagd auf Wild benutzt hatten, und hatten sie wieder aus der Tür geschossen. Im Gegensatz dazu hatten sich die Sanitäter im Krankenrevier eingeschlossen und sich geweigert, hinauszugehen oder jemanden hereinzulassen. Das Munitionsdepot war verschlossen gewesen, und die Männer des MG-Trupps waren daher gezwungen, die Tür aufzubrechen. Doch die MGs hatten nicht viel genutzt. Sie waren von der Firma Benét-Mercié in Frankreich hergestellt worden und funktionierten nahezu nie. Immer wieder geriet Sand in die Waffen, und obwohl sie nur sehr wenige bewegliche Teile hatten, mußte die Mechanik häufig gereinigt werden. Was noch wichtiger war: Sie waren nur sehr schwer zu laden. Ihr Dreißig-Schuß-Magazin mußte mit der breiten Seite nach oben in einen schmalen Schlitz auf der rechten Seite der Waffe eingeführt werden. Schon bei Tageslicht eine ziemlich frustrierende Aufgabe, war es nachts geradezu unerträglich. Das erste MG hatte von Anfang an blockiert. Und bei den übrigen drei MGs hatte es ziemlich lange gedauert, bis sie schußbereit gemacht worden waren. Nichtsdestoweniger hatten sie zwanzigtausend Schuß abgefeuert, wie Prentice von einem Soldaten des MG-Trupps gehört hatte.

Und er glaubte es. Die Geschäfte in der Stadt ebenso wie die Quartiere und Ställe des Camps waren von Schüssen förmlich durchsiebt worden. Allen Berichten zufolge gab es in der Stadt nicht ein Gebäude, das unversehrt geblieben war. Wenn ein einziger MG-Trupp schon soviel geschossen hatte, wie viele Schüsse mußten dann insgesamt auf beiden Seiten abgefeuert worden sein? Hunderttausend? Vielleicht noch mal die Hälfte davon? Er wußte es nicht. In der Stadt war ein Trupp unterwegs, dessen einzige Aufgabe darin bestand, die leeren Patronenhülsen einzusammeln.

Er blickte wieder zu den brennenden Leichen zurück. Leuchtend orangefarbene Flammen inmitten des schwarzen Rauches, der sich in den Himmel hinaufschraubte. Dann packte er ein weiteres Paar Stiefel, sein Partner die Handgelenke, und sie hoben die Leiche hoch, schleiften sie zum Feuer hinüber. In der Stadt war davon gesprochen worden, die Leichen auszuziehen, ihnen die Stiefel abzunehmen, doch schließlich hatte niemand ihre Kleider haben wollen, und so hatten sie nur ihre Waffen, Geld und ihre Munition genommen. Das alles war schon in der Stadt gemacht worden, und dafür war er dankbar. Gelegentlich sah er ein Messer oder eine Handfeuerwaffe in ihrem Holster, seltener irgendeine Art von Geldbörse, und das alles warf er dann zur Straße hinüber. Meistens hob er einfach nur die Leichen hoch, schleppte sie zum Feuer, kämpfte dagegen an, groß nachzudenken. Etwas erregte seine Aufmerksamkeit, und als er am Feuer vorbei nach Süden blickte, sah er Reiter in Zweierreihe aus der Wüste auf die Straße zugeritten kommen. Die Kavalleristen, die die Angreifer verfolgt hatten. Sie mußten den Rauch des Scheiterhaufens als Orientierungspunkt benutzt haben.

Näher jetzt, sah man ihnen an, daß sie mehr als sieben Stunden fortgewesen waren: von Kopf bis Fuß mit Staub bedeckt, die Gesichter ausgetrocknet, die Pferde weiß vor Schweiß. Und nun nahmen sie auch den Leichengeruch wahr, zogen Halstücher heraus, bedeckten damit Nasen und Mund. Ein paar begannen zu husten. Sie erreichten die Straße und schwenkten an dem Feuer vorbei zur Stadt ab, starrten ihn und seinen Partner an, als sie an ihnen vorbeikamen. Ein paar Männer fluchten.

An ihrer Spitze ritt ein Offizier, ein Major, und der Sergeant, mit dem er auf dem Bahnhof gesprochen hatte. Doch am meisten fiel ihm ein Zivilist auf. Nicht nur, weil er der einzige Zivilist in der Schwadron war, sondern weil bei diesem breiten Brustkorb und den breiten Schultern und diesem Gesicht gar kein Irrtum möglich war, auch wenn er ihn nur wenige Sekunden lang gesehen hatte. Es war der Mann, der ihn vergangene Nacht zu Boden gestoßen hatte, der Mann, mit dessen Gewehr er geschossen hatte. Mit seinem verschwitzten und schmutzigen Gesicht, den Falten, die ebenso deutlich zu erkennen waren wie die Risse in von der Sonne ausgedörrtem Holz, wirkte der Mann jetzt sogar noch älter. Er war der größte, gebieterischste Mann, den er je gesehen hatte, und als er nun an ihm vorbeiritt, blickte der Mann zu ihm herab, nicht lange, nicht konzentriert, es war eher ein beiläufiger Blick, und doch mehr als das. Dann sah er zu dem Haufen brennender Leichen hinüber, schließlich wieder nach vorne.

Er konnte nicht sagen, ob er wiedererkannt worden war oder nicht.

Die anderen Kavalleristen ritten vorbei, starrten mit den Händen über ihren Gesichtern auf das Feuer und die Leichen, würgten, sahen fort.

»Wer ist das?« fragte er den Mann, mit dem zusammen er Dienst hatte.

»Major Tompkins.«

»Nein. Ich meine den Zivilisten neben dem Sergeant.«

»Der Zivilist? Welcher Zivilist?« Der Mann sah einen Augenblick zu den Reitern auf, runzelte dann seine Stirn und sagte: »Ich weiß es nicht.«

14

Der Sergeant rückte in die Schlange auf, schenkte sich eine Tasse Kaffee ein, drehte sich um und sagte zu ihm: »Calendar.«

Er verstand nicht.

»So heißt er. Miles Calendar. Wieso willst du das wissen?«

Die Messe war halb voll. Soldaten saßen an den einfachen Holztischen und aßen, andere kamen herein und stellten sich in der Schlange an.

»Ich muß ihm etwas geben. Wissen Sie, wo ich ihn finden kann?«

»Drüben im Stall. Aber wenn ich an deiner Stelle wäre, würde ich ihn nicht stören.«

Er wartete, während der Sergeant einen Teller Bohnen und Fleisch bekam, dann sagte er: »Danke« und drehte sich um.

»He, hast du gehört, was ich dir gerade gesagt habe?« Doch er war schon aus der Tür.

15

Er klopfte an, und niemand antwortete. Er öffnete die Tür und in dem Lichtstrahl, der jetzt von draußen hereinfiel, sah er den alten Mann ausgestreckt auf der Erde liegen. Den Kopf hatte er gegen einen Getreidesack gelehnt. Der Hut verdeckte sein Gesicht, die Arme hatte er über der Brust verschränkt, rührte sich nicht, schlief.

Er wußte nicht, ob er ihn wecken sollte.

Der alte Mann hob nicht einmal seinen Hut. »Was ist los, Junge?« Die Stimme kam gedämpft darunter hervor.

Er versuchte es, brachte aber kein Wort heraus.

»Na komm schon, Junge. Spuck's endlich aus. Du siehst ja, daß ich versuche zu schlafen.«

»Ich bin gekommen, um mich bei Ihnen zu bedanken.«

»In Ordnung, dann hast du dich jetzt bedankt.«

»Ich meine dafür, daß Sie mich letzte Nacht zu Boden geworfen haben.«

»Ich weiß, daß du das meinst. Nicht nötig, groß drüber zu reden. Ich war ein verdammter Narr, meinen Hals zu riskieren, nur um mich mit dir abzugeben. Ich hätte dabei draufgehen können. Das war ein Fehler.«

Das war nicht, was er erwartet hatte. Er hatte ein gutes Gefühl dabei gehabt, herzukommen und sich bei dem Mann zu bedanken, doch jetzt wurde er wütend. »Tja, ich bin Ihnen jedenfalls dankbar. Und was das Gewehr betrifft. Ich hab's Ihnen mitgebracht.«

»Hast du es gereinigt?«

»Ja.« Und jetzt wurde er noch wütender.

»Dann stell es neben die Kiste da.« Er machte eine Bewegung mit seinem Stiefel.

Prentice zögerte einen Augenblick, machte dann, was man ihm gesagt hatte, und wartete. Keiner von ihnen sagte ein Wort.

»War sonst noch was?«

»Ich schätze nicht, nein.«

»Also dann, mach die Tür zu, wenn du rausgehst.«

Er spürte, wie sein Gesicht rot anlief. Beim Hinausgehen zog er die Tür hinter sich zu, knallte sie zwar nicht direkt zu, machte es aber doch laut genug, daß es genau das durchaus hätte sein können.

16

Der Mann nahm die Hand von dem Revolver unter seiner Weste, schob seinen Hut zurück und sah das Gewehr neben der Tür an. Er warf einen kurzen Blick auf die Tür, hörte den Jungen fortgehen, und fuhr sich mit einer Hand über das Gesicht.

17

Die folgenden Ereignisse waren zum größten Teil eine Reaktion auf das, was mit Maud Wright passiert war. Sie war eine jener Amerikaner, die damals in Mexiko lebten, in ihrem Fall genauer gesagt einhundertzwanzig Meilen südlich der Grenze auf einer kleinen Ranch, nahe einer Stadt namens Pearson in Chihuahua. Am 1. März, neun Tage vor dem Überfall auf Columbus, war sie mit ihrer kleinen Tochter allein auf der Ranch gewesen. Ihr Mann und dessen Freund waren zum Einkauf nach Pearson gefahren, und sie hatte auf ihre Rückkehr gewartet, als zwölf bewaffnete Reiter durch das Tor geritten kamen und vor dem Haus abstiegen. Es war ein Erkundungstrupp von Villas Hauptstreitmacht, die auf dem Weg Richtung Norden zur Grenze war. Zunächst gaben sie vor, Soldaten von Villas Feind, von Carranza, zu sein, und sie erkundigten sich bei ihr, ob sie vielleicht Lebensmittel zu verkaufen hätte. Sie sagte ihnen, daß sie nichts außer etwas Mehl und ein bißchen Schrot hätte, gerade genug für ihre eigene Familie, und als sie wieder fragten, ob sie es kaufen könnten, sagte sie, daß sie es ihnen geben würde.

Inzwischen war es dunkel geworden. Ihr Mann und sein Freund kehrten mit zwei beladenen Packeseln aus Pearson zurück, die ihnen die Banditen abnahmen. Die Banditen fesselten ihren Mann und seinen Freund, holten alles aus dem Haus, was nicht niet- und nagelfest war, nahmen ihr das Baby fort und gaben es einem einheimischen Bauern. Sie selbst mußte sich auf einen Maulesel setzen und ihr wurde gesagt, daß sie mit ihnen kommen müßte. Sie konnte ihren Mann nicht sehen. Sie rief nach ihm. Er antwortete nicht. Sie stieg ab, ging zu ihrem Baby. Ein Soldat zog sein Schwert und sagte, daß er sie töten würde. Er zwang sie, wieder auf den Maulesel zu steigen, und sie wußte, wie sie später sagte, daß ihr keine andere Wahl blieb.

Der Marsch in den Norden dauerte vom 1. bis zum 9. März. Der Kundschaftertrupp schloß sich dem Rest von Villas Armee an, und sie machten pro Tag nicht mehr als drei Stunden Rast. Sie flehte Villa an, daß er sie gehen lassen solle. Er antwortete nur, daß sie sich bei seinen Offizieren beschweren sollte. Sie ging zu seinen Offizieren. Die sagten ihr, daß sie den Mund halten solle, daß sie beabsichtigten, sie so lange reiten zu lassen, bis sie vom Maulesel fiele. Neun Tage durch die Wüste Chihuahuas, wenig zu essen, noch weniger Wasser; ihre Augen wurden glasig, zusammengesunken saß sie im Sattel, während hoch über ihr Geier kreisten. Villa sagte zu ihr, daß das Leben, das sie bei ihm führte, gut für sie sei: »Deine Wangen sind rosig und fett.« »Von der Sonne verbrannt und geschwollen«, antwortete sie. Und als sie schließlich Columbus erreichten, sagte er, daß er sie zwingen würde, ein paar Leute in der Stadt zu erschießen. Sie antwortete, daß sie zuerst ihn erschießen würde, aber er lachte nur.

Doch als der Überfall zu einem Reinfall wurde, ließen ihre Wächter sie laufen, und sie stolperte durch die Wüste auf die Stadt zu. Sie begegnete einer Frau, die in der Nähe eines Hauses verwundet worden war, und brachte sie zu einem Arzt. Sie half bei den Verletzten im Camp. Irgendwann erkannte man, was sie selbst durchgemacht hatte, und man sorgte dafür, daß sie sich ausruhte. Sie schlief einen ganzen Tag und eine ganze Nacht, bekam die erste richtige Mahlzeit seit neun Tagen, erfuhr, daß ihr Mann getötet worden war, daß ihr Baby aber noch lebte, und sie sagte, daß sie nach Pearson zurückwollte.

»Ich will mein Baby. Es sind ja nur neun Tage.«

Ihre Geschichte erschien auf den Titelseiten jeder größeren Zeitung des Landes. Es gab mehrere Fortsetzungen, und selbst als sich herausstellte, daß sie nie tatsächlich zu Fuß nach Pearson zurückkehrte, daß sie nach El Paso gebracht wurde, wo ihr das Baby übergeben wurde, lieferten die Einzelheiten, an die sie sich erinnerte, doch Stoff für gleichbleibend lebhafte Artikel: Wie Villa geplant hatte, jeden einzelnen Mann, jede Frau und jedes Kind in Columbus in Fackeln zu verwandeln, wie er beabsichtigte, jeden Amerikaner zu töten, der ihm in die Finger kam, und daß ihm dabei von Japan und den Deutschen geholfen wurde, wie er zu Beginn des Marsches auf der Straße einem Amerikaner begegnet war. Zwanzig seiner Männer hätten ihn niedergetreten. Ein Offizier hätte ihn an einer Kompanie vorbeigeschleift. Ein anderer hätte ihm ins Genick geschossen, und er wäre beinahe noch vierzig Fuß weit gelaufen, bevor er gestürzt wäre.

Sie hätten ihm dann die Kleider ausgezogen und alles unter sich aufgeteilt. Dann wären sie mit ihren Pferden über ihn weggeritten, und der letzte Mann hätte ihm in den Kopf geschossen.

Details wie diese, gepaart mit ihren eigenen Ergebnissen, rückten Columbus ins Rampenlicht. Es war eine Sache, über achtzehn getötete Amerikaner zu reden, über weitere acht Verletzte, aber das alles war abstrakt. Selbst Berichte über Greueltaten in Columbus tendierten dazu, lediglich die Fakten herauszustellen. Was fehlte, war eine Geschichte mit Fleisch und Blut, eine Geschichte, die an das amerikanische Gefühl appellierte, und genau das lieferte Maud Wrights Martyrium. Eine Frau, deren Haus geplündert, deren Ehemann ermordet worden war, der man das Baby fortgenommen hatte, ganz zu schweigen von den unterschwellig mitschwingenden sexuellen Schrecken, die sie während des Marsches durchgemacht hatte (die Zeitungen achteten sorgfältig darauf, nicht näher auf dieses Thema einzugehen, doch indem sie es vermieden, schienen sie diese Möglichkeit nur noch mehr zu unterstreichen), all diese Elemente schienen besonders geeignet zu sein, die Wut der Amerikaner zu entfachen. Das einzige, was fehlte, waren das Sternenbanner und der Apfelkuchen, und wenn man bedenkt, daß die amerikanische Grenze verletzt worden war, war die Fahne trotzdem im Spiel. Am Morgen des zehnten wurde im Kongreß über diese Angelegenheit diskutiert. Am elften wurde der Entschluß gefaßt, eine Strafexpedition nach Mexiko zu schicken.

Der angebliche Zweck dieses Unternehmens bestand darin, Villas Truppenbewegung nach Süden zu stoppen, damit er nicht als nächstes eine Siedlung amerikanischer Mormonen, einhundertsechzig Meilen südlich der Grenze, in einem Ort namens Colonia Dublán, angreifen konnte. Tatsächlich suchte man nur nach einem Vorwand, die Grenze zu überschreiten, Villas Truppen zu stellen und sie anschließend zu vernichten. Über diesen Punkt herrschte einige Unklarheit. Zunächst lautete der Befehl einfach, Villa gefangenzunehmen, doch wie der Stabschef der Armee erläuterte, bedeutete dies, Krieg gegen einen Mann zu führen. Falls Villa sich einfach in einen Zug setzte, um nach Guatemala, Yucatán oder gar nach Südamerika zu fahren, konnten die U.S.A. ihm wohl schlecht dorthin folgen. Worauf es vielmehr ankam, war, ihn einfach handlungsunfähig zu machen, und das bedeutete, daß man eher seine Männer ausschalten mußte als Villa selbst.

An dem Plan waren fünftausend Soldaten beteiligt, ein volles Sechstel der damals bestehenden, in den Staaten stationierten U.S.-Truppen. Als weitere Maßnahme brachte ein Senator eine Gesetzesvorlage ein, die Einberufung von mehr als einer halben Million Soldaten zu bewilligen, und während die meisten der Ansicht waren, daß dies doch etwas zu weit ging, hielten die Militärs diese Maßnahme für unzureichend.

»Wir halten die mexikanische Grenze nun seit mehr als vier Jahren besetzt«, sagte ein Colonel vor einer Versammlung in New York, dessen Rede in der *New York Times* nachgedruckt wurde. »Im Augenblick stehen zwei Drittel unserer regulären Armee, die in den Vereinigten Staaten stationiert sind, an dieser Grenze. Mit anderen Worten, wir haben zweiundzwanzigtausend Soldaten entlang dieser Grenze verteilt.

Sie sind sich der Länge dieser Grenze nicht bewußt. Mit der Eisenbahn benötigt man volle drei Tage, um von einem Ende zum anderen zu gelangen, und entlang dieser Strecke haben Sie zweiundzwanzigtausend Mann, und die Anzahl der zur Verfügung stehenden Männer, um sie für den Fall zu verstärken, daß dies nötig werden sollte, beträgt kaum mehr als neuntausend. Wenn es nicht so traurig wäre, könnte man das grotesk nennen.

Bis zu dem Zeitpunkt, als der Krieg in Europa ausbrach, sah die U.S. Army für Sie wie die Fliege aus, die man durch das vergrößernde Ende eines Fernrohres betrachtete. Ich sage Ihnen, die amerikanische Armee ist eines der mitleiderregendsten Dinge, die jemals existiert haben, und andere Nationen sind sich dieser Tatsache sogar noch bewußter als wir selbst ... Es ist nun an der Zeit, daß Sie erkennen müssen, daß wir bestimmte Verpflichtungen übernommen haben, als wir uns im Jahre 1898 von der Politik eines Jahrhunderts trennten und uns selbst eine Weltmacht nannten, und Sie müssen sich darüber im klaren sein, um diese Verpflichtungen zu erfüllen, ist es notwendig, daß wir genügend Kraft und Nachdruck hinter jeder Note besitzen, die unser Präsident möglicherweise zu verschicken als notwendig erachtet, oder was das angeht, genügend Kraft und Nachdruck hinter jeder Handlung, die ein Präsident in korrekter Erfüllung seiner Pflichten zu ergreifen als notwendig erachten mag.

Was würde es Ihrer Meinung nach bedeuten, wenn wir England, Deutschland, Frankreich oder irgendeiner anderen Weltmacht den Krieg erklären würden? Amerikaner, wissen Sie, haben so eine Art, sich jedesmal angegriffen zu fühlen, wenn irgend etwas mit ihrem Geschäft geschieht. Wir sind sehr wohl darüber informiert, daß England heute vier Millionen Männer in Bereitschaft stehen hat, die jederzeit ihren Platz auf dem Schlachtfeld einnehmen können, daß Deutschland sechs bis acht Millionen Männer zur Verfügung hat, und Rußland acht bis zehn Millionen. Geschäftlich gesehen stehen wir heute außerdem mit einer Nation im Westen in Konkurrenz.

Ich bin fest davon überzeugt, es ist einer ernsthaften Überlegung wert, nicht zu vergessen, daß wir gleichzeitig auch im Pazifik zuschlagen müssen, wenn wir uns im Atlantik engagieren. Vier Millionen Männer könnten vom Atlantik kommen, und drei Millionen weitere vom Pazifik, und vier Millionen plus drei Millionen macht sieben Millionen. Wie wollen Sie denn einer solchen Situation begegnen, falls sie sich ergeben sollte? Unsere Küsten haben eine Gesamtlänge von wenigstens zwanzigtausend Meilen, verwundbar an jeder Stelle mit Ausnahme derjenigen, wo wir gewisse Hafenbefestigungen unterhalten, und diese Verteidigungsanlagen sind mit nur einem Entsatz bemannt.

Wir können eine reguläre Armee von hundertundvierzigtausend Mann aufstellen, vielleicht sogar eine von zweihunderttausend Mann, doch wenn Sie über diese Zahlen hinausgeht, wird der Preis unerschwinglich, denn dann müssen wir auf den offenen Markt gehen und um Männer konkurrieren, da wir bislang wie ein Haufen kompletter Idioten unter einem System gelebt haben, das wir ein Freiwilligensystem der Anwerbung nennen.

Es gibt nur eine Vorgehensweise, die uns der gesunde Menschenverstand diktiert, und das ist die Jugend unseres Landes auszubilden und mit dieser Ausbildung zu beginnen, wenn sie jung sind. Man muß diese Jungs ausbilden. Wenn nötig, muß man sie auch dazu zwingen, sich ausbilden zu lassen.«

Die erste amerikanische Fliegerstaffel wurde aufgestellt, kurz darauf wurden die ersten amerikanischen motorisierten Kompanien gebildet; die Staatsmilizen wurden mobil gemacht. Und noch während die Vorbereitungen liefen, versuchten die Vereinigten Staaten die Einwilligung Mexikos zum Eindringen zu erhalten. Jahre zuvor hatte es einen Vertrag zwischen den beiden Ländern gegeben, der den Streitkräften beider Nationen erlaubte, in Verfolgung feindlicher Indianer die Grenze zu überschreiten. Und jetzt schlug Carranzas Regierung dieses Abkommen erneut vor. Mexiko würde erlaubt, Banditen auf das Staatsgebiet der U.S.A. zu verfolgen, und die Vereinigten Staaten wiederum konnten Banditen auf mexikanisches Gebiet verfolgen, »*falls sich der auf Columbus durchgeführte Überfall unglücklicherweise wiederholen sollte*«. Wie es aussah, hatten die Vereinigten Staaten also ihre

Erlaubnis, allerdings nur für die Zukunft. Ganz eindeutig wollte Carranza zum gegenwärtigen Zeitpunkt keine amerikanischen Truppen auf mexikanischem Gebiet haben, doch die Vereinigten Staaten waren erzürnt und hatten es eilig, und so wurde der Zusatz ignoriert.

Und so wuchs Columbus. Der dreimal täglich verkehrende Zug, mit dem Prentice gekommen war, lief nun zehn- und zwanzigmal ein, setzte Männer und Pferde und Vorräte ab; Feldgeschütze, Munitionskisten, Gewehre und Maschinengewehre. An der unteren Seite des Camps nahe der Nord-Süd-Straße wurde mit dem Bau einer Start- und Landebahn begonnen. Der Bau einer Rampe wurde in Angriff genommen, zwei Betonstreifen mit einem freien Raum dazwischen: der erste Armeefuhrpark der Vereinigten Staaten. Zwanzig Lastwagen, dann fünfzig, dann hundert; fünfzehn Motorräder und verschiedene Autos. Tausend Soldaten, dann weitere tausend, und nochmal tausend. Das Camp wuchs auf seine doppelte Größe, dann noch einmal. Die Stadt wuchs im Verhältnis dazu mit.

18

»Gentlemen, wir werden, inoffiziell, versteht sich, in Mexiko einmarschieren.«

Sie sahen aus, als hätten sie es nicht gehört, nicht daß sie nicht zugehört hätten, es war einfach nur so, als wäre die Bedeutung der Worte noch nicht eingesickert. Der Sergeant wartete, während sie die Mistgabeln, die Striegel und das Sattelwachs aus der Hand legten, ihn anstarrten, dann fuhr er fort.

»Ja, Sie haben richtig gehört – Mexiko. Sie können davon ausgehen, daß wir übermorgen bei Sonnenaufgang abmarschieren, also, falls noch irgend jemand von Ihnen Briefe zu schreiben oder Stiefel zu reparieren oder

Knöpfe anzunähen hat, dann machen Sie sich besser an die Arbeit. Und wo Sie schon einmal dabei sind, beten Sie auch schon mal, denn glauben Sie mir, wenn Sie erst dort unten sind, dann helfe Ihnen Gott ... dann helfe Gott uns allen.

Für den Fall, daß irgend jemand unter Ihnen sich mit der Vorstellung verpflichtet hat, sich in einem üppig grünen Land im Osten die Zeit vertreiben zu können, während wir darauf warten, bis wir in Europa in diese deutsche Geschichte eingreifen (es war offensichtlich, daß er dabei an einige Männer dachte, die erst kürzlich ins Camp gekommen waren), können Sie ebensogut wissen, was uns erwartet. Sie werden durch ungefähr vierundneunzigtausend Quadratmeilen des gottverdammtesten, unfruchtbarsten und von der Sonne ausgedörrten Stein- und Dreckhaufens Richtung Süden reiten, den sich unser Herr in einem unheiligen Augenblick nur ausdenken konnte. Das Ganze nennt sich die Provinz Chihuahua.«

Im hinteren Teil des Stalles, auf eine schulterhohe Trennwand gelehnt, das Gesicht schweißbedeckt und mit Staub verschmiert, nachdem er ausgemistet und frisches Stroh verstreut hatte, blickte Prentice über die Köpfe der Männer vor sich auf den Sergeant, der zu ihnen redete, und dann sah er die Männer selbst an – die jüngsten, die erst frisch im Camp eingetroffenen Soldaten. Und es ärgerte ihn, daß er zu ihnen abkommandiert worden war. Nicht, daß er nicht selbst auch jung und unerfahren war – das hatte er ganz sicher bewiesen –, und nicht, daß diese Art Arbeit genau das war, was er und die anderen verdienten. Doch er erinnerte sich daran, wie er sich während des Angriffes verhalten hatte, und er glaubte, daß sie sich nicht viel anders verhalten würden als er; und mehr noch, daß er selbst sich wieder genauso verhalten könnte. Seiner Meinung nach mußte man diese Sache so anpacken, daß man sie mit erfahrenen Soldaten zusammensteckte und sie so ein Gefühl für die Sache entwikkeln lassen. Wenn man es nicht so machte, dann hatten sie niemanden, dem sie nacheifern, den sie nachmachen konnten.

Auf dieser Seite hatte der Stall keine Wände, einfach nur ein Dach und Pfosten, die es trugen. Er sah von den Männern und dem Sergeant, der zu ihnen sprach, an den anderen Ställen und an den Strohballen vorbei und auf das offene Gelände und die Vorbereitungen hinaus, die im Camp liefen. Es war schon gemunkelt worden, daß sie nach Mexiko aufbrechen würden, doch die meisten hatten geglaubt, daß sie nur zur Verstärkung an die Grenze mußten. Jetzt wußten sie es. Von Mauleseln gezogene Wagen transportierten Kisten. Kavalleristen trieben Pferde zusammen. Andere trennten Korrale mit Seilen ab. Und nur für einen kurzen Augenblick lang, dort draußen in der Sonne und dem Staub, einen Kopf über zwei Militär-Cowboys, die auf eine Gruppe von Pferden deuteten, sah er einen Zivilisten, von dem er glaubte, daß es Calendar war.

Dann zog eine weitere Reihe Pferde durch sein Blickfeld, und der Mann war verschwunden, und der Sergeant redete weiter.

»Sie werden bis zum Umfallen reiten, in Ihren Sätteln essen, schlafen, fluchen, von Ihren Pferden dermaßen die Schnauze voll haben, daß Sie schwören werden, wenn Sie es endlich geschafft haben, Sie wären das Abbild des Teufels. Sie werden um Regen beten, aber es wird nicht regnen. Sie werden von Essen träumen, aber Sie werden nichts außer Bohnen und Brot bekommen. Und die ganze Zeit über werden Sie dort unten hinter Villa her sein, das mexikanische Militär wird hinter *Ihnen* her sein, weil sich irgendwelche gottverdammten Narren in Mexiko mit uns streiten müssen, und wir jetzt einfach ohne ihren Segen ins Land kommen.«

»Sergeant, wie lange wird es dauern?«

Der Sergeant sah den Mann scharf an, war sich unsicher, wie er auf die Unterbrechung reagieren sollte, fällte dann eine Entscheidung. »Der Major sagte mir, der Colonel hätte ihm gesagt, etwa sechs Wochen, aber wenn Sie mich fragen, dann wird es wohl eher sechs Monate oder sogar ein Jahr dauern. Aus diesem Grund erzähle ich Ihnen das alles auch so. Sie werden eine Menge Gerede darüber hören, wie wir dort hinuntergehen und mit dieser Sache aufräumen und wieder zurück sind, noch bevor überhaupt jemand was davon mitgekriegt hat, aber glauben Sie auch nicht ein Wort von alledem. Das ist die gleiche Sorte Gerede wie dasjenige, daß wir einfach so nach Europa fahren und diesen Franzmännern mal zeigen sollten, wie man richtig gegen diese Deutschen kämpft, und das alles ist absolut und total falsch. Die Spur der Banditen ist inzwischen schon ein paar Tage alt. Es wird verdammt schwer für uns werden, ihr zu folgen. An den meisten Stellen ist der Boden viel zu hart, und an anderen Stellen werden die Spuren von Sandstürmen verweht sein, und wir können uns auch nicht auf Dorfbewohner verlassen, die uns den richtigen Weg zeigen – Villa hat sie entweder viel zu lange versorgt oder ihnen schon viel zu lange Angst eingejagt. Also rechnen Sie mit dem Schlimmsten, und falls es doch besser kommen sollte, hat's auch nichts geschadet. Aber verlassen Sie sich nicht darauf ... Ich weiß nicht, wie ich Sie anders auf das vorbereiten soll, was vor uns liegt.«

Prentice sah ihn an, dann wieder an den Ställen und den Strohballen vorbei auf das offene Gelände. Inzwischen waren die Pferde vorbei, der Zivilist war wieder zu erkennen, als sich die Staubwolke gesetzt hatte. Er stand mit dem Rücken zu ihm, und er war es ganz sicher: groß und massig, selbst auf diese Entfernung. Er ging auf eine Gruppe Soldaten zu, deutete mit dem Kopf auf eine Reihe Fässer, gab ihnen so zu verstehen, wohin sie gebracht werden sollten.

19

»Hast du ihm gegeben, was du ihm geben wolltest?«

Er hörte die Stimme des Sergeants hinter sich. Es war einige Zeit später, und er hatte immer noch Dienst. Nicht etwa, weil er mit seiner Arbeit noch nicht fertig gewesen wäre – die anderen waren alle längst fort –, er wollte sich einfach weiter mit etwas beschäftigen, und hiervon verstand er etwas. Außerdem war auch der Mann dort draußen immer noch bei der Arbeit, und er wollte ihn weiterhin beobachten. Er striegelte die Flanke des Pferdes noch einmal, blickte dorthin, wo der Mann sich gerade abmühte, ein Seil zum Anbinden der Pferde aufzuspannen, legte dann die Bürste aus der Hand und drehte sich um.

»Oh, ja, ich habe es ihm schon gegeben. Obschon es mir nichts eingebracht hat.«

Der Sergeant zuckte mit den Achseln. »Ich habe dich ja gewarnt. Er ist ein merkwürdiger Mann. Macht seine Arbeit, ist ein Einzelgänger, läßt niemanden nah an sich heran.« Er dachte darüber nach. »Ich habe bislang noch keinen Mann getroffen, der behauptete, er wäre sein Freund, außer vielleicht der Major, und selbst da glaube ich nicht, daß der Major darin so etwas wie eine Freundschaft sieht. Seit sie zusammen auf den Philippinen waren, arbeiten sie einfach gut zusammen.«

»Die Philippinen?« Feuchte Luft und Regen und Dschungel erschienen ihm so unangebracht zu sein, daß er es wiederholte.

»Oh, ja ganz sicher. So wie ich hörte, ist er dort überall gewesen, ist seit dem Bürgerkrieg immer dabeigewesen.«

»Was?« Er konnte es nicht recht glauben. »Ja, wie alt ist er denn dann?«

»Nahe an die fünfundsechzig«, antwortete der Sergeant und zuckte wieder mit den Achseln. »Ich hab' das mal herausbekommen. Er muß damals so dreizehn oder vierzehn gewesen sein. Danach war er Soldat und anschließend während der Indianerkriege Kundschafter. Das nächste Mal hat er auf Kuba gekämpft, und wie ich schon sagte auf den Philippinen, und jetzt hier. Hier draußen auf unserem Posten gibt es nicht einen Mann, der mehr von diesen Sachen versteht als er. Falls wir da unten in Schwierigkeiten geraten und du glaubst, daß du wahrscheinlich nicht überleben wirst, dann bleib immer in seiner Nähe. Mach genau das, was er tut. Keine Frage, es wird schon das richtige sein.«

Sie standen da und sahen zu ihm hinüber. »Irgendwie traurig«, sagte der Sergeant.

»Wieso?«

»Tja, mit fünfundsechzig wird das sein letzter Einsatz sein. Die Armee wird ihn nicht noch mal einstellen, nicht mit dieser deutschen Sache, die sich da zusammenbraut. Vollkommen unwichtig, wie gut er immer noch ist, sie werden nicht riskieren, daß er anfängt, Fehler zu machen. Er ist Berufssoldat, der seinen Weg bis zum Ende gegangen ist, und es wird nicht mehr lange dauern, bevor er nirgendwo mehr hin kann. Das meine ich mit traurig. Heute in zehn Jahren wird es mir genauso gehen.«

Prentice sah ihn an, dann wieder nach draußen, und die Sonne war beinahe ganz untergegangen, legte dieses eigentümliche Rotbraun über diesen Mann, der dort draußen auf einem Wagen stand und Wasserfässer über den Zaun des Korrals in einen Trog entleerte.

20

Der alte Mann beobachtete die Pferde, die mit gesenkten Köpfen tranken. Das eine stupste ein anderes so lange an, bis es dem anderen zuviel wurde und es zurückbiß, und das war's dann. Der alte Mann mußte lachen.

Er drehte sich um und sah den Major auf sich zukommen, stieg vorsichtig vom Wagen herunter. Trotzdem knickte das linke Bein beinahe weg, und er mußte sich abstützen, um stehenzubleiben. Der Major schien davon nichts bemerkt zu haben. »Wie schlimm genau ist es, Miles?«

Zuerst dachte der alte Mann, er meinte sein Bein, und dann verstand er. Er atmete aus und schüttelte seinen Kopf. »So schlimm wie man sich nur vorstellen kann. Die Pferde sind durch die Beine krank und schwach. Sie müßten wenigstens zwei Wochen lang mit dem besten Getreide, das wir kaufen könnten, gemästet werden, was wir aber nicht haben, und wir haben auch nicht genügend Wagen, um es zu transportieren, wenn wir es hätten, oder genügend Wagen, um genug Wasser mitzunehmen. Wenn wir erst dort unten sind, werden wir nichts anderes mehr als schlechtes Wasser und Chihuahua-Gras haben, das ein Pferd ein ganzes Jahr lang fressen kann, ohne auch nur ein Pfund zuzunehmen, also brauchen wir uns keine Sorgen um Fleisch für die Männer zu machen ... du stehst gerade davor.«

»Sicher, Miles«, sagte der Major und grinste. »Aber werden wir heil runter und wieder zurückkommen?«

»Das haben sie uns doch so gesagt, oder nicht? Natürlich werden wir.«

Und dann grinsten sie beide, und der Major zog zwei Zigarren aus der Tasche.

21

Drüben im Stall stand Prentice und beobachtete sie vor dem Hintergrund der untergehenden Sonne. Der Major hielt ein Streichholz an Calendars Zigarre, dann an seine eigene, die beiden Männer gingen zur Messe hinüber, unterhielten sich, lächelten, stießen den Rauch ihrer Zigarren aus. Er beobachtete sie, bis sie die Messe erreichten, an dem Gebäude vorbeigingen und dann verschwunden waren.

22

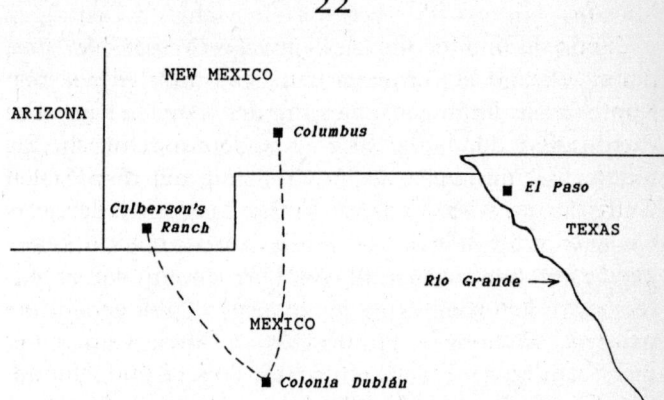

Der Plan erforderte drei Angriffsspitzen auf mexikanisches Gebiet. Eine von El Paso im Osten, die zweite von Columbus in der Mitte, die dritte von einer Ranch in der Nähe der Grenze nach Arizona im Westen, die einem Mann namens Culberson gehörte. Der zugrundeliegende Gedanke war ein Dreieck zu bilden, die Banditen in dessen Zentrum zu zwingen, wo die von Columbus ausgehende Angriffsspitze, die diesen Weg herunterkam, sie erledigen konnte.

Doch die von El Paso kommenden Truppen waren auf die Benutzung der mexikanischen Eisenbahn angewiesen, und die mexikanische Regierung verweigerte ihre Genehmigung, daher wurde auf die östliche Angriffsflanke verzichtet, und die beiden verbleibenden Kolonnen marschierten getrennt ein, nicht so sehr aus taktischen, als vielmehr aus logistischen Gründen. Beide Truppen hatten eine beachtliche Größe, und es schien einfacher zu sein, sie zunächst allein vorrücken zu lassen, statt sie direkt zu vereinigen, und sie dann erst später zusammenstoßen zu lassen.

Der Sergeant hatte sich geirrt. Sie verließen das Camp nicht bei Tagesanbruch, wie er gesagt hatte. Das Feldlager war so groß, daß die Kolonne erst gegen Mittag abmarschbereit war. Prentice wartete, während Lastwagen angekurbelt und die letzten Planwagen beladen wurden, stand mit seiner Kompanie auf der Straße neben dem Camp, hielt die Zügel seines Pferdes kurz. Es war auch nicht besser oder schlechter als andere normale Pferde, nur anders. Ein Wallach, eine Kreuzung zwischen Araber und *Quarter horse,* vereinigte es das Beste beider Rassen, Geschwindigkeit gekoppelt mit Ausdauer, kastanienbraun mit einer weißen Blesse, klein genug, daß er sich nicht strecken mußte, um aufzusteigen, groß genug, um ihn und seine dreißig Pfund schwere Ausrüstung zu tragen. Dem Zustand der Zähne nach zu schließen, vermutete er, daß es acht Jahre alt war. Er hatte das Pferd erst gestern zugeteilt bekommen, und er hatte nur zweimal die Gelegenheit gehabt, es zu reiten, doch das Pferd fühlte sich gut unter ihm an und reagierte auf seine Kommandos, und wenn es wegen der Autos scheute oder extra einen Sattelgurt brauchte, dann war es bei den anderen Pferden nicht anders. Obschon das rechte Auge ein bißchen besser als das linke zu sein schien, würde er das Pferd mit der Zeit gut genug kennen, um das auszugleichen. Tatsächlich würde er durch sein beständiges Striegeln und seine Aufmerksamkeit das Pferd so gut kennenlernen wie jedes andere Pferd, das er je besessen hatte.

Es zitterte leicht, als er es jetzt berührte, weitere Autos wurden angelassen. Soldaten ritten die Straße hinunter an ihnen vorbei, wirbelten Staub auf, der sich auf ihn und sein Pferd legte. Er blickte auf all die Männer vor und hinter ihm, erfahrene Soldaten, wie er hoffte. Die neuen Männer, mit denen er zusammengearbeitet hatte, waren über den ganzen Trupp verteilt. Er sah die anderen Reiter

an, die vorbeiritten, sah Kompanien ihm gegenüber aufsitzen. Dann kam der Sergeant und gab ihnen ebenfalls
den Befehl zum Aufsitzen, und als er dem Befehl nach-
kam, seinen Stiefel im Steigbügel hatte, die linke Hand
auf der Mähne des Pferdes, die rechte mit dem Zügel auf
dem Sattelknopf, sich dann hinaufschwang, sah er weiter
unten auf der Straße die Kolonne antreten, jeweils vier
Reiter nebeneinander, die Regimentsfahnen vorneweg.
Jede Kompanie ritt geordnet vorbei, blieb dann stehen
und wartete in der Schlange. Schon bald würde sich auch
seine eigene Kompanie in Bewegung setzen. Später dann
die Planwagen und die Lastwagen, die Packesel und weitere Reiter.

Er wartete, suchte mit zusammengekniffenen Augen
durch den aufsteigenden Staub nach Calendar, sah statt
dessen den Major und den Colonel. Sie kamen aus einem
Haus, unterhielten sich, salutierten dann. Der Colonel
blieb stehen und sah dem Major nach, der zu einer Frau,
einem kleinen Jungen und einem Mädchen hinüberging.
In der Nähe befanden sich noch andere Gruppen wie
diese, Offiziere verabschiedeten sich von ihren Familien,
und der Major beugte sich herab, um das kleine Mädchen
zu küssen, ihm ein kleines, bunt eingepacktes Geschenk
zu geben, sah dann seinen Sohn an, gab auch ihm ein
Geschenk, hob ihn hoch, wandte sich dann zu seiner
Frau und küßte sie, nicht lange, nicht heftig, auf den
Mund, doch es hätte ebensogut auf die Wange sein können. Prentice sah, wie der Major mit ihr sprach. Dann
hörte er den Sergeant sagen: »Schwenkt ein!« Er
schreckte auf, sah zuerst den Sergeant, dann den Major
an, lockerte die Zügel, preßte seine Knie gegen den Sattelgurt des Pferdes und setzte sich in Bewegung.

Und dann sah er Calendar. Er saß völlig bewegungslos
mitten auf einem freien Platz auf seinem Pferd, Soldaten
ritten an ihm vorbei, wirbelten Staub um ihn herum auf,
und er starrte zu dem Major hinüber; er beobachtete, wie

der Major jetzt seine Frau noch einmal küßte. Dann trat der Major zurück, drehte sich um und ging auf ihn zu, und eine Reihe Soldaten trat in sein Blickfeld, und Prentice konnte ihn nicht mehr sehen. Während er weiterritt, versuchte er zurückzuschauen, konnte nichts sehen, drehte sich dann nach vorn.

Nach einer Weile hielt er an, weil die Soldaten vor ihm ebenfalls anhielten. Andere blieben hinter ihm stehen. Dann hörte er, daß die Motorengeräusche lauter wurden, als die Lastwagen sich hinter ihnen ebenfalls einreihten. Kurz darauf ritt der Major an der Schlange vorbei, Calendar dicht hinter ihm. Irgend jemand sagte wieder: »Marsch!«

Weiter vorne bewegten sich Hüte von Soldaten auf und ab. Calendar kam zurückgeritten. Prentice drehte sich um, sah ihm nach. Als er dann wieder nach vorne blickte, hatte sich das Pferd vor ihm schon in Bewegung gesetzt, und er folgte ihm.

Kurz vor eins überschritten sie die Grenze. Es war der 15. März, sechs Tage nach dem Überfall auf die Stadt. Man hatte befürchtet, daß man ihnen das Übertreten der Grenze verwehren würde, doch es warteten keine Soldaten auf sie, nur ein Mann, ein kleiner Junge und ein Hund, und eine Stunde später hatten sie ihren Rhythmus gefunden, ritten eine ausgedörrte Straße hinunter, die sehr schnell zu einem Weg wurde, und schließlich gab es gar keinen Weg mehr, nur noch Steine und Sand und Kakteen.

Bei der Hitze und dem Staub und der Fortbewegung der Kolonne begannen einige Soldaten aus Langeweile zu singen, zuerst nur sporadisch, dann im Chor, als andere einstimmten. Der Sergeant begann zu lachen, und als er von jemandem gefragt wurde, wieso, antwortete er, daß es wegen der Melodie wäre, die sie sangen. »Vielleicht wissen sie es ja nicht, aber das ist Villas Marschlied.«

La cucaraaacha
La cucaraaacha

Die zweite Kolonne verließ die Ranch im Westen zwölf Stunden später, kurz nach Mitternacht. Auch dort wurde die Grenze nicht verteidigt, und während die Columbus-Kolonne in der Mittagshitze aufgebrochen war, als die Luft so trocken war, daß die Soldaten nicht zu schwitzen schienen und praktisch doch die ganze Zeit über Wasser brauchten, erlebte die westliche Kolonne eine solche Nachtkälte, daß ihnen das Wasser in den Feldflaschen gefror. Zuerst war der Boden noch flach und leicht zu bewältigen. Dann verwandelte er sich in Furchen und Spalten, in Staub von neun Monaten ohne Regen, knöcheltief, aufgewirbelt weiß und bitter, so daß die Männer schon bald mit einer feinen Staubschicht überzogen waren. Es brannte in ihren Augen; es verstopfte die Nüstern ihrer Pferde, trocknete sie aus. Sie banden sich Halstücher vor die Gesichter. Sie mußten anhalten und ihren Pferden Lappen vor das Maul binden. Die Maultierkarawane fiel zurück. Die Reiter froren. Für die Soldaten, die zu Fuß unterwegs und damit dem Staub noch näher waren, war es noch beschwerlicher als für die anderen, und daher spürten sie die Kälte weniger, verlagerten ihre neun Pfund schweren Gewehre, krümmten ihren Rücken unter ihren schweren Rucksäcken. Einige, die die Wüste gut kannten, hatten sich mit Autofahrerbrillen ausgerüstet, doch der Staub überzog sie immer wieder, und je mehr sie den Staub fortwischten, desto mehr verschmierten die Brillen und trübten ihr Sichtfeld.

Bei Morgengrauen machten sie Rast, brachen gegen Mittag wieder auf, und während sie sich zuvor die Hitze gewünscht hatten, sehnten sie sich jetzt nach der Kälte. Dreißig Meilen, fünfzig, sechzig. Nachts wieder eine Rast, dann weiter, und zwölf Stunden später hatten sie den Treffpunkt erreicht.

Der Mann, der sie so hart antrieb, hieß Pershing. Er war ein Brigadegeneral mit dem Spitznamen ›Black Jack‹, weil er als Weißer zwei|Jahre mit einem Neger-Regiment in Montana verbracht hatte. Zum Zeitpunkt des Überfalles hatte er das Kommando von Fort Bliss in El Paso gehabt. Einige Jahre zuvor hatte er dort mit Villa gesprochen, hatte sich sogar zusammen mit ihm fotografieren lassen. Und jetzt, mit fünfundfünfzig, jagte er ihn. Für das Kriegsministerium hatte sich das Problem gestellt, für wen sie sich entscheiden sollten. Sie brauchten einen kampferfahrenen Mann: Pershing hatte auf Kuba gekämpft und auf den Philippinen. Sie brauchten jemanden, der mit dem Guerillakrieg vertraut war: wieder Kuba und die Philippinen. Und mehr noch, sie brauchten jemanden, der eine Expedition nach Mexiko führen konnte und dennoch keinen Krieg auslöste. Pershings Erfahrung dort war ausschlaggebend. Zunächst einmal: Als Kommandant von Fort Bliss kannte er die Probleme an der Grenze. Zum zweiten war er dafür bekannt, zunächst zu versuchen, seine Feinde zu verstehen, ehe er gegen sie vorging. Folglich hatte er während all seiner Kämpfe, ganz besonders auf den Philippinen, die Sprache der Einheimischen gelernt, ihre Sitten und Bräuche und ihre Religion, hatte sich der anderen Seite eher von ihren eigenen Grundlagen aus genähert als von seinen eigenen. Diese Technik funktionierte dermaßen gut, daß viele Stämme aufgaben, nachdem sie seinen guten Willen sahen. Diejenigen, die sich nicht ergaben, und auch dafür war er bekannt, vernichtete er. Eine seltsame Mischung aus Stärke und Überlegung, aus Bereitschaft zum Kämpfen und doch auch Offenheit zum Zuhören, schien er die perfekten Voraussetzungen für den mexikanischen Feldzug zu besitzen. Und er schien unpolitisch zu sein. Obschon seine Frau die Tochter eines Senators war, hatte er seine Beziehungen nicht ausgenutzt, um seiner militärischen Karriere nachzuhelfen. Auch ohne das hatte er eine steile Karriere hinter sich. Er hatte achthundert dienstältere und ranghöhere Offiziere bei seiner Beförderung zum General übersprungen, und als einige von denen dann gezetert hatten, daß Beziehungen im Spiel gewesen wären, hatte Teddy Roosevelt persönlich bemerkt, daß seine Beförderung aufgrund seiner hervorragenden Dienste auf den Philippinen erfolgt sei. Seine Neigung, Macht zu erlangen, ohne sie anzustreben, hatte ihn ebenfalls zu einer guten Wahl für den mexikanischen Feldzug gemacht. Eine bestimmte Sorte Kommandeure könnte dort hinuntergehen und versuchen, so befürchtete man, Aufmerksamkeit auf ihre Person zu ziehen und auf Kosten der Außenpolitik der U.S.A. in Schwierigkeiten mit den mexikanischen Behörden zu geraten. Bei Pershing jedoch konnte man sich darauf verlassen, daß er den Job erledigte und dabei dennoch unsichtbar blieb. Mit dieser Ansicht lagen seine Vorgesetzten trotzdem ein wenig daneben. Obschon er ein unpolitischer Mann war, war Pershing nichtsdestoweniger umsichtig. Er nutzte den mexikanischen Feldzug dazu aus, seine Truppen für einen harten Krieg in Europa zu trainieren, nur für alle Fälle, so daß Amerika für den Fall, daß es in den ersten Weltkrieg eintrat – und daß dies so kommen würde, lag für jeden auf der Hand –, einen Kern trainierter kampfbereiter Truppen besaß. Schließlich wurde Pershing tatsächlich Kommandeur dessen, was später das Amerikanische Expeditionskorps gegen Deutschland genannt wurde. Aber das lag alles noch in der Zukunft.

23

Vor ihnen auf der Straße lag eine Leiche, seit ungefähr einer Woche tot, vermutete der Stabsarzt. Sie hätte ein Amerikaner sein können. Doch nach der Sonne und den Kojoten war das nur schwer zu sagen. Ihm waren die

Augen verbunden worden, dann hatte man ihm in den Kopf geschossen, ihm Schuhe, Hose und seine Brieftasche abgenommen. Die Kolonne hielt an und begrub den Mann. Der Kaplan sprach ein paar Gebete, und sie zogen weiter.

Vorne ließ der Major Calendar rufen. »Der Landkarte nach befinden sich irgendwo vor uns einige Städte. Nimm die Indianer. Kundschafte sie aus.«

Und Calendar weigerte sich.

»Was ist denn?«

Der alte Mann schüttelte seinen Kopf. »Die Indianer«, sagte er. »Ich werde nicht mit ihnen zusammenarbeiten.«

»Gottverdammt noch mal, Miles.«

»Das ist mir egal. Die gehörten nicht zu unserer Abmachung.«

»Schön, dann nimm eben die weißen Kundschafter. Mir ist es gleichgültig. Nimm mit, wen zum Teufel du auch immer mitnehmen willst. Solange du nur die Städte auskundschaftest.«

Der alte Mann nickte und drehte sich fort.

Prentice schaute ihm nach, als er wegritt.

Dann hörte er über das durch den Staub gedämpfte Trotten der Pferde und das ratternde Tuckern der Lastwagen hinter ihm ein anderes Geräusch, ein hohes, durchdringendes Tosen, das von einer anderen Art Motor stammte. Zuerst war es noch ganz schwach, wurde dann immer lauter, und es schien, als würde es von hinter ihnen kommen. Die Kolonne war gerade einen Abhang hinuntermarschiert, richtete sich am Fuß des Hügels wieder aus, und als er sich in die Richtung zurück umdrehte, aus der sie gekommen waren, sah er das Ende der Kolonne, dann den Gipfel, und andere Kavalleristen starrten ebenfalls zurück. Der Lärm war noch intensiver geworden. Der Gipfel lag unter einem Staubschleier, flimmerte in der Hitze, schwach war die Schnauze eines Lastwagens zu erkennen. Der Lastwagen wurde größer, breiter. Der Lärm wurde tiefer, lauter, als der Lastwagen sich vom Boden löste, die vor Hitze flirrende Luft spielte dem Sehvermögen Streiche. Nur, der Lastwagen war gar kein Lastwagen, sondern ein Flugzeug, und jetzt flog es. Es war die ganze Zeit über geflogen, ein mit Leinen bespannter Doppeldecker, eine Curtiss ›Jenny‹ – er hatte zumindest im Camp gehört, daß man sie so nannte –, so zerbrechlich und zittrig, daß es schon an ein Wunder grenzte, daß sie jemals vom Boden hochgekommen war. Das Flugzeug flog direkt die Kolonne hinunter, niedrig genug, um die Pferde nervös zu machen. Trotzdem hoben ein paar Soldaten ihre Arme und winkten, jubelten. Der Pilot senkte die Tragflächen und, während der Motor aufheulte, winkte ebenfalls, sein Lederhelm und seine Schutzbrille waren deutlich zu erkennen. Und dann war er so schnell wie er gekommen war über sie weggeflogen, das Flugzeug wurde kleiner, das Motorengeräusch wurde schwächer. Schließlich war es nur noch ein Flekken am Himmel. Das nächste flog weniger als dreißig Sekunden später über sie hinweg.

24

Es stürzte ungefähr eine Meile vor der Kolonne ab.

Calendar lag ausgestreckt auf einem Felsvorsprung, schirmte den Feldstecher ab, blickte auf das hinunter, was der Karte nach ein Dorf war, aber in Wirklichkeit nicht mehr als vier Lehmhütten. Er sah zwei Hühner und einen Esel, aber keine Menschen, ganz sicher kein Militär, und als er dann zurückkroch und sich aufrichtete, hörte er das Flugzeug, irgendwo links von ihm, nicht eins, sondern zwei. Das erste flog mühelos, das zweite verlor an Höhe. Zunächst glaubte er, daß es absichtlich hintergehen würde. Doch dann hörte er den Motor aussetzen, und dann wieder, und dann war er ganz aus. Hinter einer Felsspitze verschwand es dann. Er war schon auf dem Pferd, noch ehe er den Aufschlag hörte.

25

Er traf sich mit den anderen Kundschaftern und ritt zum Wrack.

»Was zum Teufel ist das?«

Es lag in einer Schlucht, ein Rad auf einem Felsen, das andere in einem Kaktus, die Tragflächen abgebrochen, der Rumpf aus irgendeinem Grund noch intakt, obschon er, wie es schien, an hundert Stellen gebrochen und aufgesprungen war.

»Pershings Geheimwaffe«, verriet der Pilot ihnen. Er kam aus dem Wrack herausgehumpelt, fluchte, war durch seine Wut dermaßen abgelenkt, daß er nicht einmal überrascht schien, sie zu sehen. »Wir sollen Nachrichten fliegen, aber ehrlich, wenn ihr mich fragt, wir haben nichts anderes zu tun, als über Villa wegzufliegen und ihm eine Heidenangst einzujagen, indem wir ihn glauben machen, daß wir jeden Augenblick auf ihn herunterfallen. Himmel, sieh sich einer das Ding da an. Keine Ersatzteile, kein Benzin. Würdet ihr mir glauben, wenn ich euch sage, daß ich einen alten Ford-Motor in der Kiste da habe?« Er trat gegen den Rumpf, und das ganze Ding fiel auseinander.

26

Der Pilot des ersten Flugzeuges bemerkte zunächst nicht, daß sein Partner abgestürzt war, bis er fünf Minuten, nachdem er an der Kolonne vorbeigeflogen war, zurückblickte und hinter sich nur leeren Himmel sah. Trotzdem flog er noch ein bißchen weiter, glaubte, sich vielleicht in der Entfernung verschätzt zu haben, daß das andere Flugzeug weiter hinter ihm zurück war, als er gedacht hatte, und sich jetzt abmühte, zu ihm aufzuholen. Er reduzierte seine Geschwindigkeit und wartete, blickte häufig zurück, doch als er fünf Minuten später immer noch kein Anzeichen von ihm sah, beschleunigte er wieder und wendete.

Das Wrack lag halb versteckt in einer Schlucht. Beinahe hätte er es übersehen. Dann sah er die Pferde dicht am Rand der Schlucht, und als er einen Sturzflug machte, wodurch die an Felsen festgebundenen Pferde an ihren Zügeln zerrten, sah er seinen Partner aus der Schlucht herausklettern, andere Männer folgten ihm, dann das Wrack, und sein Partner winkte zu ihm hinauf. Er machte einen weiteren Anflug, dieses Mal tief genug, um sicher sagen zu können, daß die Männer keine Mexikaner waren, daß sein Partner in Ordnung war und ihm zuwinkte, nicht als Zeichen des Erkennens, sondern um ihm zu sagen, daß er weiterfliegen sollte – abesehen davon war der Boden hier sowieso viel zu uneben, um eine Landung riskieren zu können. Also flog er einen weiteren Bogen und winkte beruhigt, drehte ab und ließ sie zurück.

27

Am späten Nachmittag erreichte er Pershing.

Das war der dritte Tag der Expedition, der 18. März, und da die Columbus-Kolonne erst den halben Weg zum vereinbarten Treffpunkt zurückgelegt hatte, war er davon ausgegangen, daß Pershing ebenfalls immer noch ein gutes Stück entfernt sein würde. Er und sein Partner waren früher als geplant gestartet, und sie hatten sich sehr beeilt, um dort hinunterzukommen, damit sie noch ein oder zwei Tage Zeit hätten, bevor sie an die Arbeit gehen mußten. Colonia Dublán sollte angeblich so etwas wie ein Wunder sein, Bäume und Bäche und kultivierte Felder, eine Mormonenkolonie, deren Bewohner begierig auf ein Zeichen von Hilfe warteten. Da sie seiner Meinung nach seit langer Zeit die ersten Amerikaner waren, rechnete er mit einer ziemlich begeisterten Begrüßung, mit Essen und Trinken und freudiger Gastfreundschaft, die Nächte schlafend auf einer kühlen Veranda, die Tage auf einer Bank im Schatten.

Als die Sonne jetzt rechts von ihm schon tief am Himmel stand, fiel ihm auf, daß sich das Land langsam veränderte. Felsen, Schluchten, Sandflächen und Kakteen wichen grünen Feldern, hohen dichten Bäumen und fließendem Wasser, das in der Sonne glitzerte. Zwischen den Bäumen konnte er Hausdächer ausmachen, manche mit Flachdächern, andere mit hohen Giebeldächern, weiß, wie er vermutete, angestrichenes Holz, während andere die gelbe Farbe von Lehmhäusern zeigten. Zwischen den Feldern machte er Steinmauern aus. Die Felder ordentlich bepflanzt mit langen Reihen von, vermutlich, keimendem Mais. Er sah die winzige Gestalt eines Farmers, der mit einem Esel und einem Pflug arbeitete. Weiter vorne war der Bach jetzt breiter, Frauen wuschen Wäsche. Er sah ein Pferdefuhrwerk, das langsam die Straße hinunterfuhr, dann ein Auto, einen Lastwagen, Zelte, Soldaten, grasende Pferde, und er erkannte, daß Pershing vor ihm dort angekommen war.

28

Bei seiner Landung fluchte er ununterbrochen.

Er wurde von einem Lieutenant erwartet. »Pershing will dich sprechen.«

»Klar will er das. Natürlich will er das.«

Er folgte dem Mann vorbei an Zelten und Planwagen

auf den Schutz einiger Bäume zu. Er war Pershing zuvor noch nie begegnet: groß, dünn, müde aussehend, eingefallene Wangen, ein graumelierter Schnurrbart. Er saß dort auf einem Benzinkanister, sprach mit einigen Offizieren. »Ich will Sie westlich von hier haben«, sagte er zu dem Piloten, zeigte dabei auf eine Karte. »Ich habe drei Kolonnen in Marsch gesetzt. Im Süden, im Osten und im Westen, und Sie will ich bei der westlichen Kolonne. Sie fliegen voraus und kundschaften und erstatten mir täglich Bericht.«

»Ich fürchte, das wird leider nicht gehen, Sir.«

Pershing runzelte die Stirn und starrte ihn an.

»Besser Sie schicken mich in den Süden. Im Westen befinden sich Berge. Und über die kann ich nicht fliegen.«

»Sie können was nicht?«

»Mit der Jennie kann ich bei Windstille auf viertausend Fuß gehen, bei Wind auf tausend, aber Wind bedeutet Berge, und außerdem scheinen mir diese Berge sowieso mehr nach zehntausend Fuß auszusehen. Das würde ich nie schaffen.«

Pershing sah ihn einfach weiter an.

»Sehen Sie, Sir, die Jennie ist nicht besonders gut. Wenn die Regierung uns mit Maschinen wie diesen Blériots und Martins ausrüsten würde, die die Franzosen und Engländer gegen die Deutschen einsetzen, dann wäre alles in Ordnung. Aber mit der Jennie nicht. Nein, Sir, nicht mit der Jennie.«

Pershing sah ihn einfach weiter an.

»Diese Washington ... Himmel, wir haben der Welt das Flugzeug geschenkt, und wir haben nicht mal eine Luftwaffe, die sich mit der japanischen messen kann.«

Er schürzte seine Lippen und schüttelte den Kopf.

29

Der eine Lastwagen hatte eine gebrochene Achse. Aus dem Kühler eines anderen stieg Wasserdampf. Es war gut, daß die Kolonne anhalten mußte. Vor ihnen befand sich ein Dorf, und Calendar ritt voraus, um es auszukundschaften. Zwei andere Kundschafter trennten sich von ihm, um die Flanken zu überprüfen. Durch den Feldstecher schien alles in Ordnung gewesen zu sein, einfach nur Dorfbewohner, kein Militär; eine Stadt, die im Vergleich mit dem, was sie bislang gesehen hatten, groß war, dreihundert Häuser, vielleicht mehr, eine Hauptstraße, die quer durch sie verlief. Calendar ritt diese Straße hinunter, steinharter Erdboden unter den Hufen seines Pferdes, blickte dabei immer wieder kurz zu den Gebäuden auf beiden Seiten. Als er die Stadt durch das Fernglas betrachtet hatte, war sie voller Leben gewesen, Menschen auf den Straßen, Esel vor den Häusern. Als er den halben Weg zurückgelegt hatte, hatte die Betriebsamkeit schon nachgelassen, und als er die Stadt erreichte, war kaum noch jemand zu sehen. Ein paar Männer standen vor ihren Haustüren, starrten ihn an. Alle anderen befanden sich in den Häusern. Die Fenster hatten keine Glasscheiben, einfach nur quadratische Holzläden, die von innen verriegelt werden konnten, und jetzt sah er, wie sie geschlossen wurden, sah auch, wie Türen zugeschlagen wurden. Weiter vorne stand ein langhaariges kleines Mädchen mit einem rundlichen Gesicht in einer offenen Tür, sah ihn neugierig an, als ein Arm aus dem Hausinneren auftauchte, das Kind packte und dann die Tür zuschlug. Überall auf der Straße hörte er die gedämpften Geräusche von Riegeln, die zuschnappten. Ein Mann spuckte neben die Hufe seines Perdes auf die Erde, als er an ihm vorbeikam. Irgend jemand warf einen Stein. Er blickte in diese Richtung, doch dort war niemand.

Er konnte ihnen keine Vorwürfe machen. Schließlich

waren sie immer die Verlierer. Jahrelang hatten sie gelernt, daß Fremde nur Ärger bedeuteten. Entweder kamen Villas Männer hier durch und plünderten den Ort, oder aber die Regierungstruppen. Es stimmte, daß Villa in besseren Zeiten Städte wie diese versorgt hatte. Er hatte Vieh von den großen Ranchs gestohlen, das Fleisch zerlegt und es dann an die Bauern und armen Leute verteilt, doch das war im Tausch gegen Loyalität gewesen, und ob die Fremden, die die Stadt passierten, nun gaben oder nahmen – die Bauern hier verstanden, daß die Hand, die gab, auch sehr wohl nehmen konnte, und die Hand, die nahm, könnte wiederkommen und wieder nehmen. Schließlich blieben sie unter sich und vertrauten niemandem mehr.

Es war nichts Neues für ihn. Er hatte es schon oft gesehen – draußen im Westen, gegen Ende der Indianerkriege, wollten neutrale Stämme, die vor plündernden Banden ebensoviel Angst hatten wie vor den Weißen, nichts anderes, als einfach in Ruhe gelassen zu werden; nicht anders auf Kuba und den Philippinen, überall dort, wo die Guerillas auf Kosten der Einheimischen lebten. So freundlich sie auch zu sein versuchten, die Neutralen gerieten mit beiden Seiten in Schwierigkeiten und endeten schließlich als besondere Art von Feinden. Sie konnten genauso gefährlich sein wie die Leute, hinter denen man eigentlich her war. Obschon man theoretisch dort war, um ihnen zu helfen, vertraute man ihnen nicht. Wenn sie einem einen Anlaß boten, brachte man sie um, neutral oder nicht.

Und jetzt, um sie nicht nervös zu machen, ritt er mit einer Hand in der Nähe seines Schulterhalfters statt auf seiner Pistole. Es war unmöglich, sowohl nach vorne als auch nach hinten Deckung zu bekommen. Deshalb hatte er auch drei weitere Kundschafter ausgeschickt, die den ersten beiden und ihm selbst folgen sollten, sein eigener Mann nur fünfzig Meter hinter ihm. Seine einzige Aufgabe bestand darin, auf wen auch immer zu achten, der möglicherweise aus einem Haus treten und versuchen könnte, auf ihn zu schießen, wenn er erst vorbei war. Jetzt waren kaum noch Leute zu sehen, die Gebäude wurden größer, aus Verschlägen wurden Hütten und dann größere Häuser, rechteckig, mit Flachdächern aus gelben Lehmziegeln, in denen Kieselsteine zu erkennen waren, und weiter oben lugten Stützbalken aus dem Mauerwerk heraus. Er blickte in schmale Gassen, sah hin und wieder Esel und hastende Leute, die schnell irgendwo außer Sicht verschwanden, blickte wieder nach vorne und sah den Dorfplatz, ein mit Ziegeln eingefaßter Brunnen genau in seiner Mitte, sah einen alten Mann dort sitzen, der Sandalen mit aus Seil geflochtener Sohle und einen Hanf-Poncho trug, und Calendar vermutete, wenn es Ärger geben würde, dann hier.

Er ritt direkt hinüber, sagte Hallo, der Bauer nickte, ohne ihn anzusehen, und er stieg ab, das Pferd zwischen sich und dem Bauern, und führte es dann zum Brunnen. Dort stand ein Holzeimer. Er hoffte, daß der Eimer leer war. Er glaubte zwar nicht, daß sie ihren eigenen Brunnen vergiften würden, doch das Wasser im Eimer könnten sie sehr wohl vergiftet haben, und aus reiner Vorsicht würde er das Wasser fortschütten müssen. Trotzdem war Wasser hier draußen etwas sehr Kostbares, und wenn der Eimer nicht vergiftet war, würde er sie nur beleidigen, indem er das Wasser fortschüttete, daher war er ziemlich froh, als er sah, daß der Eimer leer war. Er ließ ihn an einem Seil vielleicht zwanzig Fuß tief hinab, und nachdem er ihn dann wieder hochgezogen hatte, schüttete er das Wasser in einen in der Nähe stehenden Trog, ließ die Zügel seines Pferdes los und ließ es trinken. Sobald er sicher war, daß das Wasser in Ordnung war, griff er in seine Satteltasche, schob den Revolver zur Seite, der sich dort befand, nahm eine Tasse und schöpfte damit etwas Wasser aus dem Eimer, trank einen kleinen Schluck, und be-

dankte sich bei dem alten Mann für dessen Gastfreundschaft.

Wieder nickte der alte Mann. Er sah ihn immer noch
nicht an.

Dann blickte Calendar zu dem Mann hinüber, der ihm
den Rücken deckte und der am Rande des Platzes wartete, hob seinen Arm und winkte, und der Mann ritt über
den Platz davon. Die Stadt war größer, als er zunächst
angenommen hatte, besaß eher an die sechshundert als
dreihundert Häuser, doch auf dieser Seite der Stadt
schienen es weniger als auf der anderen zu sein. Trotzdem hielt er die Luft an, bis er sah, daß sein Partner die
Straße ganz hinuntergeritten war und sich den übrigen
Kundschaftern angeschlossen hatte, die die Stadt umgangen waren und jetzt auf der anderen Seite warteten.

Nachdem er sicher war, daß niemand sich an dem
Brunnen zu schaffen machen würde, solange er hier
stand, in dem Wissen, daß die Kundschafter zur Kolonne
zurückkehren und den Major veranlassen würden, einen
Trupp zum Wasserholen herzuschicken, griff er nach seinem Hut, machte eine Bemerkung über die Hitze, stand
neben seinem Pferd, wodurch er von dieser Seite Dek-
kung hatte, und wartete.

30

Die Kolonne schlug auf der anderen Seite hundert Meter
außerhalb der Stadt ihr Lager auf. Die Befehle in dieser
Hinsicht waren eindeutig gewesen: Sich von den Einheimischen fernzuhalten, es sei denn, es blieb keine andere Wahl. In diesem Fall machte das Wasser es erforder-
lich. Sie hatten sich auf die Lastwagen verlassen, die zu
den Wasserlöchern zurückkehrten und Wasser brachten,
wie sie es brauchte, doch das hier war das erste Mal, daß
Lastwagen für so etwas eingesetzt wurden, und niemand

hatte mit dem Schaden gerechnet, den die Straßen anrichten würden: verschlissene Lager, überhitzte Kühler, zerrissene Reifen, verbogene Radaufhängungen, Ölpfannen, die solange von den Steinen abgescheuert wurden, bis die Dichtungen rissig wurden und kaputt gingen. Manchmal lief das Öl unten so schnell wieder heraus, wie sie es oben nachschütteten. Sie brauchten Wasser, hauptsächlich für die Lastwagen und die Pferde – die Männer kamen schon zurecht, konnten ihre Wasseraufnahme einschränken, wenn es sein mußte –, und da sie noch für einen weiteren Tag Vorrat hatten, wollten sie kein Risiko eingehen. Sie nahmen nur so viel, daß noch genug Wasser für das Dorf übrigblieb, machten den Bürgermeister ausfindig und gaben ihm einen Gutschein. Der allerdings insofern wertlos war, da er auf der anderen Seite der Grenze eingetauscht werden mußte, und höchstwahrscheinlich war der Bürgermeister in seinem ganzen Leben noch nicht so weit von seiner Stadt fort gewesen. Aber es war einfacher als Geld mitzubringen, und außerdem, was nutzte einem in einem Dorf, dessen Wirtschaft auf Tausch basierte, schon Geld.

Mit der einbrechenden Dunkelheit stellten sich jetzt die Lastwagen und Planwagen kreisförmig auf, Wachen patrouillierten um das Lager, Anleinseile waren gespannt worden, die Pferde angebunden, die Soldaten nahmen ihren Pferden Zaumzeug, Gebißstangen und Sättel ab, striegelten sie. Prentice wartete, bis die Sonne fast ganz untergegangen war, bevor er einen aufgeschnittenen Benzinkanister mitnahm und ihn mit Wasser füllte.

»Das reicht jetzt. Du wirst sonst krank.«

Nach einer Weile schüttete er noch etwas mehr aus. Dann band er einen Futtersack um den Kopf des Pferdes und wartete, während es fraß. Was er dem Tier gab, war das von der Armee ausgegebene Getreide. Trotzdem, die Expedition war in aller Eile zusammengestellt worden, und er wollte nicht fortgehen und riskieren, daß womöglich Steine unter dem Getreide waren, daß das Pferd nicht fraß. Wenn Steine unter dem Korn waren, würde er den Futtersack ausschütten und dem Pferd zeigen müssen, daß er frisches Futter brachte, sorgfältiger nach Steinchen suchte, hoffen, daß das Pferd die neue Ladung nicht auch verschmähte. Wie sich herausstellte, war das Getreide in Ordnung, und als das Pferd gut gefressen hatte, striegelte er es noch einmal ab, und nachdem er sich überzeugt hatte, daß er das Beste getan hatte, kümmerte er sich um sich selbst.

Anders als bei späteren Expeditionen, bei denen Verpflegungszelte aufgestellt wurden und gesonderte Kompanien Mahlzeiten für die anderen zubereiteten, waren die Soldaten damals gezwungen, sich ihre Mahlzeiten selbst zu kochen. Hauptsächlich bestanden diese aus den Rationen, die ihnen am ersten Tag des Marsches ausgegeben worden waren – Bohnen und getrocknetes Rindfleisch, Kommißbrot, Schinken, Kaffee –, die sie alle bei sich trugen und die immer wieder von den Lastwagen ergänzt wurden, während sie weitermarschierten. Was zur Folge hatte, daß ihre Rucksäcke überladen waren. Die Soldaten konnten zwar, für den Fall, daß es Schwierigkeiten geben sollte, noch mehr hineinpacken, doch die Rationen selbst hatten nur einen geringen Wert. Sie waren in erster Linie nur ihrer geringen Größe wegen gewählt worden. Außerdem verdarben sie nicht, und da die Nahrungsmittel nicht sonderlich viel Geschmack besaßen, reichten sie auch lange. Nach all den Monaten, die er nicht mehr geritten war, waren seine Knie jetzt wundgescheuert, taten ihm sein Rücken und Hintern weh. Er bückte sich mit schmerzhaft gespreizten Beinen und wühlte in seiner Satteltasche. Prentice kaute lustlos auf einem Stück Kommißbrot, während er Zucker, Kaffee und etwas Fleisch herausnahm, mit weichen Knien dann zum Sergeant und einigen anderen Soldaten hinüberging.

Sie hockten in einem Kreis, mühten sich ab, ein Feuer in Gang zu bekommen. In der einsetzenden Dunkelheit bemerkte er durch die Lücken zwischen ihren Beinen das Aufblitzen von Streichhölzern, fragte sich, was sie wohl als Brennstoff gefunden hatten. Er sah abgestorbene und von der Sonne ausgetrocknete *Mezquite*-Äste, als er näherkam, kleingerissene Äste der *Mezquite*-Sträucher als Anmachholz, aufgetürmt zu einem kleinen Haufen, mit einer Vertiefung dort, wo der Sergeant jetzt ein weiteres Streichholz anriß. Es flackerte auf und verlosch. Der Sergeant riß ein weiteres an, dann noch eines, und schließlich fingen die *Mezquite*-Äste langsam Feuer, sie rollten sich zusammen, wurden grau. Die Flammen wurden größer, breiteten sich aus, beleuchteten den Boden um ihre Stiefel. Der Sergeant legte weitere Äste auf das Feuer. Dann fingen auch diese Feuer, und er fügte noch mehr hinzu, bis er einen ganzen Strauch verbraucht hatte.

Es nutzte nicht viel. Zunächst mal brannte das *Mezquite*-Holz nicht lange, und sie hatten nur noch zwei weitere Büsche, da jeder im Lager das Gelände in der Nähe nach Brennbarem absuchte. In der mit der Dunkelheit einsetzenden Kälte spendete das Feuer etwas Wärme, aber auch wieder nicht genug, um darauf kochen zu können, und das Beste, was sie machen konnten, war sich um das Feuer zu drängen und ihre Hände zu wärmen. Zehn Minuten, und die Sträucher und das Feuer waren aufgebraucht.

Er kehrte zu dem Seil zurück, an das die Pferde angebunden waren, setzte sich neben seinen Sattel, verschob seine Pistole so, daß das Holster an seinem Oberschenkel lag, hakte die Feldflasche von seinem Gürtel los, und nachdem er seinen Becher auf die Erde gestellt hatte, füllte er ihn mit Wasser. Dann löffelte er etwas Zucker aus seinem Paket, verrührte es mit dem Wasser, biß ein Stück Trockenfleisch ab und zerkaute es, zerkaute es noch mehr, schluckte es dann und trank aus dem Becher nach.

Das Wasser hatte einen leicht metallischen Geschmack. Er schmeckte den Zucker nicht, ein sicheres Zeichen dafür, daß er ihn brauchte. Genauso wie das Steinsalz, an dem er den Tag über ab und zu gelutscht hatte. Sobald er den Salzgeschmack wahrnahm, wußte er, daß er genug hatte, und wartete. Jetzt trank er das nicht-süße Zuckerwasser, biß ein weiteres Stück Fleisch ab, und ließ seine Blicke über das Feldlager wandern.

Dort standen Soldaten, eingehüllt in ihre Decken, zitterten. Einige hämmerten Zeltpflöcke ein, doch der Boden war hart, daher hörten sie bald wieder auf. Andere legten sich einfach dorthin, wo ihre Sättel lagen, schoben Steine unter sich fort, legten ihre Köpfe auf ihre Rucksäkke. Ein paar Feuer brannten immer noch. Die Flammen wurden immer kleiner und kleiner. Männer saßen um sie herum, kauten an einem Stück Trockenbrot oder an einem Stück Fleisch. »Meine Güte«, hörte er irgendwo rechts von sich jemanden sagen, die lauteste Stimme, die er bislang gehört hatte – im Gegensatz zu ihrer Stimmung zu Beginn der Expedition waren die Soldaten still und ruhig geworden, sie waren einfach zu müde, um noch viel reden zu können.

Er trank wieder von seinem gezuckerten Wasser, schmeckte jetzt etwas von der Süße, dachte nach, hörte zwei Pferde ganz in seiner Nähe schnauben, schluckte den durchgekauten Klumpen Fleisch und Brot in seinem Mund, faßte einen Entschluß, und stand auf. Genau gegenüber konnte er die Umrisse der Lastwagen als schwarze Silhouette gegen das Grau der Nacht ausmachen, die einen Teil der äußeren Begrenzung des Lagers bildeten. Er hörte, wie die Seite einer Motorhaube klappernd hochgehoben wurde. Dann machte irgendwer eine Laterne an. Er sah drei in gelbes Licht getauchte Fahrer, die sich den Motor ansahen, einer von ihnen griff in den

Motorraum und zeigte auf irgend etwas. Fünf Lastwagen weiter waren zwei Fahrer im Licht einer Laterne damit beschäftigt, ein Rad aufzubocken und unter den Wagen zu sehen. Er suchte das Camp in dieser Richtung ab, sah zuerst nach rechts, bis er die Pferde erblickte, dann wieder nach links, doch er konnte nirgendwo das entdecken, wonach er suchte. Am Himmel standen Sterne, doch der Mond war noch nicht aufgegangen, und trotz der Laternen und dem schwindenden Schein der Lagerfeuer war es nicht hell genug, um irgendwelche Einzelheiten erkennen zu können. Am besten würde es sein, beschloß er, am Rand des Camps entlangzugehen, und wenn es sein mußte, auch kreuz und quer durch das ganze Lager.

Das mußte er aber nicht. Er begann mit seiner Suche auf der linken Seite. Vierzig Meter entfernt, direkt dort, wo die Planwagen endeten und die Lastwagen begannen, fand er ihn mit dem Rücken gegen ein Wagenrad gelehnt, die Beine ausgestreckt, den Ellbogen auf seinem Sattel. Er drehte sich gerade eine Zigarette. Ganz in der Nähe war das verglühende Flackern eines Feuers, dessen Licht noch weit genug reichte, um die Bewegungen seiner Hände erkennen zu lassen, aber selbst wenn das nicht der Fall gewesen wäre, glaubte er, hätte er ihn auch so entdeckt.

Der alte Mann. Er hatte schon eine ganze Weile über ihn nachgedacht, nicht nur weil der alte Mann ihm das Leben gerettet hatte, sondern auch wegen etwas, das der Sergeant zu ihm gesagt hatte, und jetzt stand er dort, verschmolz mit der Dunkelheit, wartete, versuchte sich zu sammeln, während diese großen Hände geschickt die Zigarette rollten und sie an seine Lippen hoben, um das Papier anzulecken. Und er wartete immer noch, beobachtete den alten Mann weiter, wie er die Zigarette hielt und zuklebte, das ganze Ding dann in seinem Mund drehte, um es von allen Seiten anzufeuchten, sie schließlich begutachtete und in seine Richtung blickte.

»Mein Gott, sag es nicht. Du bist doch nicht deshalb gekommen, weil du dich schon wieder bei mir bedanken willst.«

Fast wäre er wieder gegangen. Es war ja nicht so, daß er nicht mit einer weiteren Unterhaltung wie derjenigen in diesem Lagerraum gerechnet hätte. Tatsächlich war er darauf vorbereitet gewesen, hatte sich bereits darauf eingestellt. Doch er hatte geglaubt, er wäre unbemerkt herangekommen, und die ganze Zeit über war sich der alte Mann seiner bewußt gewesen, und wieder kam er sich in Gegenwart des alten Mannes dumm und töricht vor. Er unterdrückte seinen spontanen Impuls und trat vor, blieb vor den Stiefeln des Mannes stehen.

»Nein. Ich bin gekommen, weil ich Sie um etwas bitten will.«

»Um was willst du mich bitten?«

Er wartete, war sich jetzt nicht mehr sicher, ob er fortfahren sollte.

»Mich zu unterrichten.«

»Was soll ich dir beibringen?«

»Alles.«

»Ich weiß nicht, was du meinst.«

Der alte Mann war nicht bereit, ihm entgegenzukommen. Er drehte sich fort und steckte seine Zigarette an. Im grellen Licht der Flamme wirkten die Furchen in der ledrigen Haut seines Gesichtes sehr tief. Dünnes graues Haar und stopplige Wangen. Er sah aus, als wäre er zehn Jahre älter.

»Natürlich wissen Sie das, aber lassen Sie es mich trotzdem erklären. Als ich mich zur Armee gemeldet habe und ausgebildet worden bin, hat man mir den Umgang mit Waffen beigebracht, mit Handfeuerwaffen, Gewehren und Maschinengewehren, doch die ersten beiden kannte ich auch so schon ziemlich gut, und über Pferde wußte ich auch schon mehr als genug. Also haben sie mich exerzieren lassen, und sie haben mir Bücher zu lesen gegeben, und sie haben gesagt, daß die Erfahrung mein bester Lehrer sein würde, wenn ich erst einmal in einem festen Camp wäre.«

»Und damit hatten sie auch recht.«

»Hm, das ist alles in Ordnung, solange man nichts anderes zu tun hat, als den ganzen Tag herumzusitzen und alles zu beobachten, aber Columbus war die Wirklichkeit. Und genauso ist es jetzt auch. Wenn das nächste Mal wieder so etwas wie neulich passiert, und es wird ganz sicher wieder passieren, kann ich mich nicht mehr darauf verlassen, daß jemand wie Sie in der Nähe ist, um mich zu retten.«

Der alte Mann nickte, zog an seiner Zigarette. Die Spitze glühte in der Nacht. »Du hast die Risiken genannt. Wenn dir das nicht gefällt, wieso zum Teufel hast du dich dann verpflichtet?«

»Vielleicht aus dem gleichen Grund wie Sie.«

»Das glaube ich kaum.« Es war ein Fehler, und er bedauerte es sofort, während der alte Mann sich vorbeugte und ihn zornig anstarrte. »Zieh keine voreiligen Schlüsse, Junge.«

Er schüttelte seinen Kopf. »Sie haben recht. Es tut mir leid.«

»Das sollte dir auch verdammt leid tun. Ich kann keinen rotznäsigen, neunzehn, zwanzig Jahre alten Jungen gebrauchen, der einfach daherkommt und meint, er würde mich verstehen. Denn du verstehst gar nichts, Junge, absolut gar nichts. Nichts. Kannst du mir folgen, ja? Verstehst du wenigstens das?«

»Jawohl, Sir, das verstehe ich. Deshalb bin ich auch hier.«

Er hoffte, das ›Sir‹ würde helfen, und tatsächlich schien der alte Mann nachzugeben, während er seine Zigarette ausdrückte und nachdachte.

»Und wieso sollte ich das wohl tun?«

»Warum sollten Sie was tun?«

»Dir helfen. Dich unterrichten. Vorausgesetzt, es kann überhaupt beigebracht werden.«

»Es gibt keinen Grund, schätze ich.«

»Stimmt.«

Und das war's dann. Es hatte überhaupt nichts genützt. Der alte Mann wandte sich ab, um eine weitere Zigarette zu drehen, und offensichtlich erwartete er von ihm, daß er jetzt wieder ging. Prentice wollte sich schon umdrehen, überlegte es sich dann aber anders.

»Vielleicht abgesehen von dieser einen Sache. Sie sind fünfundsechzig Jahre alt. Sie haben alle möglichen Kämpfe miterlebt, in die dieses Land seit dem Bürgerkrieg verwickelt war, und genau jetzt in diesem Moment kreuzen deutsche U-Boote im Atlantik.«

»Was soll *das* denn heißen?«

»Sie sind der letzte. Ich glaube nicht, daß sich irgendwer was darüber vormacht, was wir hier draußen machen. Villa ist nur ein Vorwand. Das alles hier ist doch nur eine Generalprobe für unseren Einsatz in Europa, und wenn wir erst dort sind, dann ist Ihre Art von Leben vorbei, alles, was Sie wissen, wird nutzlos sein. Sie haben vielleicht noch zehn, fünfzehn gute Jahre vor sich, und dann sind Sie fort, und alles, was Sie wissen, wird mit Ihnen fort sein. Was ich Ihnen anbiete ist die Chance, das alles weiterzugeben.«

Der alte Mann bewegte sich, als wollte er etwas sagen, doch Prentice kam ihm zuvor.

»Ich weiß. Wenn das hier erst einmal vorbei ist, und falls ich dann noch lebe, wird es mir auch nicht sonderlich viel nützen, also hat es auch keinen Sinn, Sie auf dieser Grundlage darum zu bitten. Aber da ist noch etwas. Es ist wie mit der Farm meines Vaters, oder besser gesagt, mit dem, was mal seine Farm war, bis die Stadt sich schließlich so weit ausbreitete, daß sie unser Land einfach geschluckt hat und mein Vater sich eine Wohnung nehmen mußte und ich mich zur Army verpflichtet habe. Alles verändert sich, und ich bin im Grunde genug dummer Bauerntölpel, um an ein paar der alten Traditionen festzuhalten.«

»Bist du jetzt fertig?«

»Ja«, sagte er und nickte.

»Also schön, dann will ich dir jetzt mal was sagen. Und hör mir sehr genau zu, denn es wird die gottverdammt einzige Sache sein, die ich dir jemals beizubringen versuche. Du bist nicht der erste. Ich hatte sie alle, eine ganze aufgeweckte eifrige Reihe von Jungs wie dir, bis zum letzten Indianerkrieg und Kuba und all dem ganzen Rest, bis heute, bis jetzt, und sie haben alle so ausgesehen wie du, und sie haben sich alle so angehört wie du, und sie wollten alle genau das gleiche – überleben. Und ich habe ihnen allen nein gesagt, so wie ich es auch dir gesagt habe. Denn genau wie du am Leben bleiben willst, will ich auch am Leben bleiben, und wenn man sich erst mal für jemanden verpflichtet fühlt, fängt man auch an, auf diesen jemand beinahe genauso aufzupassen wie auf sich selbst, und genauso findet ein Mann seinen Tod ... Es ist genauso wie der Grund, warum ich heute nicht gerne mit Indianern zusammenarbeite, weil ich nämlich einmal gegen sie gekämpft habe, und es macht mich noch heute nervös, wenn ich weiß, daß sie in meinem Rücken sind. Es ist so, daß die Leute sagen, daß ich mich mit niemandem anfreunde, und das ist mir nur recht, denn Freunde machen mich nervös, wenn ich weiß, daß sie vor mir sind. Es gibt nur eine einzige Regel. Paß auf dich selbst auf, und laß dich von nichts und niemandem ablenken. Wenn du dir das immer merkst, wirst du schon klarkommen. Wirklich klarkommen. Und jetzt bin ich müde. In ein paar Stunden habe ich Wache, und vorher möchte ich gerne noch etwas schlafen.«

Das letzte kam so schnell heraus, daß es schien, als hätte sich das Thema nicht geändert. Der alte Mann stand auf und nahm eine Decke, die neben seinem Sattel lag, wickelte sich darin ein. Dann sah er Prentice noch einmal an und legte sich neben das Rad des Planwagens. Prentice wartete, doch die Augen des alten Mannes waren geschlossen, und nach einer Weile drehte er sich langsam um und ging fort.

Die Männer waren still und ruhig, als er zwischen ihnen zu seinem Sattel und seiner Ausrüstung zurückkehrte. Mittlerweile war es unangenehm kalt geworden, und er wickelte sich wie alle anderen in seine Decke, sah zu dem alten Mann hinüber, ließ dann seine Augen über das Feldlager wandern, sah zu den ruhigen Pferden hinüber, zu den vagen Gestalten der Wachtposten, die außen um das Camp patrouillierten. Noch einmal blickte er kurz zu dem alten Mann, dann zu dem letzten noch brennenden Feuer, hätte gerne gewußt, wie jemand es solange am Brennen gehalten hatte, doch jetzt verlosch auch dieses Feuer langsam, wurde kleiner und kleiner, ein letztes Flackern, dann ein Aufleuchten, und es war aus.

31

Bei Tagesanbruch war es noch kälter. In den Feldflaschen war Eis, die Schöpflöffel waren überfroren. Soldaten arbeiteten mit ihren Messern an dem Eis, rieben dann ihre Hände, um sie aufzuwärmen. Der alte Mann sah, daß der Major immer noch drüben bei den Getreide-Lastern unter seiner Decke schlief. Er kniete sich hin und legte seine Hand auf die Schulter des Offiziers. Der Major zuckte zusammen, sah ihn an. Fragend runzelte er seine Stirn.

»Ich finde, du solltest dir das besser mal ansehen.«

Der Major stellte keine Fragen. Der alte Mann sah ihn einfach weiter unverwandt an. Dann machte er eine Handbewegung, daß der Major ihm folgen sollte, und nachdem er unter seiner Decke herausgekrochen war, blickte er dorthin, wohin der alte Mann in Richtung der

Wüsten-Seite des Camps zeigte. Dort war eine ununterbrochene Reihe von Reitern, zu weit entfernt, um ihre Uniformen oder Details der Banner erkennen zu können, die einige von ihnen hielten, doch der Major schien die Antwort schon zu kennen, noch während er fragte, ob das mexikanisches Militär wäre.

Der alte Mann nickte, saugte an seinen Lippen. »Sie müssen ganz in der Nähe in einer Schlucht kampiert haben. Aber das ist noch nicht alles. Und sieh mal dort hinüber.«

Er winkte den Major zur anderen Seite des Camps. Sie gingen an Soldaten vorbei, die aufgehört hatten, das zu tun, was sie gerade getan hatten, und die jetzt dort standen, zeigten, redeten. Es war offensichtlich, daß es sich bereits bis zu ihnen herumgesprochen hatte. Sie erreichten die Planwagen auf der anderen Seite des Feldlagers und sahen zur Stadt hinüber. Eine fest geschlossene Reihe von Dorfbewohnern, mit Stöcken und Knüppeln, befand sich am Stadtrand und alle starrten zum Lager hinüber.

»Diese Truppen müssen die ganze Nacht über damit beschäftigt gewesen sein, alles zu organisieren. Das muß ich ihnen schon lassen«, sagte der alte Mann. »Es ist meine Schuld. Ich hätte dort draußen sein und das Gelände überprüfen müssen.«

»Vergessen wir das im Augenblick mal. Sehen wir lieber zu, daß wir hier rauskommen. Lieutenant, lassen Sie antreten!«

32

Sie brauchten fünf Minuten für das, was normalerweise eine Stunde dauerte, kümmerten sich nicht einmal um die Pferde. Die, die bislang noch nicht gefüttert waren, würden warten müssen. Sie wurden einfach gesattelt, die

Ausrüstung zusammengepackt, die Lastwagen gestartet, Gespanne vor die Planwagen geschirrt.

Der alte Mann zog den Sattelgurt seines Pferdes an und schaute zu, wie sich die Kolonne zu formieren begann, wie sich Lastwagen in Bewegung setzten, damit man Platz hatte, aus dem Inneren des Lagers herauszukommen, wie Soldaten aufsaßen und hinausritten. Schon bald würden die Planwagen ausscheren und folgen, dann die Lastwagen und schließlich weitere Reiter.

Er sah sich um. Die Stadtbewohner begannen sich im gleichen Augenblick in Bewegung zu setzen wie die Kolonne, kamen auf sie zu und verteilten sich dabei. Sie waren mit ihren Stöcken und Knüppeln bereit, und als er jetzt genauer hinschaute, konnte er auch Uniformen unter und hinter ihnen ausmachen, Soldaten, die ihnen Anweisungen gaben. Die mexikanischen Soldaten mußten spät während der vergangenen Nacht in die Stadt gegangen sein und sie geweckt haben, dachte er, ihnen gesagt haben, was zu tun war, und höchstwahrscheinlich hatten sie sie auch dazu gezwungen. Unter den Männern befanden sich auch Kinder und Frauen, und das aus gutem Grund. Wenn die Kolonne auch vor allem anderen keine Schwierigkeiten mit der mexikanischen Armee haben wollte, dann wollte sie sich noch mehr als das von den Dorfbewohnern fernhalten. Tote Soldaten waren eine Sache, tote Zivilisten aber eine völlig andere, und darauf bauten die Mexikaner. Sie benutzten sie, um die Kolonne zu zwingen, ihr Feldlager abzubrechen, sie trieben sie an, um die Kolonne zu zwingen, sich schneller zu bewegen.

Prentice saß auf und setzte sich mit seiner Kompanie in Bewegung. Er spürte, wie er von etwas getroffen wurde. Er faßte sich an die Schulter. Rechts flog ein Stein an ihm vorbei, und als er sich umdrehte, sah er, wie die Stadtbewohner sich bückten, Steine aufsammelten und sie nach ihnen warfen. Die Kolonne bewegte sich ein bißchen schneller.

Weiter vorne warteten die mexikanischen Soldaten auf sie. Die Spitze der Kolonne bog nach links ab, um sie zu umgehen, und dann teilten sich die Mexikaner, die eine Hälfte ritt weit nach links, um sie seitlich zu umgehen. Als Prentice wieder einen Blick zurückwarf, sah er, daß die Stadtbewohner zu werfen aufgehört hatten, daß die Kolonne vollständig und in einer Reihe abgezogen war und sich jetzt langsam vorwärtsschob. Er blickte wieder nach vorne und sah, daß die Kolonne durch die Lücke ritt, die die beiden Flügel der mexikanischen Soldaten ihnen ließen. Sie hielten auf beiden Seiten ungefähr hundert Meter Abstand, und als die Kolonne zum Teil zwischen ihnen hindurch war, setzten sie sich ebenfalls in Bewegung, blieben links und rechts neben ihnen, während ihr großer und dünner Anführer von der rechten Seite zu ihnen hinüberstarrte. Der Major mußte den Befehl gegeben haben: Prentice sah, daß die Spitze der Kolonne ihren Rhythmus änderte. Die Soldaten ritten jetzt schneller, zwischen einer Gruppe Reiter entstand eine Lücke, und dann noch eine weitere, als die Soldaten hinter ihr ihre Pferde anspornten, um sie zu schließen, und das setzte sich wie eine kleine Welle die ganze Kolonne hinunter fort, bis die Männer unmittelbar vor ihm schneller ritten und er ebenfalls Tempo zulegte, um aufzuschließen, und die Männer hinter ihm folgten ebenfalls. Die Mexikaner steigerten ebenfalls ihr Tempo. Er fragte sich, was hier eigentlich los war, ob die Mexikaner angreifen wollten, oder ob dies nichts als Einschüchterung war. Was auch immer, es funktionierte. Sie hatten die Kolonne in die Defensive gezwungen, und was auch immer als nächstes passieren mochte, die mexikanischen Soldaten besaßen darüber die Kontrolle.

34

Calendar kam vorbeigeritten, um das Tempo der Kolonne zu steigern, während sie von Trab zu Handgalopp wechselten. Zwischen den Pferden wurde jetzt Staub aufgewirbelt, es war schwer, noch etwas richtig erkennen zu können. Für einen kurzen Augenblick sah Prentice die enge Schlucht zwischen zwei Bergen weiter vorne, auf die sie jetzt zuhielten. Die Mexikaner blieben an ihrer Seite, während sie vorwärts eilten. Er erfuhr nie, von welcher Seite der erste Schuß fiel, ob es die Amerikaner oder die Mexikaner gewesen waren, ob es ein gezielter Schuß oder nur ein Signal war. Er war sich nicht einmal ganz sicher, ob er ihn tatsächlich gehört hatte, bis er einen weiteren hörte, und noch einen, und plötzlich eröffneten beide Seiten ganz offen das Feuer. Ein Mann vor ihm fiel von seinem Pferd, dann ein zweiter etwas weiter vorne. Ihm blieb keine Wahl. Später würde er sich darüber wundern, daß er in diesem Augenblick nicht mal darüber nachgedacht hatte. Er zog einfach seine Pistole, zielte auf die Mexikaner zu seiner Linken und schoß. Bei dem Staub und der Entfernung war es unmöglich zu sagen, ob er traf, doch er schoß wieder und wieder, trat seinem Pferd in die Flanken, um mit den anderen Schritt zu halten, während die Schlucht vor ihnen immer näher rückte.

Sie galoppierten, die Kolonne verlor ihre geordnete Formation. Wo zu Anfang vier Männer Seite an Seite geritten waren, ritten jetzt acht nebeneinander, manchmal auch zehn, die schossen und vorwärtsstürmten. Die Mexikaner kamen auf beiden Seiten näher. Selbst wenn sie es anders wollten, ihnen blieb gar keine Wahl. Die Abhänge auf beiden Seiten waren so nah, daß die Mexikaner einfach näherkommen mußten. Weiter vorne erreichte die Spitze der Kolonne jetzt die Schlucht, und Prentice sah eine Reihe Kavalleristen abschwenken, um anzuhalten und abzusitzen, sich mit ihren Gewehren hinzuknien. Sie schossen an der Kolonne vorbei auf die Mexikaner. Prentice kam an ihnen vorüber, ritt in die Schlucht. Überall um ihn herum wirbelte Staub auf. Er kniff seine Augen zusammen, um sein Pferd unter Kontrolle zu halten und auf den Ausgang zuzuhalten.

Die engen Abhänge, zwischen denen sie ritten, zwangen sie dazu, dicht nebeneinander zu reiten, sich gegenseitig zu behindern. Er hörte Männer schreien, dann Schüsse hinter sich. Der Staub wurde dichter. Er trat seinem Pferd in die Flanken, und plötzlich stürmte er auf freies Gelände hinaus, um ihn herum ein staubiger Kessel von vielleicht einer halben Meile Durchmesser, der von sanft ansteigenden Abhängen begrenzt wurde. Die Kolonne stürmte geradeaus weiter und verteilte sich, dicht hinter ihm weitere Schüsse. Vorne, etwas nach links, sah er den alten Mann stürzen.

Irgend etwas versetzte ihm einen Schlag. Er spürte, wie sein Ärmel zerfetzt wurde, daß er blutete, und bevor er es mitbekam, stürzte er und schlug so hart auf die Erde, daß er die Wunde nicht spürte, rollte ab, fiel wieder, landete schließlich auf seinem Rücken, hatte den Himmel über sich, blinzelte, während der Schmerz in Wellen durch ihn raste. Er hatte etwas Zeit verloren. Er wußte nicht genau wieviel. Er versuchte, wieder einen klaren Kopf zu bekommen und sich aufzusetzen und dann aufzustehen, fiel zurück, fluchte, bis er es schließlich schaffte. Er schaute sich um. Sein Pferd war fort, die Kolonne raste an ihm vorbei. Er suchte seine Pistole, die er fallengelassen hatte, konnte sie aber nicht finden, packte den Revolver in seinem Schulterhalfter, feuerte auf die Mexikaner, die ihm bedrohlich näherrückten, und erkannte verschwommen den Jungen, dem er geholfen hatte, als dieser vorbeiritt, und er schoß wieder und begann zu laufen.

Er stolperte und fiel auf seine verwundete Schulter, zuckte zusammen, rappelte sich mühsam wieder hoch. Die Hänge waren zu weit entfernt. Er konnte es unmöglich schaffen.

Weiter vorne sah er einen Soldaten wenden und den Weg zurückreiten, den er gekommen war. Er begriff nicht, was der Kerl vorhatte.

Dann sah er es; der Soldat war der Junge.

Und er erkannte: Der Junge kam seinetwegen zurück.

Er brauchte nur einen Augenblick, um sich darauf einzustellen. Dann drehte er sich um und schoß, um dem Jungen Feuerschutz zu geben, blickte zurück und sah ihn schnell näherkommen.

Der Junge hockte tief nach vorn gebeugt auf seinem Pferd, schoß am Kopf des Tieres vorbei, erreichte eine Reihe kleinerer Felsbrocken und sprang hinüber, sein Pferd geriet nicht einmal aus dem Schritt, als es wieder

Boden berührte, weiter vorwärtsstürmte. Der alte Mann mußte einfach darüber staunen, über die Leichtigkeit, mit der der Junge das gemacht hatte, schoß wieder, um dem Jungen mehr Feuerschutz zu geben, wartete, machte sich bereit, sich auf das Pferd zu schwingen, als der Junge einfach an ihm vorbeiritt, und auch das verstand er nicht. Dann sah er, daß der Junge die Zügel anzog und sein Pferd herumriß und wieder auf ihn zugeritten kam, und jetzt verstand er. Der Junge kannte sich mit Pferden tatsächlich so gut aus, wie er behauptet hatte. Die größere Belastung, die das Pferd empfinden würde, wenn es mit zwei Männern auf seinem Rücken wenden mußte, die Zeit, die sie verlieren würden, je länger sie zu zweit ritten. Jetzt war der Junge dicht bei ihm, blieb kaum stehen, als er seine Hand ausstreckte, um dem alten Mann hinaufzuhelfen, und dann trat er dem Pferd auch schon wieder in die Flanken, um schnell fortzukommen.

Sie galoppierten etwas unbeholfen durch den Talkessel. Vor ihnen hatte sich die Kolonne inzwischen verteilt und stürmte jetzt auf die Abhänge zu. Hinter ihnen befanden sich noch einige Kavalleristen und hinter denen, sehr dicht, die Mexikaner. Schüsse hallten durch den Kessel.

38

Plötzlich entdeckte der alte Mann sein Pferd, und er stieß den Jungen an und sagte es ihm. Es lief mitten in einer Gruppe Kavalleristen, die Steigbügel hüpften auf und ab, während es floh. Der alte Mann sagte es ihm noch einmal, und behutsam zügelnd, näherte sich der Junge dem Pferd. Dann, als er neben ihm war, beugte er sich herab, um die Zügel zu packen und es abzubremsen, es noch langsamer werden zu lassen, während der alte Mann wartete, bis das Pferd beinahe stand, glitt dann immer noch in Bewegung aus dem Sattel, stolperte, packte die Zügel und das Sattelhorn mit einer Hand, während das Pferd einen Satz nach vorne machte, ihn beinahe mitschleifte, als er nach dem Steigbügel tastete, aufstieg. Der linke Arm schmerzte fürchterlich. Er trat seinem Pferd in die Flanken und galoppierte los, die Mexikaner hinter ihm. Es kam ihm vor, als würden sie direkt hinter ihm schießen.

Er sah, daß der Major das Kommando wieder übernommen hatte, daß die Lastwagen und Planwagen sich in einer Reihe in dem Talkessel verteilt hatten. Kavalleristen standen dort, schossen aus ihrer Deckung heraus. Sie schossen auch von den Abhängen und den Gipfeln der Berge, waren von ihren Pferden abgestiegen, knieten oder lagen auf dem Bauch, schossen, zielten, schossen. Er galoppierte an ihnen vorbei, kämpfte sich den Berg hinauf, saß ab, lief mit seinem Pferd weiter.

39

Der Junge war vor ihm dort. Er schoß in den Talkessel hinunter, lud sein Gewehr durch, zielte, schoß. Er sah den alten Mann den Gipfel hinaufstolpern, die Zügel seines Pferdes immer noch fest umklammert. Als er es geschafft hatte und dann schwer atmend auf den Boden fiel, war die Schulter des alten Mannes blutverschmiert und mit einer Staubschicht überzogen. Prentice unterdrückte den Impuls, zu dem alten Mann hinüberzugehen, schoß weiter in den Kessel hinab. Dort, wo er hingezielt hatte, fiel ein Mexikaner, doch er konnte nicht sagen, wessen Kugel ihn getroffen hatte. Das nächste Mal, als er hinüberschaute, lag der alte Mann immer noch dort.

Er schoß wieder, und jetzt hatte sich der Kampf verändert, die Mexikaner befanden sich auf dem Rückzug, oder das glaubte er wenigstens am Anfang. Sie ritten in die Mitte der Talschüssel zurück und formierten sich neu, und jetzt sah er auch, was sie vorhatten, einen berittenen Angriff nämlich, genau wie sie selbst es gelernt hatten. Sie verteilten sich zu einer langen Reihe, der große dünne Anführer in der Mitte, und setzten sich langsam nach vorne in Bewegung, während irgend jemand neben ihm brüllte, das Feuer einzustellen.

Er sah sich um. Es war der Major. Er brüllte den Befehl noch einmal, ein Lieutenant und ein Sergeant wiederholten ihn ebenfalls. Die Soldaten beherrschten sich, einige gaben noch ein paar Schüsse ab, doch die meisten senkten ihre Gewehre und starrten in den Kessel hinab, während sich die Reihe dort unten langsam weiter vorbewegte.

Er drehte sich um. Der alte Mann hatte sich inzwischen aufgesetzt, zog ein Taschentuch heraus. Er band es sich dicht unterhalb seiner Schulter um den Arm, direkt über der blutenden Stelle, hielt das eine Ende mit den Zähnen fest, und knotete es zusammen. Dann stand er auf und blickte auf die lange Reihe der Reiter hinunter, die sich langsam auf sie zubewegte. Die Muskeln in seinem Gesicht zuckten unablässig, als er seine Schulter berührte, sich umdrehte und sein Gewehr aus der Scheide zog.

»Miles!« sagte der Major.

»Irgendein Bastard da unten ist mir noch was schuldig!«

»Es ist zu weit!«

Doch der alte Mann hörte nicht auf ihn. Er blickte auf sein Gewehr herab, überprüfte es. Es hatte den längsten Lauf, den Prentice je gesehen hatte, und er lud jetzt durch, band seine Satteltaschen ab und stellte sie auf den Rand. Alle beobachteten ihn.

Er legte sich hin, zuckte kurz zusammen, richtete den Lauf auf den Satteltaschen aus.

Die Reihe dort unten bewegte sich langsam näher, im

grellen Licht der Sonne und bei all dem Staub schwer zu sagen, wie weit sie noch weg war, wenigstens zweihundert Meter. Die Männer dort unten wirkten wie winzige Spielfiguren.

Der alte Mann blinzelte, zielte, wischte sich über die Augen, blinzelte wieder. Er suchte in seinen Satteltaschen herum, holte eine Nickelbrille heraus, setzte sie auf, und zielte wieder. Prentice hielt die Luft an.

Selbst mit den Satteltaschen mußte der alte Mann seinen verwundeten Arm ausstrecken. Er fluchte und schüttelte seinen Kopf, schob dann langsam seinen Finger um den Abzug, drückte ab, und der Schuß war wie eine Kanone, die losging, hatte einen mächtigen Rückschlag, der alte Mann zuckte, blieb dann liegen, wo er war, und wartete.

Es schien nur einen Augenblick zu dauern, und dann, als würde eine unsichtbare Hand ein Spielzeug wegschnipsen, stürzte der Anführer dort unten in einer fließenden Bewegung von seinem Pferd. Es mußte an der Entfernung gelegen haben. Sein Sturz schien sehr lange zu dauern.

Die Kavalleristen jubelten.

Die Reiter unten hielten an, starrten von ihrem gefallenen Anführer zum Gipfel hinauf.

»Das müßte reichen«, sagte der alte Mann. »... Das gibt uns Zeit, und wenn wir uns hier oben erst mal aufgestellt haben, werden sie aufhören müssen.«

Und er hatte recht. Ein Mann schien jetzt dort unten ziemlich viel zu reden, gestikulierte wild mit seinen Händen, während jemand von seinem Pferd abstieg und den gefallenen Mann untersuchte. Reiter kamen von den Flanken herangeritten. Die geordnete Angriffsreihe löste sich auf.

»Dein Arm«, sagte der Major.

»Er ist nicht gebrochen.«

»Tja, das ist wenigstens was.«

»Sicher.«

Und Prentice mußte lächeln. So wie der alte Mann dort stand, mit der Brille auf seiner Nase, dem Gewehr in der Hand, mit dem Blut, das von der anderen herabtropfte, wie er von Kopf bis Fuß mit Staub bedeckt war, schien es, als wäre er sich seines verwundeten Armes nicht einmal bewußt, während er auf die Mexikaner in den Talkessel hinabstarrte, die sich jetzt in Gruppen aufteilten. Einige liefen um ihren gefallenen Anführer herum, andere ritten fort, um ihre Verwundeten und Toten zu holen.

Die Schüsse hallten immer noch in seinen Ohren. Er blickte auf seine Hände herab, und sie zitterten.

Er mußte lächeln. Soviel war passiert, daß er nicht mal die Zeit gehabt hatte, an sich selbst zu denken.

Er hatte es gut gemacht.

40

Zwei Tage später erreichten sie das Feldlager, ritten gegen Sonnenuntergang langsam hinein. Die Männer von Pershings Kolonne, die dort auf sie gewartet hatten, konnten es kaum glauben. Sie sahen Verwundete auf Bahren oder auf den Planwagen und den Lastwagen liegen, Soldaten mit Verbänden um den Kopf, andere mit blutüberströmten Oberschenkeln, vor Schmerzen nach vorn gesunken, sich die Bäuche haltend, während sie ritten: eine lange langsame Prozession der Schmerzen und der Erschöpfung. Ein Pferd versagte einfach, die Vorderläufe knickten ein, dann stürzte es nach vorn, als sein Reiter aus dem Sattel glitt, selbst zusammenbrach, auf die Erde sackte. Der Rest starrte auf das Dorf und die Bäume. All das Grün und der Schatten und die Kühle; in diesem Augenblick schien es für sie der schönste Anblick der Welt zu sein, und inmitten des schwerfälligen Trampelns ihrer Pferde, des Klapperns ihrer Ausrüstung, des Knatterns der Motoren starrten sie einfach unverwandt stur geradeaus und waren still.

Dann erreichten sie die Bäume, und weitere Männer kamen herüber, starrten sie an, als sie an den Zelten und Pferden und den Planwagen des Biwaks der anderen Kolonne vorbeitrotteten, die Häuser der Stadt weit weg auf der anderen Seite von ihnen, auf den Teil des Feldlagers zu, der ihnen zugeteilt war. Sie überquerten eine Holzbrücke, ein tiefer, kühl aussehender Bach unter ihr; ihre Mienen hellten sich auf, als sie das Wasser sahen, und der Sergeant hielt zwei Männer zurück, die aus ihren Sätteln herabglitten, auf das Wasser hinabstarrten.

»He!« sagte er zu ihnen. Es war wie ein böses Knurren, während der Sergeant dann auf ihre Pferde zeigte, und sie wußten genau, was er meinte. Es machte nichts, daß sie aus dem Glied getreten waren, es spielte jedoch sehr wohl eine Rolle, daß sie zuerst an sich statt an ihre Tiere gedacht hatten, also nickten die beiden Männer müde, kehrten zurück, um die Zügel ihrer Pferde zu nehmen und dorthin zu folgen, wo die Kolonne angehalten und begonnen hatte, sich zu verteilen.

41

Irgend jemand spannte ein Seil zum Anbinden der Pferde.

Prentice nahm seinem Pferd den Sattel und das Zaumzeug ab, streifte dem Tier ein Halfter über, band es an das Seil. Er tätschelte das Pferd, sprach mit ihm, wischte ihm den Schweiß von den Flanken. Die Luft unter den kühlen schattigen Bäumen war angenehm und beruhigend, die Geräusche um ihn herum wurden von der weichen Erde gedämpft. Nach den Steinen und dem Schotter der Wüste schien die Erde hier beinahe zu federn, machte ihn leichtfüßig, während das Pferd, an dem er arbeitete, auf dem Boden scharrte und schnupperte. Er striegelte das Pferd, hielt kurz inne, um sein schweres Wollhemd von seiner Brust abzuziehen, wo der Schweiß auf seiner Haut abkühlte, blickte dann zu dem Bach hinüber und dann dorthin, wo die Sonne inzwischen fast ganz untergegangen war, striegelte sein Pferd weiter und träumte von etwas zu essen und von Ruhe, zwang sich dazu, noch zu warten, bis das Pferd sich soweit beruhigt und abgekühlt hatte, daß er es füttern und ihm Wasser geben und sich anschließend um sich selbst kümmern konnte.

Drüben am Fluß, ein ziemliches Stück entfernt, aber nicht weit genug, daß er es nicht mehr erkennen konnte, sah er den alten Mann. Offensichtlich hatte er sein Pferd versorgt, ging jetzt langsam, mit gesenktem Kopf, ein Bein etwas nachziehend, den linken Arm in einer Schlinge, zum Ufer. Er bückte sich und ging langsam zum Wasser hinunter. Und dann war er nicht mehr zu sehen.

42

Er hielt sich nicht damit auf, seine Stiefel auszuziehen, stellte sich einfach ins Wasser, ließ seine Hosenbeine vollsaugen und das Wasser an seinen Socken vorbei bis zu seinen Fußsohlen dringen. Zuerst waren seine Füße taub, doch dann wurde das Wasser wärmer, bis es seine Körpertemperatur erreicht hatte, und der Bach fühlte sich kühl und beruhigend an. Er legte sich auf das Gras des Abhanges zurück und blickte zu dem dunkler werdenden Himmel hinauf.

Einen Augenblick später hörte er jemand die Böschung entlangkommen und irgendwo über ihm stehenbleiben. Er machte sich nicht die Mühe nachzusehen, wer es war, einfach nur aus Gewohnheit griff er unter seine Weste und berührte sein Schulterhalfter, blickte weiter zum Himmel auf. Er hoffte, daß wer auch immer dort oben stand, wieder gehen würde. Statt dessen hörte er aber, wie sich das Gras hinter ihm bewegte, spürte die Vibrationen des Bodens unter sich, als jemand den Hang herunterkam und sich rechts neben ihn setzte. Er sah nicht hin.

»Wenn mich einer fragt« – es war der Major –, »wird Pershing die 13. alleine weitermarschieren lassen. Wir werden nach Westen und dann entlang der Berge nach Süden gehen.«

Der alte Mann nickte, blickte zum Himmel. Dort oben war eine Wolke. Die einzige Wolke weit und breit, sie trieb beinahe genau über ihm, und eine Kante war vor dem Hintergrund des durch den Sonnenuntergang gelblich gefärbten Himmels rot getönt. Der Gedanke an Pershing holte ihn zurück. »Wie geht's ihm?«

»Er ist stinksauer.«

Der alte Mann lachte.

43

Sauer war nicht ganz der richtige Ausdruck. Fuchsteufelswild traf die Sache schon eher. Pershing hatte gerade das Auto vorgeführt, das er sich von einem Mormonen geliehen hatte, als der Major ihm von dem Angriff berichtete. Das war der berühmte offene Dodge, in dem er die Expedition anführen würde, und er hatte das Dach zurückgeklappt, eine Tür stand offen, eine Gruppe Offiziere und Korrespondenten war die ganze Zeit bei ihm, während er zuhörte, sagte »Verdammt!«, als er die Tür dann zuschlug. »Wenn diese verdammten Politiker in Washington nicht dafür sorgen, daß wir hier unten ein bißchen Kooperation erhalten, werde ich ihnen ein bißchen Dampf machen, damit sie das tun. Gentlemen, Sie haben meine Erlaubnis, über diesen Zwischenfall zu schreiben, was Sie wollen. Ich bitte Sie nur darum, mich die Artikel vorher sehen zu lassen, nicht um sie zu zensieren, sondern um sicherzustellen, daß sie auch ganz besonders scharf ausfallen. Ich will, daß jede Zeitung in den Staaten diese Story bringt, und ich will, daß jeder, der diese Geschichte liest, sich mit Washington in Verbindung setzt. Wenn wir hier unten fertig sind, kann sich Mexico City Kooperation in den Arsch schieben.«

Das war durchaus nicht üblich für Pershing. Normalerweise achtete er sehr genau darauf, was Journalisten über ihn schrieben. Später, im Ersten Weltkrieg, würden alle Journalisten, die mit ihm reisten, ein Pfand von zehntausend Dollar bei ihm hinterlegen müssen, und falls sie Artikel an den Zensoren vorbeischmuggelten, beschlagnahmte er diese Pfänder. In einem Fall stellte er beinahe einen Mann wegen Verrat unter Anklage. Bei dieser Expedition jedoch war er ein wenig milder, überwachte lediglich alles, was sie schrieben. Aus diesem Grund hatte er sie auch bleiben und zuhören lassen. Sie konnten nichts mit der Nachricht über den Angriff anfangen, sofern er es ihnen nicht erlaubte.

Im Augenblick schien die Lockerung seiner Prinzipien sie aufzuheitern. Einige lächelten. Und genaugenommen, nachdem er jetzt zu Ende geredet und darüber nachgedacht hatte, schien auch seine Laune sich wieder zu bessern. Er sah den Major an, ging zu seinem Zelt hinüber und griff hinein, um etwas herauszuholen.

»Hier, Major, ich denke, Sie könnten was davon gebrauchen.«

Es war eine Whiskyflasche und ein Becher, und er schenkte etwas ein.

»Mit Erlaubnis des Generals, nach Ihnen«, sagte der Major.

Der General sah ihn an und lächelte.

»Mit meiner Erlaubnis, nach uns allen.«

Er holte noch ein paar weitere Becher aus dem Zelt, die Korrespondenten kamen näher, hielten leere Büchsen,

Deckel von Feldflaschen, alles, was in der Nähe war, während Pershing ihnen einschenkte, jeder wartete, bis der General fertig war.

Er richtete sich auf, hob seinen Becher, und sah sie an.

»Auf Villa, diesen verdammten Hurensohn, und wo auch immer wir ihn einholen.«

»Richtig.« Becher und Gläser wurden gehoben, dann stießen sie an und tranken.

44

Zwei Soldaten liefen splitternackt auf die Böschung zu und sprangen zum Bach hinunter. Der Major beobachtete, wie sie planschend im Wasser landeten. »Ich nehme an, du wußtest, daß seine Familie getötet worden ist.«

Zum ersten Mal, seit der Major sich gesetzt hatte, schaute der alte Mann ihn jetzt an.

»Nein«, sagte er. »Das wußte ich nicht.«

»Ja. Letzten Sommer. Nachdem er nach El Paso versetzt worden war. Seine Familie war in San Francisco geblieben, wo sie packten, um ihm zu folgen. Ein Brand während der Nacht. Seine Frau und seine drei Töchter sind dabei umgekommen. Sein kleiner Sohn ist der einzige, der überlebt hat.«

Der alte Mann sah ihn weiter an. Prentice hätte diesen Blick wiedererkannt. Es war der gleiche wie damals, als die Kolonne abmarschiert war und der alte Mann beobachtet hatte, wie der Major seine Tochter und seinen Sohn und seine Frau küßte.

Der Major spürte, wie ihn dieser Blick durchbohrte. »Jedenfalls hat ihn das verändert. Er ist ein bißchen dünner geworden, scheint älter geworden zu sein. Seine Wut ist die gleiche geblieben, aber man hat den Eindruck, es wäre aus anderen Gründen. Einer seiner Adjutanten hat mir erzählt, daß er sich heute viel mehr als früher beklagt.

Nicht genug Vorräte, nicht genug Männer, so in dieser Richtung. Es ist, als hätte er sich in diese Sache gestürzt, um schneller vergessen zu können, und er glaubt, daß er es ganz alleine machen müßte, weil er sich nicht darauf verlassen kann, daß ihm sonst jemand hilft.«

Dann wandte sich der alte Mann wieder ab, sah zu dem Bach.

Eine ganze Weile sagten sie nichts mehr, und plötzlich stand der alte Mann auf und ging unbeholfen fort.

45

Prentice saß mit dem Rücken gegen einen Baum gelehnt, aß die erste anständige Mahlzeit des Feldzuges, eine Art Eintopf, den die Mormonen für sie zubereitet hatten. Er löffelte einen Fleischbrocken und mit Fleischsaft vollgesogene Kartoffeln in seinen Mund, kaute langsam, während er aufsah und entdeckte, daß der alte Mann vor ihm stand.

»Sie brauchen sich nicht bei mir zu bedanken.«

»Das will ich auch gar nicht. Es war dumm.«

»Jedenfalls sind wir jetzt quitt.«

Der alte Mann zuckte mit den Schultern. »Du hattest recht, als du gesagt hast, daß du dich mit Pferden auskennst, das ist mal klar. Ich schätze, als erstes müssen wir dir eine andere Pistole besorgen.«

Die letzte Bemerkung verstand Prentice nicht. Er kaute noch eine Weile, hörte dann auf und schluckte, legte seinen Löffel und Teller fort und blinzelte ihn an, fragte sich, ob er richtig gehört hatte, und ob es das bedeutete, was er dachte, daß es das bedeuten würde.

Der alte Mann blieb einfach dort stehen.

ZWEITER TEIL

46

GEORGIA, 1864. Die Nachricht vom Niederbrennen Atlantas hatte sie bereits erreicht. Es gingen Gerüchte um, was die Yankees als nächstes tun würden. Die Konföderierten unter General Hood hatten sich von Atlanta nach Norden zurückgezogen, und viele glaubten, daß Sherman ihm nachsetzen würde. Niemand dachte an das, was in Virginia geschehen war, oder vermutete, daß sich, was einmal geschehen war, jetzt durchaus auch hier wiederholen könnte. Selbst als die Zeichen unverkennbar waren, konnten sie es immer noch nicht ganz glauben. Anstatt es auf Hood oder irgendein anderes militärisches Ziel abgesehen zu haben, verzichtete Sherman auf seine gesicherten Nachschublinien und ließ in dem Bemühen, den Süden zu demoralisieren, seine sechzigtausend Mann abschwenken, um von Atlanta direkt auf Savannah und das Meer zu marschieren, wobei er das Land entlang seines Weges zerstören oder plündern ließ.

November, und genau die richtige Zeit für so etwas. Wie ein Historiker später sagte: »Sie rückten auf einer Front von sechzig Meilen Länge durch ein reiches Land vor, in dem die Ernte eingebracht worden war, die Scheunen mit Mais und Futter vollgestopft, die Räucherkammern mit Schinken und Speck prall gefüllt und die Weiden voller Vieh waren. Jeden Morgen kommandierte jede Brigade ein ungefähr fünfzig Mann starkes Requirierungskommando ab, um das Land ein paar Meilen auf beiden Seiten der Marschroute der Brigade zu durchkämmen. Nachdem sie Fuhrwerke und Kutschen beschlagnahmten, beluden sie sie mit Speck, Eiern, Maismehl, Hühnern, Truthähnen, Enten und Bataten – kurz, mit allem, was nicht niet- und nagelfest war – und lieferten am Ende jeden Tages ihre Ladungen bei den Verproviantierungsoffizieren ihrer Brigaden ab. In der Zwischenzeit transportierten andere Einheiten das Vieh ab.

Was sie nicht mitnehmen konnten, das töteten sie. Um Munition zu sparen, töteten sie Schweine mit dem Säbel und Pferde und Maulesel mit dem Schlachtbeil. Von Sonnenaufgang bis Sonnenuntergang verschlangen magere Veteranen, die an Kommißbrot und Pökelfleisch gewohnt waren, Schinken, Bataten und frisches Rindfleisch, und während sie weiter durch den Staat vorrückten, wurden sie immer fetter und wohlgenährter. Nicht anders erging es den Negern, die der vorrückenden Heerschar ausgelassen dicht auf den Fersen folgten und denen die Unionssoldaten die Vorräte der Plantagenbesitzer gaben. Sie verkörperten die Neger aus dem berühmten Lied:

Say Darkies has you seen old Massa
Wid de muffstache on his face
Go long de road sometime dis mornin'
Like he gwine to leave da place?

De Massa run, ha-ha!
De Darkey stay, ho-ho!
I tink it must be Kingdom Coming
And de Year ob Jubilo.

Sagt Schwarze, habt Ihr irgendwann heut morgen
Den alten Massa, mit dem Schnurrbart im Gesicht
Grad so, als wollt er verschwinden
Die Straße lang kommen sehn?

Der Massa geht, ha-ha!
Der Schwarze bleibt, ho-ho!
Ich glaub, das Paradies ist nah
Und das Jahr des Herrn.

Für die Neger war es tatsächlich das Jahr des Herrn, genauso wie der Marsch für Shermans lachende Veteranen zu einem sonntäglichen Picknickausflug geworden war.

Von einem Flügel zum anderen Flügel auf einer Länge von sechzig Meilen stiegen Rauchsäulen in die Luft, als die vorrückende Armee ihre eigenen düsteren Wolken der Zerstörung hinter sich herzog. Lagerhäuser, Brücken, Scheunen, Maschinensäle, Depots und Fabriken wurden niedergebrannt. Nicht einmal Wohnhäuser wurden verschont, ganz besonders nicht von den ›Schnorrern‹, jenen Deserteuren, Desperados und Plünderern, aus dem Norden wie aus dem Süden, die von dem Marsch der lockenden Beute wegen angezogen wurden. Das waren jene Männer, die alte Männer und hilflose Frauen dazu zwangen, die Verstecke preiszugeben, in denen Silber, Schmuck und Geld versteckt worden waren. Sie tanzten mit schlammigen Nagelschuhen auf schneeweißer Tischwäsche oder glänzend polierten Tischplatten, zerschlugen mit ihren Gewehrkolben Mobiliar, schlitzten Federbetten mit Säbeln auf und zerschlugen Fenster und Spiegel mit leeren Flaschen. Sherman, der sie hätte zurückhalten können, tat wenig, um sie aufzuhalten. ›Der Krieg ist grausam, und man kann ihn nicht kultivieren‹, hatte er den Einwohnern Atlantas gesagt, und es war seine feste Absicht zu demonstrieren, daß die Konföderation nicht in der Lage war, seine Bürger gegen diese Grausamkeit zu schützen.«

Ihre Farm lag im Herzen des Staates, unmittelbar in der Marschroute Shermans, obschon sie das nicht wußten, bis es zu spät war. Eines Morgens waren Plünderer in der Scheune. Sein Vater versuchte sie aufzuhalten, und sie erschossen ihn. Seine Mutter lief aus dem Haus zu ihrem Mann, und sie erschossen sie ebenfalls. Sie vergewaltigten seine Schwester, erschossen sie, schlitzten seinem Bruder mit einem Säbel den Bauch auf, nahmen die Pferde und die Schweine, erschossen den Hund, setzten die Scheune und das Wohnhaus in Brand, und ritten dann mitsamt dem mit Lebensmitteln und Getreide beladenen Fuhrwerk wieder fort.

Der Jüngste, dreizehn Jahre alt, hatte manches, wenn auch nicht alles, vom oberen Stock des Hauses aus gesehen. Er hatte geschlafen, als es anfing, war dann wach geworden und aufgestanden, hatte gerade noch rechtzeitig aus dem Schlafzimmerfenster hinausgesehen, als sein Vater stürzte, seine Mutter dicht hinter ihm.

Als er dann die Treppe hinunterlaufen wollte, hatte er zwei Soldaten mit seiner Schwester kämpfen sehen. Ein anderer Soldat, der die Treppe gerade heraufkam, hatte ihn mit seinem Revolverknauf niedergeschlagen. Mitten im Rauch und den Flammen war er wieder zu Bewußtsein gekommen, dann die Treppe hinuntergestolpert und weiter nach draußen auf die Veranda, hatte sich wieder an seine Schwester erinnert, kehrte ins Haus zurück, sah sie dann auf dem Sofa liegen: das Kleid über den Kopf hochgeschoben, ihr Unterkleid zerrissen und blutig, der rote Fleck auf ihrem Brustkorb, auf dem Boden ganz in ihrer Nähe lag sein verstümmelter Bruder. Und die Flammen waren bereits ganz nah. Hustend war er auf sie zugegangen, hatte seine Hände zum Schutz vor das Gesicht gehoben, war von der Hitze zurückgedrängt worden. Dann war ein Balken herabgestürzt, dann noch einer, und sie versperrten ihm den Weg. Er hatte es aus einer anderen Richtung versucht, doch dort tobten die Flammen noch wütender, weitere Balken stürzten herab, seine Kleider begannen zu brennen, sein Bruder und seine Schwester waren nicht mehr zu sehen. Vor ihm war jetzt überall nur noch Feuer gewesen, während er zurückstolperte und um sich schlug, um die Flammen auf seinen Kleidern zu löschen. Er stürmte durch die Haustür und rollte sich auf die Erde. Auf seinem Nacken tat es weh, und auf seinem Kopf, seine Haare brannten, und er versuchte die Flammen auszuschlagen. Dann hatte er es geschafft, und er lag einfach da, hielt abgesengtes Haar in seinen Händen, roch diesen durchdringenden Gestank, während das Feuer noch lauter tobte und Hitzewellen über ihn hinwegrollten. Er kroch ein Stück, kroch noch ein Stückchen weiter. Immer noch schlug die Hitze brutal auf ihn ein. Er packte seine Mutter und seinen Vater, schleifte sie fort, blieb erst hinter dem Tor zum Hof stehen. Dort lag er eine ganze Weile.

Er wußte, daß sie tot waren. Das war gar keine Frage. Ihre Lider waren weit geöffnet, glasige Augen starrten ins Nichts. Trotzdem mußte er sie untersuchen, doch es half nichts. Er lag da und starrte sie an. Dann stand er auf und sah, daß die Scheune eingestürzt war. Das Wohnhaus war nahezu ausgebrannt. Er stand dort und schaute zu, wie das Dach einstürzte und dann eine Wand, und alles verschwamm vor seinen Augen, als er registrierte, daß etwas Warmes und Feuchtes sein Gesicht hinabtropfte und er weinte. Er schaute sich um, suchte nach jemandem, dem er weh tun konnte. Es war niemand da. Er schwankte zur Scheune hinüber und sah, daß sämtliche Futterbehälter neben ihr geleert worden waren, daß die Kutsche und das Fuhrwerk fort waren, und als er dann auf unsicheren Beinen zum Haupttor schwankte, hinter ihnen her, da stolperte er und erkannte, daß er barfuß war, nackt.

Er warf einen Blick zurück zu seiner Mutter und zu seinem Vater drüben am Zaun, wohin er sie geschleppt hatte, ging auf sie zu, als die drei übrigen Wände einstürzten. Er begrub sie. Er schaute sich nach irgend etwas um, das er brauchen konnte, packte die Kleider, die er von seinem Vater genommen hatte, zog sie an, krempelte die Hosenaufschläge hoch, zog den Gürtel zu, rollte die Hemdsärmel hoch – zog Socken an, dann die mit Blättern ausgestopften Schuhe, starrte zu den Gräbern hinüber, den rauchenden Ruinen der Scheune und des Hauses und machte sich dann auf den Weg.

47

Er brauchte eine ganze Weile. Zuerst war ihm nicht einmal bewußt, was er überhaupt tat. Er glaubte, daß er sie einholen könnte, wenn er sich beeilte. Dann wurde ihm klar, daß er auch nicht die geringste Chance gegen sie haben würde, selbst wenn er sie einholen sollte. Ein Junge gegen ein halbes Dutzend Männer. So viele hatte er jedenfalls gesehen. Drei im Haus und drei weitere auf dem Hof. Es konnten sogar noch mehr sein. Ein flüchtiger Blick durch das Fenster, ein zweiter auf der Treppe, die zwei dort unten, die mit seiner Schwester gekämpft hatten, der andere, der auf ihn zukam, dunkel und schmutzig, verfilzte Haare. Er war sich nicht mal sicher, ob er sie wiedererkennen konnte. Aber das Fuhrwerk und die Kutsche, wenigstens die kannte er, bei denen konnte er sich ganz sicher sein. Er würde seine Augen nach dem Fuhrwerk und der Kutsche offenhalten, und jeden, der bei ihnen war, würde er töten.

Nicht sofort, nicht so, daß er in Gefahr geraten würde. Und außerdem wollte er auch sichergehen, daß er sie alle erwischte, also würde er warten, und wenn er sie gefunden hatte, würde er noch ein bißchen länger warten, und dann würde er sie einen nach dem anderen fertigmachen. Vielleicht würde er warten, bis jeder allein war und schlief, und dann würde er sie erstechen, oder er würde sie erschießen.

Für seine Schwester. Für seinen Bruder, seine Mutter, seinen Vater, die Scheune, das Haus. Aber vor allem anderen für sich selbst.

Fünf Meilen die Straße hinab fand er dann die Kutsche. Ein Rad hatte sich gelöst, sie lag in einem Graben. Das hatte er erwartet. Das Rad war wackelig gewesen, und sein Vater hatte mit der Kutsche immer sehr langsam fahren müssen. Sein Vater hatte es reparieren wollen. Jetzt würde er das nie mehr tun.

Er ging weiter, schneller die Straße hinunter. Die Blätter in seinen Stiefeln hatten sich inzwischen zu einem weichen Brei verwandelt, und er humpelte stark. Trotzdem ging er schneller. Er spürte, daß seine Beine zwischen den Knöcheln und Knien zu pochen begannen. Trotzdem ging er weiter.

Dann erkannte er, daß er sich, wenn er in diesem Tempo weitermarschierte, selbst lahm machen würde. Besser sein Ziel langsam zu erreichen, als gar nicht. Also zog er die Schuhe aus und ging nur mit Socken an den Füßen auf dem trockenen Gras entlang der Straße, und das war auch gut so, denn fünf Minuten später hörte er Pferde kommen und hatte gerade noch genug Zeit, sich zu verstecken, bevor eine Gruppe Unionssoldaten vorbeigeritten kam. Soweit er erkennen konnte, war es eine andere Gruppe gewesen. Es spielte keine Rolle. Er sah, daß sie prall gefüllte Säcke über ihren Sätteln liegen hatten, Blut auf ihren Kleidern. Er verfluchte sie und ging weiter hinter ihnen her.

Und dann stieß er auf sie, hörte sie zuerst, war sich nicht sicher, was sie waren. Ein entfernter Lärm, der lauter und lauter wurde, je mehr er sich näherte. Männer und Pferde, Schweine, Enten und Truthähne und Hühner, und alles zusammen auf einmal, ohrenbetäubend, alle möglichen Arten von Geräuschen, die er sich nur vorstellen konnte. Er kam eine Anhöhe hinauf und schaute dann hinunter, und dort waren sie: eine schier endlose Zahl von Männern, Pferden, Rindern und Fuhrwerken, die sich, so weit sein Auge reichte, über das Land verteilt hatten, und sie bewegten sich. Er sah Blau und Braun und Weiß und jede nur vorstellbare Farbe, doch hauptsächlich Blau. Staubwolken wirbelten auf, die sie undeutlicher werden ließen. Die Soldaten bewegten sich fort, manche von ihnen zu Pferd, manche zu Fuß. Es schienen Zehntausende zu sein, vielleicht fünfzig-, sechzigtausend, die weitermarschierten, drängten, das Land zertrampelten, wie eine Heuschreckenplage, und da wußte er, daß er die Männer niemals finden würde, nach denen er suchte. Er würde es versuchen. Vielleicht hatte er sogar Glück. Doch irgendwie wußte er, daß er sie niemals finden würde.

Trotzdem ging er weiter. Er folgte ihnen den ganzen Weg. Er fand die Schuhe eines Jungen, die achtlos fortgeworfen worden waren. Er erfuhr nie, wieso sie überhaupt gestohlen worden waren, aber sie paßten ihm fast genau, waren nur ein bißchen zu groß, und er schnappte sich auch alte Lappen, die ebenfalls fortgeworfen worden waren, und band sie sich über seine Socken um die Füße, und dann zog er die Stiefel an, und jetzt paßten sie ihm, und er ging weiter. Er fing eine Soldatenmütze auf, die vom Wind fortgeweht wurde und setzte sie sich auf den Kopf, schützte sich so gegen die Sonne. Er fand einen Sack mit Lebensmitteln. Sie hatten so viel, daß es ihnen nicht mal etwas ausmachte, daß sie ihn verloren hatten.

Und er zog mit ihnen weiter, hielt sich dicht in der Nähe einer Flanke, hustete im Staub, starrte jedes Fuhrwerk aufmerksam an, das an ihm vorbeikam, marschierte mit den Negergruppen, die ihnen folgten. Sie aßen, was die Soldaten ihnen gegeben hatten, sangen, lachten, brüllten, starrten ihn an, und er entfernte sich ein Stück von ihnen, mühte sich ab, mit der Kolonne Schritt zu halten, und schließlich hielt sie für die Nacht an, und er kroch unter irgendwelche Büsche und schlief.

Am folgenden Tag war es das gleiche, der Tag danach auch. Jeden Morgen, wenn die Soldaten aufstanden und aßen, machte er sich schon vor ihnen auf den Weg, versuchte einen Vorsprung zu gewinnen, wußte, daß er gegen Mittag zurückfallen würde, starrte die Fuhrwerke an, warf verstohlene Blicke auf die Gesichter der Soldaten, doch er entdeckte sie nicht, und er marschierte weiter. Er marschierte immer weiter. Er marschierte so lange, bis er schon glaubte zusammenzubrechen, und er machte weiter.

Er erreichte eine Stelle, an der die Soldaten Brücken über einen Fluß gebaut hatten, Flöße aus Baumstämmen, mit Balken und Seilen untereinander verbunden, und zu diesem Zeitpunkt war er schon ein gutes Stück zurückgefallen, war wieder bei den Negern. Die Soldaten hatten den Fluß bereits überquert, als sie endlich herankamen. Am Ende jeder Brücke standen Wachtposten, um die Neger zurückzuhalten, während die Soldaten am anderen Flußufer schon begannen, die Brücken einzuziehen. Die Neger fingen an zu brüllen und zu toben. Die Soldaten mußten ihrer überdrüssig geworden sein, mußten genug davon gehabt haben, sie durchzufüttern. Und da sie sich frei bewegen wollten, hatten sie offenbar beschlossen die Neger loszuwerden, indem sie die Brücken ans andere Ufer einzogen, während die Wachtposten dort mit schußbereiten Gewehren standen, sie scharf beobachteten und langsam über den Fluß ans andere Ufer glitten, schließlich immer kleiner wurden, als ihr Brückenabschnitt sich hinüberbewegte.

Die Neger brüllten weiter. Ein paar schlichen sich zum Wasser, wateten hinein, wurden dann von der Strömung erfaßt und wirbelnd flußabwärts mitgerissen. Sie versuchten mit aller Kraft, ans Ufer zurückzuschwimmen, doch nicht alle schafften es. Die anderen brüllten einfach immer weiter.

Er marschierte den Fluß hinauf, suchte nach einer Stelle, wo er ihn überqueren konnte. Es gab sie nicht.

Die Neger folgten ihm.

Noch während er sie anstarrte, sich der Tatsache bewußt war, daß er mit ihnen festsaß, ein Weißer unter tausend Schwarzen, entdeckte er einen Baumstamm, der dicht am Flußufer lag, watete ins Wasser und schob ihn hinaus, hielt sich daran fest, als er langsam auf die Strömung zutrieb, dann schneller wurde. Die Neger begannen, mit Steinen nach ihm zu werfen. Er hielt seinen Kopf unten, geschützt hinter den Baumstamm. Das Wasser war kalt und zerrte an ihm, während die Steine überall um ihn herum auf das Wasser schlugen.

Ein Stein schlug gegen den Baumstamm und prallte ab, traf ihn. Er faßte an seine Schulter. An der Stelle, wo der Stein ihn getroffen hatte, war sie ganz taub. Er kämpfte darum, seinen Halt nicht zu verlieren. Der Stamm drehte sich, und dann war er auch schon unter Wasser, versuchte verzweifelt, wieder hochzukommen. Überall um ihn herum nichts als Wasser. Er bekam keine Luft mehr, würgte, kämpfte, und wieder drehte sich der Baumstamm, und dann war er wieder oben.

Er sah sich um. Das Ufer, das er verlassen hatte, wurde kleiner, die Neger brüllten ihm etwas zu, bewarfen ihn weiter. Er blickte in die andere Richtung, sah, daß er mit der Strömung flußabwärts trieb, versuchte jetzt, den Stamm ans andere Ufer zu bringen, doch trotzdem trieb er weiter flußabwärts, und ihm blieb wirklich keine große Wahl. Er klammerte sich einfach weiter fest, hoffte, daß der Baumstamm von allein dort hinüberkommen würde.

Es trug ihn viele Meilen den Fluß hinunter. Er wußte nicht, wie viele Meilen es waren, doch es schien eine ganze Weile zu dauern und er bewegte sich sehr schnell. Das andere Ufer erreichte er auch nur, weil der Fluß einen Bogen machte, und während der Stamm vorher genau in der Mitte getrieben hatte, näherte er sich jetzt dem Ufer, und als er an einer Stelle vorbeikam, wo ein Stück Land in den Fluß hinausragte, ließ er den Stamm einfach los und schwamm. Und fast hätte er es nicht geschafft.

48

An diesem Tag wäre er beinahe gestorben. Es dauerte mehrere Jahre, bis er begriff, wieso. Er lag dort auf dem Sandufer, schnappte nach Luft, schluchzte, war triefnaß und unterkühlt, und wartete darauf, daß seine Kräfte zurückkehrten, die doch nicht kamen. Er nahm ein Stück aufgeweichtes Brot, das er in seinem Sack hatte, versuchte zu essen und hätte sich beinahe übergeben. Er wußte, daß er krank war, doch er glaubte, das läge nur daran, daß er einfach müde war. Er hatte das Wort ›Unterkühlung‹ schon mal gehört, doch er hatte nie wirklich genau verstanden, was es eigentlich bedeutete, wußte nur, daß Menschen daran starben, dachte aber, das wäre einfach nur, weil sie in einem Schneesturm herumgewandert und dann erfroren waren. Er verstand nicht, daß er auch Körperwärme verlieren konnte, wenn er kalt und naß war, wußte nicht, daß er selbst an einem milden Novembertag hier in Georgia, mit einem leichten Wind, der ihn frösteln ließ, ohne die Möglichkeit, sich ein Feuer zu machen, ohne die Möglichkeit, seine Kleider trocknen zu können, daß er selbst an einem solchen Tag einfach dort liegen und immer schwächer werden und in einigen Stunden schlicht und einfach sterben konnte. Es hatte nichts damit zu tun, sich eine Erkältung zu holen, nicht einmal eine Lungenentzündung. Es war einfach nur Kraftverlust aufgrund von Wärmeverlust.

49

Er lag dort und wurde schwächer, murmelte leise vor sich hin, und ihm wurde schwindlig. Er versuchte aufzustehen und fiel sofort wieder hin, und das einzige, das ihn rettete, war sein unbändiges Bedürfnis, die Soldaten einzuholen. Er wußte, daß er viel Zeit verloren hatte und daß der Abstand größer geworden war, und auch, daß er die ganze Zeit, während er hier lag, noch mehr Zeit verlor und der Abstand noch größer wurde. Er versuchte sich zu bewegen und wollte es nicht, doch er wußte, daß er es tun mußte, und er wappnete sich und stand auf und machte sich auf den Weg das Ufer hinauf. Soweit er es sagen konnte, war der Fluß ziemlich gerade verlaufen. Er glaubte, daß er irgendeinen Anhaltspunkt darauf finden würde, wo die Plünderer weitergezogen waren, wenn er schräg nach rechts vom Fluß fortging. Es müßte wirklich schwer sein, sie zu verfehlen, so viele Männer und Pferde und Ausrüstung. Es war nur eine Frage der Zeit, und während er dann losging, langsam, schwankend, mit den Socken und Lappen in seinen Schuhen, die nun naß waren und scheuerten, Blasen verursachten, blickte er immer geradeaus in die Ferne, kam an Bäumen und Bergen und aus Steinen gebauten Zäunen vorbei, an nahe gelegenen Farmen, die, wenn er sie erreichte, niedergebrannt waren, deren Bewohner tot auf den Höfen lagen. Er beachtete sie nicht, ging einfach weiter, und jetzt merkte er, daß er fiel. Einmal oder zweimal hätten ihm nichts ausgemacht, aber er fiel ziemlich oft, und jetzt stellte er außerdem fest, daß er an Stellen vorbeikam, von denen er geglaubt hatte, sie schon längst hinter sich gelassen zu haben. Er war im Kreis gegangen, war den Weg zurückgegangen, den er gekommen war, also drehte er sich wieder um, orientierte sich an irgendeiner Landmarke in der Ferne, an Bäumen oder Felsen oder Bergspitzen, und stolperte auf sie zu, orientierte sich dann wieder an einem weiteren Punkt und stolperte auch auf den zu. Es dauerte eine ganze Weile, bis er schließlich irgendwann bemerkte, daß er über Boden ging, wo das Gras niedergetrampelt war, daß er schon eine ganze Weile auf der Spur der Soldaten ging, ihr folgte. Er verstand nicht, warum alles um ihn herum grau wurde, und dann erkannte er, daß die Sonne fast ganz untergegangen war. Er wußte nicht, wie

lange er gewandert war, er wußte nicht, wie weit. Er erinnerte sich kaum an irgend etwas, und als er dann in der
Dunkelheit wieder stürzte, feststellte, daß er nicht mehr
aufstehen konnte, daß er unkontrollierbar zitterte und
würgte, lag er einfach da und starrte geradeheraus auf irgend etwas, das ihn faszinierte, bis er sich bewußt wurde,
daß es ein Feuer war, und er fing an, darauf zuzukrie-
chen.

Später erzählten sie ihm, daß sie ihn beinahe erschossen hätten, ein niedriges dunkles Objekt, das auf das
Camp zugekrochen kam. Doch dann hatten sie ein Stöhnen gehört, und sie ließen es drauf ankommen und beobachteten, wie es langsam näherkam, und es war nur ein
in Lumpen gekleideter kleiner Junge, eine Hand vor der
anderen, kriechend, sich mit den Knien abstützend, weiter kriechend, und er schaffte es nicht bis zu dem Feuer,
streckte einfach zwanzig Meter vor seinem Ziel eine
Hand aus und sackte im Dreck zusammen und rührte
sich nicht mehr.

Sie standen da und starrten ihn an, und als sie dann
wieder zu sich kamen, liefen sie schnell zu ihm, sahen
nach, ob sie ihm helfen konnten, hoben ihn hoch, trugen
ihn zum Feuer. Sie fanden die Mütze eines Unionssoldaten, die er sich unter sein Hemd gesteckt hatte, als er in
den Fluß gesprungen war. Sie zogen ihm die Kleider aus
und wickelten ihn in eine Decke, wärmten ihn am Feuer
auf, während sie seine Kleider trockneten und versuchten, ihn zu füttern, ihm etwas Heißes zu trinken und ein
bißchen Fleisch zu geben, doch das Fleisch rührte er nicht
an.

Er schlief immer noch, als sie am folgenden Morgen
aufbrachen. Sie legten ihn auf einen Planwagen, und er
wurde nicht vor Mittag wach. Und selbst da lag er noch
im Delirium, trank kaum etwas, trieb wieder in tiefen
Schlaf ab, und er wurde erst richtig wieder wach, als sie
ihr nächstes Lager aufschlugen, aß dann etwas von dem,

was sie ihm gaben, starrte sie an, während sie ihm erzählten, wie sie ihn gefunden hatten, ihm erzählten, daß er fast gestorben wäre. Sie erzählten ihm auch, was er von einem Fluß gesagt hatte, daß sie das nicht verstanden hatten, und sie fragten sich, was mit ihm wohl geschehen sein mochte. Er wollte nicht sprechen. Er glitt wieder in den Schlaf ab, und als er in der Nacht wach wurde, konnte er wieder klar genug denken, um zu erkennen, daß sie nichts von seiner Mutter und seinem Vater und dem Rest wußten, glaubte, daß sie ihm nicht vertrauen würden, wenn sie es wüßten. Als er dann am folgenden Morgen wach wurde, erzählte er ihnen, daß sein Vater ein Tagedieb war, der ihn verlassen hatte, daß er dem Troß gefolgt war, um Hilfe zu bekommen, daß er versucht hatte, den Fluß zu überqueren und dabei beinahe ertrunken wäre. Sie sahen ihn an. Er konnte nicht sagen, ob sie ihm glaubten, aber sie ließen es dabei bewenden.

Er blieb den ganzen Dezember über bei ihnen, marschierte mit der Kolonne Richtung Südosten auf Savannah, fiel am Stadtrand etwas zurück und wurde von ihnen getrennt, als sie die Stadt einnahmen. Dann folgte er ihnen hinein, um dort herauszufinden, was sechzigtausend begierige, schmutzige und müde Männer mit einer Stadt machen konnten. Zuerst räumten sie die Saloons und Hotels aus, zerschlugen alles, was sich ihnen dabei in den Weg stellte, und dann zerschlugen sie alles nur um des Zerstörens willen: Fenster, Türen, Tische, Stühle. Sie rissen Schiebefenster herunter, zerschlugen Spiegel. Soldaten schlenderten mit mehreren Flaschen unter dem Arm die Straße hinab, während sie in der anderen Hand eine geöffnete Flasche hielten und hastig tranken. Sie räumten Lebensmittelläden, Küchen, Bäckereien aus. Und irgendwann zwischendurch fingen sie dann mit den Frauen an. Er suchte weiter nach dem Planwagen, nach den Männern, mit denen er gekommen war, doch konnte sie nirgends finden. Er sah Offiziere, die an Straßenecken standen und versuchten, den Krawall zu ignorieren, ja sogar selbst dabei mitmachten. Es war offensichtlich, daß sie es nicht verhindern konnten, selbst wenn sie es wollten. Der Zweck des Marsches war, den Südstaaten eine Lektion zu erteilen, und eine Lektion, die nur halb erteilt wurde, wurde nicht richtig gelernt, sie mußten es bis zum Schluß durchziehen. Die Soldaten ihrerseits dachten gar nicht daran aufzuhören. Nach Wochen nahezu völliger Freiheit würden sie schon bald wieder gezügelt werden, und wenn das hier die letzte Gelegenheit für sie war, dann würden sie auf jeden Fall das Beste daraus machen und es gründlich genießen. Sie zerrten an Frauen herum, schleppten sie direkt von der Straße weg. Der Lärm war ohrenbetäubend. Rufe, Schreie, hin und wieder Schüsse, laufende Menschen, hin und her rennende Soldaten, ein paar ausbrechende Feuer. Schließlich konnte er es nicht mehr ertragen, überlegte sich, daß die Männer, die seine Familie umgebracht hatten, irgendwo mittendrin stecken mußten, hatte das Spektakel aber so gründlich satt, daß er es nicht über sich bringen konnte, nach ihnen zu suchen, war sich nicht mal sicher, ob er sie wiedererkennen würde, wußte auch nicht, wo die Männer waren, mit denen er gekommen war. Also verließ er die Stadt, umrundete den Stadtrand, landete schließlich in Shermans Hauptquartier. Es befand sich im Norden, auf einer Ebene in Sichtweite des Flusses und des Meeres. Zelte waren aufgeschlagen, Korräle eingerichtet, Wachtposten aufgestellt worden. Es war der 21. Dezember, und selbst hier in Georgia war es kalt. Lagerfeuer waren entfacht worden, dünne graue Rauchfahnen stiegen zum Himmel auf. Und selbst auf der Ebene war das Spektakel aus der Stadt noch zu viel für ihn: die Rufe, die Schreie, die vereinzelten Schüsse, das Geräusch von Türen und Fenstern, die eingeschlagen wurden. Es war wie ein Irrenhaus, Echos rollten zu ihm herüber; von Bränden in der Stadt stiegen jetzt große schwarze Rauchwolken in den

Himmel auf, die dann über der Stadt schwebten und sich ausbreiteten. Es war schon gut, daß er die Stadt verlassen hatte. Er erkannte jetzt auch, wie fehl am Platz er mit seinen zerlumpten Bauernkleidern, der Unionistenkappe und seinem schmutzigen Gesicht wirken mußte. Ja sogar mitleiderregend. Und er wußte, daß er etwas Hilfe brauchen würde, ein paar Kleider, etwas zu essen, einen Ort zum Schlafen. Und wenn er die Soldaten verloren hatte, die ihm bislang geholfen hatten, dann würde er eben andere finden müssen. Er näherte sich einem Wachtposten, und er starrte ihn mit großen Augen an. Der Wachtposten erwiderte seinen Blick. »Was willst du, Junge?«

»Ich habe Hunger.«

Der Wachtposten starrte ihn weiter an. »Verschwinde.«

»Ich habe Hunger«, wiederholte er.

Der Wachtposten holte aus, um ihn zu schlagen, und ein Soldat, der vorbeikam, streckte seine Hand aus, um ihn aufzuhalten. »Was ist hier los?«

»Nichts, Sir. Dieser Junge hier will nicht gehen. Ich dachte, ich sollte ihm mal Beine machen.«

»Was ist hier los?« Dieses Mal fragte er den Jungen.

»Ich habe Hunger.«

Der Soldat stand da und starrte ihn an. Er schürzte seine Lippen und sagte zu dem Wachtposten: »Laß ihn passieren.« Der Wachtposten zuckte mit den Achseln. Der Soldat streckte seinen Arm aus.

Der Soldat war ein Offizier, erfuhr er später. Er wußte nicht, was die Abzeichen auf seiner Uniformjacke bedeuteten. Er war ein Major, wie sich herausstellte, ein Mann namens Ryerson. Und damit fing alles an, was wirklich zählte.

50

Er war mit der Army auf den Philippinen gewesen, als die 45er Automatik eingeführt wurde. Das war 1911 gewesen. Damals war er schon eine ganze Weile nicht mehr bei der Armee gewesen, war nahe an die sechzig, und beinahe hätten sie ihn nicht mehr genommen, hatten ihn gezwungen, jedes bißchen an Einfluß geltend zu machen, das er aufbringen konnte, sich mit Soldaten in Verbindung zu setzen, mit denen zusammen er gedient hatte und die jetzt wichtig und einflußreich geworden waren. Selbst dann nahmen sie ihn noch nicht bereitwillig. »Man sollte meinen, daß Sie nach Kuba und allem anderen doch eigentlich genug haben müßten«, sagten sie zu ihm. Doch er hatte nicht genug, obschon er fand, daß dies nicht einfach zu erklären war. Es ging nicht nur darum, daß er sich langweilte, obschon das ein Teil davon war. Ganz sicher hatte es etwas damit zu tun, alt zu werden, aber nicht auf eine Weise, die jemand verstehen konnte. Sein ganzes Leben lang war er dorthin gegangen, wohin der Kampf ihn führte, hatte neue Orte gesehen, neue Lebensweisen kennengelernt. Tatsächlich korrespondierte der Rhythmus seines Lebens mit den wechselnden Konflikten seines Landes, und da es sich jetzt in einem weiteren Krieg befand, fühlte er sich unvollkommen, wollte dort sein, wo er seinen Instinkten nach eigentlich sein sollte. Seine Logik ließ ihn im Stich; doch sein Gefühl wirkte überzeugend. Die Leute, an die er sich wandte, schuldeten ihm so viel, daß sie ihn am Ende gehen ließen, und es stellte sich heraus, daß ihre Warnungen richtig waren. Die Strapazen dieser Art Kämpfe waren wirklich zuviel für ihn. Sich durch den Dschungel zu schlagen; Monsune, Gelbfieber, Malaria – obschon er das alles auf Kuba gut überstanden hatte, war es jetzt einfach zuviel für ihn, und nach kurzer Zeit war er wieder zu Hause.

Doch im Grunde ging es um nichts von alledem. Er

erwähnte es nicht einmal. Es ging vielmehr um das hier, erklärte er Prentice, als er dort am Feuer saß – dem ersten guten Lagerfeuer seit ihrem Aufbruch, groß und warm und hypnotisierend, im Gegensatz zu den spärlichen verlöschenden Feuern jener kalten Nacht in der Nähe der Stadt –, es ging vielmehr genau um das hier, und er hielt sie in der Hand und zeigte sie ihm, die 45er Automatik ...

. Nach dem Sieg der Vereinigten Staaten über Spanien auf Kuba waren die Philippinen amerikanisches Gebiet geworden. Doch als das Land dort das Kommando übernehmen wollte, hatten die Einheimischen rebelliert. Zum größten Teil waren es *Moros*, das spanische Wort für Mauren – Moslems, deren religiöser Eifer im Kampf anders als alles andere war, gegen das die Vereinigten Staaten jemals hatten antreten müssen, einschließlich der amerikanischen Indianer. »Sie kamen die Hauptstraße ihres Dorfes heruntergerannt, fuchtelten dabei mit diesen großen langen Messern herum, die sie hatten, brüllten, und man konnte sie zwei-, dreimal mit einem Gewehr oder einer Handfeuerwaffe treffen, und frag mich nicht wieso, jedenfalls kamen sie einfach weiter auf einen zugestürmt. Wenn man nicht schnell genug war, den Abzug oft genug durchzuziehen, waren sie, bevor man sich versah, auch schon über einem, hatten immer noch genügend Kraft, um einem die Kehle aufzuschlitzen, bevor sie dann noch ein Stück weiterkrochen und starben. Also brauchten wir etwas anderes, etwas, das sie auf kurze Distanz wirklich aufhalten würde, und das hier war die Antwort. Wenn sie von einem dieser Dinger hier getroffen wurden, am Arm, in der Brust, in die Schulter, egal wo, dann *waren* sie auch getroffen worden. Das hier riß sie einfach von den Beinen und schleuderte sie zurück, und man hatte immer noch sechs weitere Schüsse für irgendwelche anderen. Das Nachladen war so simpel, man brauchte einfach nur ein neues Magazin hineinzuschieben. Wenn du auch nur ein bißchen mit Waffen vertraut bist und keine Angst vor dem Rückschlag hast, weißt du auch, daß es gar nicht so schwer ist, hiermit einen Menschen zu treffen, wie man immer behauptet. Browning hat diese Waffe konstruiert, doch seine Firma erhielt niemals das Patent darauf. Colt schaffte es. Wie dem auch sei, es ist wichtig, sich an Browning zu erinnern, immer daran zu denken, daß jemand dieses Ding aus einem bestimmten Grund zusammengebaut hat, um eine bestimmte Art Job zu erledigen, und jedes Mal, wenn du sie benutzt, mußt du von ihr als einem Werkzeug denken, einem sehr speziellen Werkzeug mit einer sehr speziellen Aufgabe, und du mußt sie mit der gleichen Präzision und dem gleichen Respekt benutzen, wie jedes andere Werkzeug auch. Es gibt nur ein kleines Problem. Wenn man in ein Land wie dieses hier kommt, in ein Land mit viel Sand und Wind, hat sie leicht Ladehemmung. Und während du noch damit beschäftigt bist, sie wieder gangbar zu machen, versucht irgendwer dort draußen dich umzubringen. Verlaß dich ausschließlich auf sie, und du bist so gut wie tot. Du brauchst etwas anderes, etwas wie das hier.«

Er griff unter seine Weste und zog seinen Revolver heraus, einen 45er Colt Peacemaker.

»Natürlich ist er ein bißchen plumper, ein bißchen weniger kraftvoll. Er hat auch nur sechs Patronen, eigentlich nur fünf, wenn man auf Nummer sicher geht und die Kammer unter dem Schlagbolzen leer läßt. Das Nachladen scheint den ganzen Tag zu dauern. Aber ich habe das Ding hier jetzt seit über dreißig Jahren bei mir gehabt, ich habe ihn überallhin mitgenommen, hatte ihn bei jedem Wetter und in jedem Gelände dabei, das du dir vorstellen kannst – und er hatte noch nie Ladehemmung. Colt persönlich hat ihn konstruiert. Das erste Modell hat er während einer Schiffsreise im Jahre 1830 geschnitzt, und über die Jahre hat er die Waffe immer weiter perfektioniert, bis er schließlich dieses Ding hier herausbrachte. Zumindest seine Firma hat das getan. Das war in den Siebzigern, und da war Colt selbst schon lange tot. Aber das spielt auch gar keine Rolle. Er ist der verantwortliche Mann hinter dieser Waffe. Es ist wirklich zu schade, daß er nicht mehr erleben konnte, was er damit veränderte. Man benutzt ihn als Zweitwaffe.« – Und jetzt griff der alte Mann in die Satteltaschen neben sich, holte einen zweiten Revolver heraus und gab ihn Prentice. – »Laß dich nicht vom Sergeant mit dem Ding erwischen. Er weiß, daß es nicht den Vorschriften entspricht, und er wird sie dir abnehmen. Halte ihn in deinen Satteltaschen, und wenn es so aussieht, als würde es Ärger geben, dann schiebst du ihn dir einfach hier oder hier oder an deiner Seite unter den Gürtel. Und achte darauf, daß du damit wartest, bis du ihn auch wirklich unbedingt benutzen mußt. Mehr als nur einmal wird er dir das Leben retten.

Nun, ich bin sicher, du weißt eine ganze Menge davon. Jedenfalls die Fakten. Aber es ist genau wie mit den Pferden, etwas, das du wohl verstehst. Je mehr du ein Pferd striegelst, es fütterst, mit ihm sprichst, je mehr du es darauf hin untersuchst, ob es sich irgendwo verletzt hat oder ob ihm irgend etwas weh tut, desto mehr verstehst du auch von seiner Herkunft und seinem Wesen, desto besser kannst du mit ihm arbeiten. Es ist, als müßtest du dein Pferd ebensogut kennen wie dich selbst, bis ihr zwei zu so etwas wie einer Einheit werdet. Und nicht anders ist es bei einer Waffe. Du nimmst sie auseinander, du reinigst sie, du behältst sie, du schaffst sie niemals ab. Du lernst, wer sie gemacht hat, warum er sie gemacht hat, warum sie so ist, wie sie ist. Du kennst diese Waffe so gut wie dich selbst, du behandelst sie wie einen Teil deiner selbst, du lebst mit ihr, bis sie dir zur zweiten Natur geworden ist. Und darum geht's. Damit fängt alles darüber an, alles darüber, das zu wissen lohnt.«

»Nur mal so zum Spaß, tu einfach mal so, als wäre ich dein Feind. Steig von deinem Pferd und komm zu mir rüber.«

Es war Morgen, und die 13. bereitete sich zum Abmarsch vor. Sie brauchten Ruhe, doch das spielte keine Rolle. Pershing hatte sehr auf die Ankunft der Truppen aus Columbus gewartet. Nachdem er andere Einheiten schon Tage zuvor ausgeschickt hatte, hatte er einen Kern von hundert Mann bei sich zurückbehalten, und nachdem seine Streitkräfte jetzt vollständig waren, plante er mehrere Angriffsspitzen, im Osten und Süden und Westen, tiefer nach Mexiko hinein. Es gab verschiedene Gerüchte über Villas Aufenthaltsort, und er wollte jedem einzelnen nachgehen.

Prentice saß bereits auf seinem Pferd, schwenkte in die Richtung, wo sich seine Kompanie sammelte, als der alte Mann plötzlich vor ihm auftauchte, etwas links von ihm stand, und das sagte.

Prentice fragte sich, was der alte Mann beabsichtigte.

»Na los, mach schon«, sagte der alte Mann.

Prentice sah ihn noch einen Augenblick länger an, zuckte die Achseln, stieg dann ab, und drehte sich zu ihm um.

»Du weißt es zwar nicht, aber du bist schon tot. So macht man das nicht. Paß auf!«

Er steckte seine Waffe ein, ging zu dem Pferd hinüber und ließ es erst an seiner Hand riechen, bevor er ihm mit der Hand über Kopf und Hals streichelte, den Sattelknopf ergriff und dann einarmig und etwas steif aufsaß. Die Steigbügel knarrten.

»Steig niemals ab, wenn dich jemand ungedeckt sehen kann, dem du nicht vertraust.«

»Einschließlich Ihnen?«

»Einschließlich jedem. Denk immer bei Leuten daran,

die du kennst, dann wirst du es auch nicht bei einem Fremden vergessen.«

Während er sprach, wendete er das Pferd so, daß Prentice ihn nun von der Seite sah, dann saß er ebenfalls einarmig wieder ab, so daß nur sein Kopf und seine Beine zu sehen waren, nichts sonst, und als er dann hinter dem Pferd hervorkam, war seine Pistole genau auf Prentices Brust gerichtet.

52

Er dachte darüber nach, während er ritt.

Das Feldlager hatte zusammengepackt, sich in kleinere Einheiten aufgeteilt und sich wie die Finger einer geöffneten Hand nebeneinander aufgestellt. Pershings Dodge befand sich im Zentrum, gefolgt von seiner eigenen Truppe und den Korrespondenten in ihren Hudsons und ihren Fords. Zunächst blieben die Finger noch zusammen. Dann teilten sie sich, und die einzelnen Trupps brachen wie die Finger einer gespreizten Hand in um wenige Grad verschiedene Richtungen auf.

Prentice kniff die Augen zusammen, blinzelte durch den Staub und den Dunst, und beinahe ganz vorne entdeckte er den alten Mann, mußte wieder daran denken, was er zu ihm gesagt hatte; die Stimme des alten Mannes immer noch klar und deutlich in seinem Kopf.

»All das kann ich dir zeigen, die kleinen Tricks und Spielereien. Aber sie bedeuten nichts, absolut gar nichts, solange du sie dir nicht aneignest, wenn du dir nicht selbst andere und ähnliche ausdenkst, allerdings bessere. Denn es kommt nicht in erster Linie auf die Tricks an sich an, es ist vielmehr die Einstellung, die dahintersteht, die Geisteshaltung. Du darfst dir niemals erlauben, nachlässig zu werden. Du darfst nie blind in etwas hineinlaufen – und es ist mir vollkommen gleichgültig, wie unschuldig oder scheinbar harmlos es aussieht –, ohne immer mit dem Schlimmsten zu rechnen und vorher zu überlegen, was zu tun ist.«

<h1 style="text-align:center">53</h1>

»Wie diese Schlange zum Beispiel«, sagte der alte Mann.

Sie standen vor einem Wasserloch, nicht sehr groß, nur ein Tümpel zwischen ein paar Felsen, doch sie hatten eine Echse daraus trinken sehen, und der Tümpel war klar. Also hatte die Schwadron Halt gemacht, und dann war Gruppe um Gruppe ans Wasser getreten, um die Feldflaschen zu füllen und ihre Pferde trinken zu lassen.

Prentice sah hin. Es war eine Klapperschlange. Zweieinhalb Meter von ihm entfernt lag sie bewegungslos unter einem Felsvorsprung.

»Ich habe sie schon während der ersten paar Sekunden bemerkt, als wir herkamen«, sagte der alte Mann, »habe auf deine Reaktion gewartet. Du darfst dich nicht auf Warnungen verlassen. Du mußt dich immer wieder kneifen, um dich daran zu erinnern, daß du deine Umgebung im Auge behalten mußt.«

Prentice trat von dem Tümpel zurück und zog seine Waffe.

»Warum?« sagte der alte Mann. »Sie hat dir doch gar nichts getan. Außerdem, wenn Villa hier irgendwo in der Nähe ist und nicht schon von weitem unsere Staubwolke gesehen hat, dann wird er todsicher aber den Schuß hören. Denk nach. Tu niemals irgend etwas, ohne dir vorher über die Auswirkungen deines Handelns klarzuwerden.«

Prentice sah ihn an, kam sich dumm vor und gab seine Absicht auf.

Tatsächlich war Villa nirgendwo in ihrer Nähe. Sein richtiger Name war Doroteo Arango. Er war 1878 im Staat Durango, südlich von Chihuahua, auf die Welt gekommen, doch während seiner ganzen Laufbahn hatte er dermaßen viel Zeit in und um Chihuahua verbracht, daß er diesen Staat genausogut kannte wie seinen Heimatstaat. Wenn man den Vorsprung bedenkt, den er hatte, dann würde die Expedition schon einige Schwierigkeiten haben, ihn auf neutralem Gebiet aufzuspüren, geschweige denn dort, was als seine Heimat galt. Und dann konnte er außerdem auch noch auf fast zwanzig Jahre Übung im Verstecken zurückblicken.

Im Jahre 1895 hatte er zusammen mit seiner verwitweten Mutter, seinen Brüdern und seinen Schwestern auf einem großen und wohlhabenden mexikanischen Landgut gearbeitet. Er hatte sich mit einer einheimischen Bande von Viehdieben angefreundet, war in einen Raubüberfall verwickelt gewesen, hatte mehrere Monate im Gefängnis verbracht, bevor dann ein befreundeter Grundbesitzer eingeschritten war, um seine Entlassung zu arrangieren. Nachdem kurz darauf seine Schwester vergewaltigt worden war, hatte er den Täter umgebracht, den Sohn der Familie, auf dessen Landgut er arbeitete, und da er den ersten Grundsatz der damaligen Rechtssprechung sehr gut kannte – daß nämlich die Reichen immer im Recht waren –, war er sofort in die Berge aufgebrochen.

Damals war er siebzehn gewesen, und er hatte, möglicherweise um seine Familie vor Repressalien zu schützen, seinen Namen in Francisco Villa geändert, allgemein bekannt als Pancho, ein gebräuchlicher Spitzname für Francisco. Sich an seine Freundschaft mit einer Bande von Outlaws erinnernd, hatte er ein Pferd von einem Geländer vor einer Bar gestohlen und sich anschließend

Dieben angeschlossen, die in Durango und Chihuahua operierten. Es ist sehr gut möglich, daß er eine Zeitlang als Landarbeiter in New Mexico, Arizona und Kalifornien gearbeitet hat. Man erzählt sich auch, daß er sich den *Roughriders** angeschlossen hat. Doch in erster Linie blieb er ein Bandit, verdiente sich schnell den Ruf, eine Art Robin Hood zu sein, stahl Vieh von den großen Landgütern, behielt ein paar für sich, verkaufte andere und verteilte den Rest an arme Dörfer. Schließlich lag der Grund, warum er überhaupt erst Bandit geworden war, in der Macht der mexikanischen Aristokraten, und es scheint ihm ein großes Vergnügen bereitet zu haben, sich auf ihre Kosten Rückhalt und Unterstützung im Volk verschafft zu haben, indem er half, den Unterschied zwischen reich und arm zu verringern.

Das war während der Herrschaft von Díaz, alles in allem dreißig Jahre, und als dann 1910 die Revolution ausbrach, sah er seine Chance, sich aus einem Banditen in einen Guerilla zu verwandeln, weiterhin das zu tun, was er schon immer getan hatte, allerdings jetzt für einen gerechten Zweck. Damals war er bereits der Anführer seiner eigenen Bande, ist allen Berichten zufolge eine charismatische Persönlichkeit gewesen. Manchmal trug er einen Schnurrbart, manchmal keinen, war nicht groß, doch von kräftiger Statur, rundgesichtig, dunkeläugig, fesselnd. Ein Zeitgenosse beschreibt ›diesen großen Athleten, der aufsteht, um zu sprechen, dessen gewaltiger Brustkorb unter einem weichen Seidenhemd anschwoll, das sich öffnete, um einen breiten Stiernacken sichtbar werden zu lassen.‹ Verteilt über ganz Mexiko hatte er Frauen, weckte überall Freundschaft, wohin er auch immer ging, faszinierte die Menschen durch die Art, wie er

---

* Die Roughriders waren ein aus Freiwilligen bestehendes Kavallerieregiment, das von Theodore Roosevelt und Leonard Wood während des Spanisch-Amerikanischen Krieges 1898 aufgestellt worden war.

auf seinem Pferd saß, ja tatsächlich auch gerade durch die Pferde, die er sich aussuchte: immer nur die größten, die stärksten, die beeindruckendsten, die er finden konnte.

Wenn man also all seine Talente bedenkt, dann ist es nicht weiter überraschend, daß er, nachdem er sich erst einmal für die Sache der Revolution einsetzte, aus seiner Bande von fünfzehn schnell eine Streitmacht von beinahe vierzigtausend machte. Seine große Erfahrung mit der Planung und Durchführung von Raubüberfällen, damit, anschließend ungeschoren zu entkommen, eignete sich natürlich auch ausgezeichnet für die Guerilla-Taktik. Und tatsächlich war sein bevorzugter militärischer Trick, ein unerwarteter nächtlicher Überraschungsangriff, direktes Produkt seiner Zeit als Bandit, und wäre nicht seine entschiedene Abneigung gewesen, Macht und Verantwortung zu übernehmen, dann hätte er sehr gut der Führer seines Landes werden können. Doch wie die Dinge liegen, hatte er seine Chance verpaßt. Carranza kam ihm zuvor. Von diesem Zeitpunkt an, behandelt als Geächteter, angeschlagen durch die Truppen Carranzas, begann er Schlachten zu verlieren, mußte feststellen, daß die U.S.A. sich von ihm abgewendet hatten, verlor den Zugriff auf Nachschub, sah seine Streitmacht von vierzigtausend auf vierhundert schwinden, und im Jahre 1916 schließlich hatten ihn seine Wut auf die Vereinigten Staaten und sein Bedarf an Lebensmitteln und Munition, Pferden und Vorräten nach Columbus geführt.

Im Anschluß an den Überfall, bei dem seine Bande um beinahe die Hälfte dezimiert worden war, ging er Richtung Süden, wie die Vereinigten Staaten auch angenommen hatten. Doch statt nun gegen Colonia Dublán und die amerikanischen Mormonen, die sich dort niedergelassen hatten, loszuschlagen – was zu verhindern zum Teil Zweck der Strafexpedition war –, umging er den Ort und schlug eine Richtung tiefer ins Landesinnere Mexikos, auf die Berge weiter im Süden zu, ein.

In der Stadt El Valle, am Fuß der Berge, machte er Zwischenstation und rekrutierte neue Männer. Er nahm sie sich einfach. Und das ›nahm‹ ist buchstäblich zu verstehen.

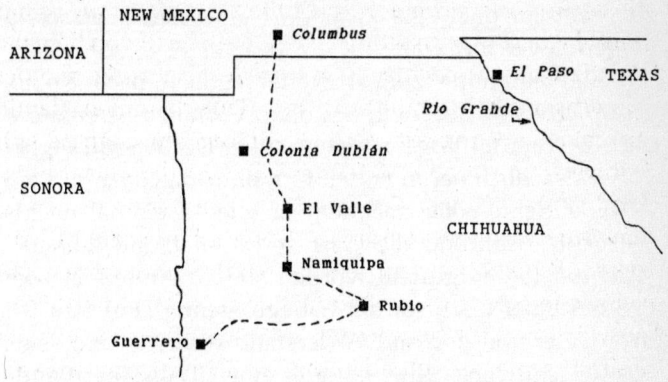

Ein paar Männer des Dorfes schlossen sich ihm freiwillig an. An andere richtete er von der Ladefläche eines Fuhrwerks aus einen feurigen Appell. Während seine Männer ihn zu Pferde flankierten, schritt er auf dem Wagen auf und ab und gestikulierte wild. Seine schwarzen Augen blitzten, und die Männer des Dorfes blickten auf den Boden oder starrten ihn mit ausdruckslosen leeren Gesichtern an. Ein paar schüttelten einfach nur ihre Köpfe. Ein junger Mann unter ihnen hielt dieses Ereignis später schriftlich fest. Er schrieb, daß sie in einer Reihe antreten mußten, als sie sich weigerten mitzukommen, daß Villa dann die alten Männer wegtreten ließ, und während die Frauen und die Kinder jammerten und klagten, befahl er seinen Männern, die übrigen aus der Reihe unter Bewachung mitzunehmen.

Von El Valle aus stieß Villa weiter in den Süden nach Namiquipa vor, wo er eine Schlacht gegen Carranza-Streitkräfte führte und gewann. Das war am 18. März, am gleichen Tag, als Pershings Truppenteil Colonia Dublán, siebzig Meilen im Norden, erreichte. Abgesehen von einigen wenigen Ausnahmen würde er diesen Vorsprung auch halten, würde immer einige Tage voraus sein, während die U.S.-Streitkräfte in Städte ritten, um zu erfahren, daß Villa zwar dort gewesen, aber schon lange wieder fort war.

Von Namiquipa zog er weiter südlich nach Rubio, gruppierte sich dort neu, um dann Carranza-Streitkräfte bei Guerrero im Westen anzugreifen. Der Angriff verlief gut. Tatsächlich nahm er den Ort, ohne daß auch nur ein einziger Schuß fiel, nachdem er wieder einmal nachts vorrückte, während die Garnison schlief und keinerlei Wachtposten aufgestellt worden waren. Anders lag der Fall bei einer Garnison im nahegelegenen Dorf San Isidro. Da er von dort mit Widerstand rechnete und seine Flanke schützen wollte, hatte er einen Teil seiner Bande losgeschickt, um diesen Militärposten ebenfalls zu nehmen, und dort stießen seine Männer auf einen solchen Widerstand, daß sie gezwungen waren zu fliehen und sich nach Guerrero zurückzuziehen, wo sie von den nachsetzenden Carranzistas in ein größeres Gefecht verwickelt wurden.

Und damit wendete sich das Blatt. Genaugenommen hatte Villa das Blatt bereits selbst gegen sich gewendet – ohne sich dessen jedoch bewußt zu sein –, als er den Frauen und Kindern von El Valle ihre Männer genommen hatte. Jetzt gezwungen, jeden einzelnen verfügbaren Mann einzusetzen, hatte er sie für das Gefecht bewaffnet, und als er vorstürmte, um den Angriff seiner Männer zu leiten, eröffneten sie das Feuer, trafen ihn. Ganz offensichtlich hatten sie geglaubt, daß im Durcheinander des Gefechtes niemand wissen würde, von welcher Seite auf ihn geschossen worden war. Das Problem war nur, daß sich genau in dem Augenblick, als sie zu schießen begannen, die anderen Streitkräfte gerade zurückgezogen hatten und somit keinen Zweifel daran aufkommen ließen, von wo die Kugel gekommen war. Die Art der Wunde – durch das Bein, von hinten nach vorne – ließ ebenfalls nicht viel Raum für Unklarheiten. Villas Soldaten schwenkten zu ihnen herum. Viele Bauern ließen ihre Gewehre einfach fallen, hoben die Arme und schüttelten ihre Köpfe, plapperten, daß sie auch nicht wüßten, wie es passiert war. Sie waren drauf und dran, erschossen zu werden.

Was sie dann rettete, war sein Schmerz. Er krümmte sich auf dem Boden, sein Bein blutete stark, und seine Männer versammelten sich schnell um ihn, um ihm zu helfen. Soviel man erkennen konnte, war er von einer 44er Remington-Kugel getroffen worden, einem sehr großen Kaliber, das ein fingerdickes Einschußloch und beim Austritt ein faustgroßes Loch hinterlassen hatte. Die Kugel hatte das Bein von der Kniekehle bis zum Schienbein durchschlagen und dann das Schienbein selbst zerschmettert, so daß seine Männer noch Tage später Knochensplitter aus der Wunde holten. Sie verbanden die Wunde und schienten das Bein, legten ihn auf einen Wagen und brachten ihn schnell unter bewaffneter Bewachung in Sicherheit. Das alles geschah kurz nach Mitternacht am 29. März. Insgesamt gingen hundertfünfzig Mann mit ihm. Die übrigen, ungefähr hundert Mann, blieben zurück, um die Stadt zu sichern und auszuruhen. Acht Stunden später, nachdem sie darüber informiert worden waren, daß Villa möglicherweise in Guerrero sein könnte, griff die 7th Cavalry an, nachdem sie die ganze Nacht durchgeritten waren, um dorthin zu gelangen, und nahm die Stadt ein, tötete im Verlauf des Gefechtes sechsundfünfzig Mann und verwundete weitere fünfunddreißig. Wären nicht Villas Rekrutierungsmethoden in El Valle und die anschließende Rache, die die eingezogenen Bauern an ihm nahmen, gewesen, dann hätte die U.S.-amerikanische Expedition nach Mexiko möglicherweise zwei Wochen, nachdem sie begonnen hatte, in Guerrero ihr Ende gefunden, statt sich schließlich noch über ein ganzes Jahr hinzuziehen.

55

Der Planwagen näherte sich klappernd dem Gipfel, holperte über Felsen und Spalten, entrang ihm Schmerzensschreie. Der Mann, der den Wagen lenkte, blinzelte durch den scharfen Wind und die Schneeflocken, die auf ihn einpeitschten, zu den zu Fuß vorausgehenden Männern hinüber, die ihr Bestes taten, die Strecke soweit wie möglich zu räumen und den besten Weg zu finden. Es war ein grauer Tag und der Himmel so dunkel, daß jemand, der aufwachte, leicht hätte denken können, die Abenddämmerung wäre schon angebrochen, obschon es doch erst Nachmittag war.

Rechts neben dem Mann auf dem Kutschbock stieg eine Felswand mehrere hundert Fuß in die Höhe. Auf seiner Linken ging es ins Bodenlose. Villa schrie wieder auf. Der Kutscher schaute sich um und sah, wie er sich, eingewickelt in Decken, blaß und stöhnend vor Kälte und Schmerzen wand.

Er blickte wieder nach vorn und sah, daß der Weg schmaler wurde. Als der Wagen auf jeder Seite nur noch knapp einen Meter Platz hatte, kam ein Offizier herangeritten und befahl ihm anzuhalten. Der Kutscher zog die Zügel und stellte die Bremse fest, rief den Männern, die weiter vorne zu Fuß unterwegs waren, zu, daß sie die Pferde beruhigen sollten, schaute sich dann wieder zu dem Offizier um, der inzwischen von seinem Pferd gestiegen war und jetzt auf die Ladefläche kletterte, dann einigen Männern, die ebenfalls zu Fuß hinter dem Planwagen hergingen, befahl, die Tragbahre zu bringen, die sie vorbereitet hatten. Der Offizier hob Villa dann ganz allein herunter und ließ ihn vorsichtig auf die Bahre hinab.

Ein Mann rutschte aus, und Villa rollte von der Bahre, stöhnte scharf auf. Andere beeilten sich, zu ihm zu kommen, brüllten, fielen hin. Villas Decken lösten sich, ließen sein Hosenbein erkennen, das bis zur Hüfte aufgeschlitzt worden war, seine mit vier dicken Schienen bandagierte Verletzung, die dann mit Stoffstreifen umwickelt worden war und die jetzt völlig mit dunklem, übel aussehendem Blut befleckt waren. Sein stark geschwollener Fuß war schwarz, nicht durch das Blut, mit dem er überkrustet war. Die Verfärbung kam aus dem Fuß selbst, stammte von dem Zustand, in dem sich der Fuß befand.

Er schrie. Der Offizier brüllte. Die Männer zu Fuß brüllten sich gegenseitig Anweisungen zu, während sie fieberhaft versuchten, ihn abzustützen, dabei das kranke Bein durchrüttelten, wieder Decken um ihn legten und ihre Gesichter wegen des Gestankes der Wunde fortdrehten. Sie legten ihn vorsichtig auf die Bahre. Acht Mann standen auf jeder Seite, hoben sie vorsichtig an, stützten sie auf ihren Schultern ab, während der Offizier den Kutscher ansah, ihm sagte, daß er weiterfahren sollte. Und dann setzte sich die Prozession in Schnee und Wind wieder in Bewegung.

Der Weg wurde noch schmaler. Sie waren jetzt über dreitausend Meter hoch. Die Pferde keuchten laut. Der Kutscher putzte sich die Nase und merkte, daß er wegen der Höhe blutete. Der Weg machte eine Kurve und schlängelte sich noch weiter hinauf. Das linke Hinterrad rutschte über die Kante des Abgrundes. Der Planwagen begann sich zu neigen, während der Kutscher noch verzweifelt mit den Zügeln kämpfte, um die Pferde zum Stehen zu bringen, doch jetzt kippte der Wagen nach hinten weg. Der Kutscher sprang schnell ab, schlug hart auf dem Boden auf, als der Wagen ganz über die Kante ging und verschwand. Die hölzerne Stange, über die die

Pferde mit dem Wagen verbunden waren, brach, und die Pferde schnellten nach vorne, trieben die Männer, die vor ihnen gingen, auseinander. Chaos. Die Männer, die Villas Bahre trugen, hätten ihn beinahe fallen gelassen.

56

Prentice hörte den Schrei, und als er sich daraufhin umdrehte, sah er einen Kavalleristen schreiend und mit heruntergelassener Hose aus einer Rinne herausklettern. Er stolperte auf eine Gruppe Kavalleristen zu, umklammerte dabei seinen Arm. Doch kaum hatte er sie erreicht, begann er auch schon zu einer anderen Gruppe zu laufen, dann wieder zu einer anderen. Seine Augen waren weit aufgerissen, sein Gesicht schneeweiß, und er hörte nicht mehr auf zu schreien.

Niemand rührte sich. Sie standen alle einfach da und starrten ihn an, während er lief und schrie. Es war beinahe Mittag. Sie hatten angehalten, um ihre Pferde im Schritt gehen zu lassen, dann zu rasten und ihnen Futter und Wasser zu geben. Der Mann war offensichtlich in diese Rinne hinabgeklettert, um seine Notdurft zu verrichten, und als es jetzt langsam jedem dämmerte, was dort unten passiert sein mußte, begannen die Leute auf ihn zuzugehen, während er sich im Kreis drehte und seinen Arm umklammerte und schrie.

»Was ist los? Was hast du denn?« Das war Calendar, der plötzlich bei ihnen war und ihn packte.

»Das verdammte Ding hat mich gestochen!«

»Was für ein Ding? Sag mir, was es war!«

»Ich werde sterben!«

Er riß sich los, lief wieder, und Calendar stellte ihm schnell ein Bein. Der Mann fiel der Länge nach in den Dreck, sein nackter Hintern und seine Geschlechtsteile waren deutlich sichtbar.

»Ich habe dich gefragt, was für ein Ding? Sag mir, was es war!«

»Ein Skorpion!«

»Was für eine Sorte?«

Der Bursche krümmte sich im Dreck, sein Gesicht war schmerzverzerrt. »Was spielt das schon für eine Rolle? Ich werde ...«

»Laß mich deinen Arm sehen.«

Der Mann umklammerte seinen Arm, und der alte Mann griff hinab, packte ihn mit seiner großen Hand, zog ihn hoch.

Prentice stand neben ihm, blickte nach unten. Vom Handgelenk bis zum Ellbogen war der Arm auf das Doppelte seiner normalen Größe angeschwollen, und in der Mitte, oben drauf, war er hochrot.

In ihm zog sich alles zusammen. Ein paar Kavalleristen schnappten keuchend nach Luft.

»Ist schon gut. Du kommst schon wieder in Ordnung.«

»Ich werde sterben.« Der Kerl zuckte.

»Nein. Das wirst du nicht. Verdammt krank, das wirst du, aber es ist nicht so schlimm, daß es dich umbringen wird. Du hast Glück gehabt. Was hast du überhaupt da unten gemacht? Bist du da runtergegangen, um zu scheißen? Hast dich wohl zurückgelehnt, ohne dich vorher umzusehen, und dann bist du gestochen worden. Stimmt's?«

Der Bursche warf sich auf dem Boden herum, nickte heftig, stöhnte.

»Tja, es hätte dich auch in den Arsch oder in die Eier erwischen können. Dann hättest du *wirklich* in Schwierigkeiten gesteckt. Oder auf der Innenseite deines Arms, da wo die Vene ist. Die Hauptsache ist aber, daß der Stich angeschwollen ist.«

Der Kerl krümmte sich, sein Gesicht war verzerrt, er stöhnte.

»Es gibt zwei Sorten Skorpione. Der eine ist ein strohfarbener, windschlüpfrig aussehender Bursche. Er verteilt sein Gift durch deinen ganzen Körper, und das bringt dich um. Der zweite ist eine größere, breitere Sorte, beinahe braun. Das Gift wirkt nur örtlich. Der Stich schwillt stark an. Und dich hat einer von der zweiten Sorte erwischt. Wenn dein Arm taub gewesen wäre, statt zu brennen, wenn er nicht geschwollen gewesen wäre, dann würde ich sagen, du hättest verdammt allen Grund, dir Sorgen zu machen. Hol mir mal einer meine Satteltaschen!«

Der Mann stöhnte unablässig weiter, während der alte Mann sprach, doch der alte Mann redete trotzdem ungerührt weiter. Es war irgendwie, als würde er es eigentlich gar nicht ihm erklären. Er drehte sich zu Prentice um, sah ihn an.

Prentice nickte, ging die Satteltaschen holen.

57

»Was haben Sie ihm gegeben?«

»Morphium gegen die Schmerzen. Seconal um ihn zu beruhigen und damit die Krämpfe aufhören.«

Sie standen mit ihren Pferden dicht nebeneinander, zogen ihre Sattelgurte stramm, bereiteten sich darauf vor, wieder aufzusitzen. Der alte Mann strengte sich an, den Gurt richtig straff zu ziehen, doch mit nur einem Arm war das sehr mühselig, also bat er den Jungen schließlich, ihm dabei zu helfen.

»Die Aderpresse, die ich dich habe anlegen lassen, war plump genug«, sagte er und beobachtete den Jungen, wie er den Gurt endgültig strammzog und dann den Steigbügel vom Sattel herunterfallen ließ. »Obschon das Gift nur örtlich wirkt, hat es keinen Sinn zuzulassen, daß es sich weiter als unbedingt nötig ausbreitet. Wenn wir in der Nähe einer Stadt gewesen wären, hätten wir etwas

Eis holen können und hätten das auf die Schwellung gelegt, um sie abklingen zu lassen. Diese nassen Verbände, die du auf meine Anweisung um seinen Arm gewickelt hast, erfüllen den gleichen Zweck, aber richtiges Eis ist besser.«

Er stand jetzt am Kopf des Pferdes, hielt die Zügel in der Hand und schaute ihn an.

»Die Tatsachen sprechen für sich selbst. Du hast gesehen, was passiert ist. Du dürftest dich eigentlich jetzt nicht mehr auf diese Weise stechen lassen, und du müßtest jetzt auch wissen, was du tun mußt, wenn ein anderer gestochen wird. Du sollst auch so eine Erste-Hilfe-Ausrüstung in deiner Satteltasche haben wie ich – Kaliumpermanganat, Morphium, solche Sachen eben –, und du solltest hundert andere Sachen wie das wissen. Genausowenig solltest du jemals gegen jemanden angehen, sofern du ihn nicht ebensogut wie dich selbst kennst, sofern du nicht alles über ihn weißt, was es zu wissen gibt. Und so ist es bei allem. Du hast nur eine einzige Aufgabe, und die besteht darin, ein Experte zu sein. Wenn du über all das etwas erfahren und lernen möchtest, dann halt einfach nur deine Augen offen und präge dir alles genau ein.

Aber da ist noch etwas anderes, etwas, das ich *nicht* als selbstverständlich betrachte. Und das sind nicht die Tatsachen selbst, sondern es ist die Art und Weise, wie man darauf reagiert. Und auf dieser Sache reite ich aus fester Überzeugung immer wieder herum. So wie dieser Narr aus der Rinne gestürmt kam, seine Kraft und Energie verschwendet hat, sinnlos herumgelaufen ist, geschrien hat. Der Stich würde ihn nicht töten, aber der Schock und seine Panik hätten das sehr wohl erledigen können. Ich kannte mal einen Burschen, der irgendwo oben in Wyoming in den Bergen wanderte. Trat über einen Baumstamm, blickte nach unten, wo er seinen Stiefel genau in den Kreis einer Klapperschlange gesetzt hatte, fiel auf der

Stelle tot um. Wie sich herausstellte, hatte die Schlange nicht mal gelebt, doch er ließ sich von seinen Gefühlen überwältigen. Man muß sich immer in der Gewalt haben. Gut, du wirst also von einem Skorpion gestochen, und was machst du dann? Rennst du schreiend in der Gegend herum, oder versuchst du vielmehr herauszufinden, was du dagegen unternehmen kannst? Das ist der Schlüssel. Es wird alle möglichen Dinge geben, die dir passieren können und auf die du keinen Einfluß hast, die du nicht in der Hand hast, aber wenn sie erst einmal passieren, kannst du sehr wohl Einfluß darauf nehmen, wie du auf sie reagierst. Mach niemals etwas ohne Grund. Finde heraus, was die Fakten sind, und dann denke darüber nach, was du dagegen unternehmen kannst. Das erste nützt dir nichts ohne das zweite. Wenn du nur das erste lernst, bist du schon so gut wie tot.«

Und die ganze Zeit, während er redete, hatte die Kolonne sich aufgestellt. Der Sergeant war rauf und runter geritten, hatte ihnen gesagt, daß sie aufsitzen sollten. Der alte Mann hatte seine Hand gehoben, um dem Jungen damit zu sagen, daß er noch warten sollte, bis er zu Ende geredet hatte. Jetzt sprach er nicht weiter und sah Prentice an, und beinahe so, als wäre seine Rede rein mechanisch gewesen, etwas, das nicht direkt mit ihm selbst zu tun hatte, trotzdem aber zu Ende gebracht werden mußte, sagte er jetzt einen Moment lang nichts mehr, drehte sich dann abrupt um und ergriff mit seinem gesunden Arm das Sattelhorn, steckte seinen Stiefel in den Steigbügel und schwang sich auf das Pferd. Er blickte den Jungen noch einmal an, sagte: »Danke, daß du mir bei dem Sattel geholfen hast«, trat seinem Pferd dann leicht in die Seiten und ritt zur Spitze der Kolonne fort.

Prentice schaute ihm nach. Es dauerte einen Augenblick, bis er merkte, daß er als einziger Kavallerist noch nicht aufgesessen hatte. Sie saßen alle dort drüben abmarschbereit auf ihren Pferden, beobachteten ihn, und dann glitt er schnell in seinen Sattel und ritt zu den anderen hinüber.

»Donnerwetter!« meinte der Sergeant zu Prentice. »Ich habe noch nie erlebt, daß er mit jemandem so lange an einem Stück geredet hat.«

58

Sie waren durch eine enge Schlucht zwischen zwei steilen Felswänden herausgekommen, an die er noch Jahre später denken würde, als sich die aus Columbus kommende Marschkolonne, verfolgt von der mexikanischen Armee, durch eine ganz ähnliche schmale Lücke gedrängt und sich durch diese sandige Bergschüssel vorgearbeitet hatte. Und tatsächlich, als er aus der Schlucht zwischen den steilen Felsen herausgestürmt kam, als die Kavallerie sich um ihn herum in Panik aufgelöst verteilte, die Kugeln um seine Ohren flogen, da hatte er fast erwartet, dort unten einen Fluß zu sehen, ein fruchtbares Tal, das sich vor ihm ausdehnte, eine Insel in der Mitte des Flusses. Aber natürlich war dort kein Fluß gewesen, ebensowenig ein fruchtbares Tal, sondern einfach nur dieses sandige Becken, über das sie sich vorgekämpft hatten, und während er nur für einen flüchtigen Augenblick das Gefühl hatte, schon einmal dort gewesen zu sein, daß sich alles ganz genau so wiederholen würde, wie es damals gewesen war, verflog dieses Gefühl ebenso schnell wieder wie es gekommen war, und die dann folgenden Ereignisse entwickelten sich völlig anders. Aber das war eben auch in einer anderen Zeit und in einem anderen Land gewesen. Der Fluß war der Arikaree und lag in einem Landstrich, den wir heute Ost-Colorado nennen, die schmale Insel in der Mitte des Flusses würde schon bald als Beecher's Island bekannt sein, und man schrieb das Jahr 1868.

Sie waren fünfzig Mann. Sie waren zehn Tage von ihrem Stützpunkt in Fort Wallace, Kansas, fort gewesen, befanden sich mit leichtem Gepäck auf einem Gewaltmarsch, verfolgten Indianer. Die Indianer, hauptsächlich Sioux und Cheyenne, ein paar Arapaho, hatten oft genug erlebt, daß die Weißen ihnen ihr Land nahmen, und jetzt hatten sie zurückgeschlagen, hatten Planwagentrecks und Siedlungen, Postkutschenstationen, Ranchs und Orte, auf die sie trafen, angegriffen. Nachdem sie schnell zuschlugen und sich wieder zurückzogen, hatten sie sich in kleinere Gruppen aufgeteilt, dann in noch kleinere, und sich über die ganze Prärie verteilt, bis es völlig sinnlos war, sie zu verfolgen. Das war eine Art des Kampfes, an den eine Armee drei Jahre nach dem Bürgerkrieg nicht gewohnt war. Ausgebildet, um große Schlachten mit Hilfe komplexer Taktiken zu schlagen, warteten die Soldaten in ihren Forts, bis sie die Nachricht von einem Überfall erhielten, stellten dann eine große Strafexpedition auf, blieben aufgrund ihrer Ausrüstung und der Nachschublinien stecken, bewegten sich zu langsam, so daß sie nicht darauf hoffen konnten, überhaupt irgendwen zu schnappen.

Diese Truppen waren Teil dessen, was die Army ihre *Division of the Missouri* nannte, die unter dem Kommando von Sheridan stand, dessen Oberbefehlshaber wiederum Sherman war. Beide waren im Bürgerkrieg Unionsgenerale gewesen, deren Namen gleichbedeutend mit Terror waren, ersterer im Shenandoah Valley in Virginia, letzterer auf der südöstlichen Route durch Georgia. Trotzdem brauchten beide eine ganze Weile, bis sie daran dachten, eine ähnliche Taktik gegen die Indianer einzuschlagen. Als die Überfälle schlimmer wurden und sich konventionelle Taktiken eindeutig als undurchführbar erwiesen, entschieden sie sich schließlich, nicht erst abzuwarten, bis die Indianer wieder zuschlugen, sondern vielmehr hinauszugehen und die Indianer anzugreifen, kleine

Trupps von fünfzig leicht bewaffneten, sich schnell bewegenden Männern auszuschicken, deren Ziel es war, Indianer aufzuspüren und sie zum Kampf zu zwingen. An diesem Tag, dem 16. September 1868, war ein solcher Trupp gerade mit dieser Aufgabe beschäftigt.

Sie hatten nun schon seit mehreren Tagen Anzeichen entdeckt, daß Indianer in der Nähe waren. Zuerst nur hier und da, hin und wieder Spuren oder Pferdeäpfel oder gelöschte Feuer, dann waren es mehr geworden, größere, frischere, deutlichere, andere Spuren stießen von allen Seiten dazu und verschmolzen mit den ersten. Gegen Nachmittag dieses Tages brauchten sie nicht einmal mehr zu suchen, um ihnen folgen zu können. Das Grasland vor ihnen war von links nach rechts auf einer Breite von zweihundert Metern niedergetrampelt. Es sah, informierte ein Kundschafter sie, ganz so wie der Weg mehrerer Dörfer aus.

Der befehlshabende Offizier war Major George A. Forsyth. Unter Sheridan war er in der Unionsarmee zum Brigadegeneral ernannt und nach Ende des Bürgerkrieges dann zum Major degradiert worden, als die Armee verkleinert und umorganisiert wurde. Er wußte, daß er nie wieder eine Aussicht auf einen besseren Rang haben würde, sofern er nicht herausragende Leistungen in seinem Job erbrachte, und dementsprechend trieb er seine Männer an. Beunruhigt durch die offensichtliche Zahl der Indianer vor ihnen, hatte ein Kundschafter den Vorschlag gemacht, wieder umzukehren. »Sie sind doch Soldat, um gegen die Indianer zu kämpfen, oder?« fuhr er den Mann scharf an und befahl dem Trupp weiterzumarschieren. Trotzdem war er weder so dumm noch so anmaßend wie ein Custer. Er verstand seine Arbeit und ergriff Vorsichtsmaßnahmen, schickte Männer voraus, um die Schlucht zu überprüfen, während sie weiter vorrückten. Die Soldaten waren nervös, als sie sie erreichten, durchritten und auf der anderen Seite wieder herauskamen. Das Tal erstreckte sich über ein gutes Stück vor ihnen, und die Spur, der sie folgten, führte direkt geradeaus. Er wartete, während seine Kundschafter ihm Bericht erstatteten. Dann blinzelte er zu der untergehenden Sonne hinüber und traf seine Entscheidung, führte den Trupp Richtung Fluß, wo sie ihr Lager aufschlugen.

Calendar hatte es immer als eine Ironie des Schicksals angesehen, daß der Mann, der dafür verantwortlich war, daß er heute überhaupt bei diesem Trupp war, derselbe Mann war, der zu diesem Zeitpunkt sein höchster Vorgesetzter war, General Sherman. Im Anschluß an die Plünderung Savannahs war er bei Shermans Armee geblieben. Nicht so sehr, um die Männer zu finden, die seine Familie umgebracht hatten, obschon er sich deswegen immer noch Hoffnungen machte, sondern schlicht und einfach aus gesundem Menschenverstand. Der Süden würde den Krieg verlieren. Daran bestand gar kein Zweifel mehr. Was Sherman in Georgia und Sheridan in Virginia getan hatten, machte unmißverständlich klar, daß, falls der Süden weiterkämpfte, der Norden ihn nicht einfach nur besiegen, sondern ihn zerstören, ihn von der Erdoberfläche ausradieren würde. Die Konföderierten Staaten bestanden zu diesem Zeitpunkt bereits nur noch aus Virginia und den beiden Carolinas. Sherman marschierte nun auf die Carolinas zu. Grant und Sheridan waren dabei, Lee in Virginia in die Zange zu nehmen. Das letzte, was ein Südstaatenjunge in dieser Situation wollte, war allein oder bei der Südstaatenarmee zu sein, und das galt besonders für einen wie ihn, dessen Treue immer seinem Zuhause und seiner Familie, nicht aber dem Staat oder der Idee des Südens gehört hatte. Seine Familie hatte jedenfalls keine Sklaven gehalten, und wenn die Sieger ihn und seine Familie in Ruhe gelassen hätten, dann wäre es ihm auch völlig gleichgültig gewesen, welche Seite den Krieg gewonnen hatte.

Er entschied sich für den Norden, spielte jetzt die Rolle des hilflosen Waisenkindes, appellierte an ihr Schuldgefühl, ließ jedoch die genaueren Umstände des Todes seiner Familie im dunkeln, damit niemand befürchten mußte, man könnte ihm nicht vertrauen. Hauptsächlich konzentrierte er sich auf Ryerson, blieb immer in seiner Nähe, folgte ihm, wenn er konnte, überall hin, zum Teil weil ihm niemand sonst in gleichem Maße Sympathie entgegengebracht hatte, zum Teil weil er schon früh erklärt hatte, wie einsam er war, und weil er Ryerson, wie er meinte, einen fairen Vorschlag gemacht hatte. Wenn der Offizier für ihn sorgte, dann würde er wiederum für den Offizier sorgen, sich um seine Bedürfnisse kümmern, seine Ausrüstung polieren, Besorgungen für ihn erledigen, ihm als eine Art Bursche dienen. Je nach Standpunkt war es eine praktische oder eine notwendige Beziehung, und es funktionierte. Mit der Zeit gewöhnten sie sich aneinander. Der Major arbeitete mit ihm daran, seinen Georgia-Akzent zu glätten, gab ihm Bücher zu lesen, lehrte ihn eine andere Ausdrucksweise – der Ausdruck ›fairer Vorschlag‹ zum Beispiel war nicht Calendars, sondern Ryersons Ausdruck, doch der Junge fügte ihn schon bald, zusammen mit vielen anderen, seinem eigenen Sprachschatz bei. (Hier lag der Ursprung der eigentlichen Mischung aus Slang und Hochsprache, die Calendar Jahre später Prentice gegenüber verwenden würde.) Der Junge war darauf aus, Eindruck zu machen, und der Offizier sprach darauf an. Mit Beginn des Frühlings war seine Position bei Ryerson gefestigt. Und mehr noch, er sprach und benahm sich inzwischen so, als stammte er aus dem Norden. Die Soldaten vergaßen bald den Grund, weswegen er überhaupt erst zu ihnen gekommen war. Sie schienen sich in seiner Gegenwart sicher zu fühlen.

Dann am 9. April, am Palmsonntag, kapitulierte Lee. Der Krieg war aus. Die Armee blieb noch für einige Monate bestehen, begann sich dann aber aufzulösen. »Wir gehen jetzt zurück nach Hause«, sagten die Soldaten. Das Problem war nur, daß der Junge kein Zuhause mehr hatte, zu dem er zurückgehen konnte. Er dachte daran zurückzugehen und das Land seiner Familie für sich zu beanspruchen, doch er sah keinerlei Möglichkeit, wie er es bestellen, geschweige denn behalten sollte. Es kursierten bereits Gerüchte über Steuereintreiber der Union, über Spekulanten aus dem Norden, die in den Süden kamen und alles Land an sich rissen, das ihnen unter die Finger kam. Außerdem, ob der Krieg nun vorbei war oder nicht, er wußte sehr wohl, welche Reaktion er von den Georgia-Familien zu erwarten hatte, die Shermans Marsch überlebt hatten und jetzt herausfanden, daß er sich mit Shermans Männern angefreundet hatte. Er konnte versuchen zu verheimlichen, wo er die letzten anderthalb Jahre gewesen war, doch er wußte genau, daß sie es auf die eine oder andere Weise herausfinden würden. Gerade vierzehn geworden, sah er für sich in Anbetracht seiner Situation keinerlei Perspektive.

Er behielt Ryerson weiterhin im Auge, während der Mann mit jedem neuen Tag weitere Vorbereitungen unternahm, seinen Abschied von der Armee zu nehmen, den entsprechenden Papierkram erledigte, sich von seinen Männern verabschiedete. Und dann war die Truppe praktisch ganz aufgelöst. Diejenigen, die blieben, wurden anderen Einheiten zugeteilt. Es blieb nicht mehr viel zu tun. Eines Tages kam Ryerson aus seinem Zelt und trug seine Uniform nicht mehr. Er hatte ein rotkariertes Hemd an, eine Hose aus der Zeit vor dem Krieg. Er trug noch sein Offiziersholster und den Armeerevolver, die Klappe geschlossen, seine Offiziersstiefel, einen Arbeitshut und Hosenträger. Über seiner Schulter hingen seine Satteltaschen. In den Händen trug er seinen Säbel und sein Gewehr. Er nickte dem Jungen zu, der dem Mann nun mit einem flauen Gefühl im Bauch folgte, als dieser zu dem Pferd hinüberging, das der Junge einige Zeit zuvor auf seine Veranlassung hin gesattelt hatte. Der Junge stand neben ihm, als er dann aufsaß und zu ihm herunterblickte.

»Und wo gehst du jetzt hin?« hatte der Mann ihn gefragt, dabei sein Gewehr in die Scheide geschoben und den Säbel daneben gesteckt.

»Ich weiß noch nicht genau«, antwortete der Junge und zuckte mit den Achseln. Er war fest entschlossen sich nicht anmerken zu lassen, wie enttäuscht er darüber war, den Mann gehen zu sehen.

»Warum kommst du nicht einfach mit mir?« Er sagte das so beiläufig, daß der Junge sich nicht mal sicher war, ob er überhaupt richtig gehört hatte. Dann setzte sein Herzschlag für eine Sekunde aus und er spürte einen dicken Knoten in seinem Bauch und er mußte sich wirklich sehr anstrengen, um nicht die Beherrschung zu verlieren. Wieder zuckte er mit den Achseln und fragte: »Wohin wollen Sie denn gehen?«

»Ich weiß es auch noch nicht genau. In den Westen vielleicht. Eine Sache ist mal ganz sicher. Hier gibt's nicht besonders viel.«

»Dachte, Sie hätten Familie in New York.«

»Richtig. Das habe ich auch«, sagte der Mann, sah ihn an, schaukelte langsam in seinem Sattel vor und zurück. »Aber ich schätze, sie werden wohl ohne mich auskommen müssen. Es ist keine Frau oder so, nur eine Schwester und ihre Kinder. Sie hat ihren Mann im Krieg verloren. Eine Zeitlang habe ich daran gedacht, zu ihr zurückzugehen und ihr zu helfen, aber irgendwie habe ich schon so viel für alle möglichen anderen Leute getan, daß es langsam mal an der Zeit ist, daß ich was für mich selbst mache. Also, was sagst du?«

»Ich denke drüber nach.«

»Tja, denk aber nicht zu lange nach, andernfalls könnte ich einfach losreiten und dich zurücklassen.«

»Wie weit in den Westen genau?«

»Schon mal den Mississippi gesehen?«

Er schüttelte seinen Kopf.

»Nun, ich denke, wir gehen noch ein ganzes Stück weiter als das. Ich denke, wir werden verdammt viel Land zu sehen bekommen. Was ist? Was ist los?«

»Wie kommt es, daß Sie so lange gebraucht haben, um mich zu fragen?«

»Ich war mir nicht ganz sicher, ob ich dich mitnehmen wollte. Jetzt bin ich es.«

Der Junge blickte zu ihm auf und dachte darüber nach. »Ich würde aber ein Pferd brauchen.«

»Ich besorg' dir eins.«

»Ich würde auch was zum Anziehen brauchen, vielleicht auch ein Gewehr.«

»Ich besorg' dir das.«

»Wieso?«

»Wenn ich das wüßte, dann wüßte ich auch, wieso ich überhaupt so lange gebraucht habe, um dich zu fragen. Kommst du nun mit oder nicht?«

»Ich komme mit.«

»Also dann, in Ordnung«, und er streckte seine geöffnete Hand nach unten.

Der Junge wußte nicht, was der Mann wollte. Dann verstand er, und sie schüttelten sich die Hände. Sein Herz klopfte noch schneller, obschon er sich sehr anstrengte, es nicht zu zeigen. Trotzdem merkte er, daß er lächelte. Es war ein großes breites Grinsen, das von einem Ohr zum anderen reichte und ein Funkeln in seine Augen zauberte. Ryerson saß auf seinem Pferd, erwiderte das Lächeln. Der Junge versuchte es, doch er konnte ihn einfach nicht deutlich sehen, seine Augen hatten sich verschleiert, seine Wangen waren feucht, schmeckten salzig. Er konnte nicht mehr atmen. In seinem Hals steckte ein dicker Kloß, und diese große Hand hielt seine eigene Hand freundschaftlich fest, als er zum ersten Mal, seit seine Familie ermordet worden war, einfach nur dastand, zu diesem Mann hinaufblickte und weinte, glücklich lächelte und leise weinte.

Und sie bekamen eine Menge Land zu sehen, eine ganze Menge, ritten von den Carolinas aus in nordwestlicher Richtung durch Tennessee und Kentucky auf Missouri und St. Louis zu. Sie überquerten den Mississippi. Er war nicht so, wie er es erwartet hatte, nicht so breit und wild, wie er gelesen hatte. Man sagte ihm, so wäre der Fluß erst weiter unten im Süden, und das war es ja gerade, warum sie in diese Richtung aufgebrochen waren, statt direkt nach Westen, weil sie soviel wie irgend möglich allem aus dem Weg gehen wollten, was der Krieg angerichtet hatte, warum sie lieber nach Norden und Westen gingen. Am Anfang ihrer Reise hatten sie unterwegs verkohlte Farmen und zertrampelte Felder gesehen, Soldaten, jetzt in Arbeitskleidung, die die Straßen hinunterwanderten. Manchmal trafen sich Norden und Süden und bekamen Streit. Meistens starrten sie sich einfach nur an und fluchten und ihre Rücken gerader durchdrückend, gingen sie weiter.

Sie hielten sich von den Städten fern, kampierten versteckt in den Wäldern, schossen Wild, arbeiteten ab und zu als Landarbeiter im Tausch gegen Lebensmittel und Kleider. Niemand hatte sonderlich viel Geld. Je weiter sie kamen, desto weniger trist schien alles zu werden, die Menschen, denen sie begegneten, lächelten hin und wieder, Farmer nahmen sich die Zeit, mit ihnen zu reden, die Menschen redeten über ihr Leben. Trotzdem hatten sie erst das Gefühl aus allem heraus zu sein, als sie St. Louis erreichten. Während des Bürgerkriegs ein wichtiges Nachschubdepot der Nordstaaten, war die Stadt verschont geblieben, blühte und gedieh, diente als Tor zum Westen. Neue Häuser wurden gebaut, Menschen kamen scharenweise in die Stadt. Sie kamen dort im Spätherbst an, das Wetter wurde langsam schlechter und kälter; sie blieben dann den Winter über, arbeiteten auf dem Bau;

Anfang Frühjahr verließen sie St. Louis wieder, heuerten als Jäger bei einem Planwagentreck an. Und sie waren gute Jäger. Das war jedenfalls eine Sache, von der er etwas verstand, davon und von Pferden – sie jagten Büffel und Schakale, Rehe und alles andere, das ihnen über den Weg lief, obschon es für das Fleisch meistens nicht die richtige Zeit war. Es führte sie bis nach Colorado. Dort verließen sie den Treck und ritten weiter Richtung Norden, arbeiteten ein Jahr lang als Fährtensucher in Wyoming. Dann verpflichteten sie sich bei der Kavallerie. Es schien eine einfache und leichte Sache zu sein. Ryerson half ihm dabei, was sein Alter betraf, zu lügen. Mit sechzehn Jahren sah er jetzt schon wie ein Zwanzigjähriger aus. Sie hatten wirklich keine großen Probleme.

Und jetzt standen sie dort, wo ihr Trupp, in diesem Tal im östlichen Colorado, sein Nachtlager aufgeschlagen hatte, blickten über den Fluß zu dem langen saftigen Gras und den weit entfernten Berghängen. Links von ihnen ging die Sonne unter, wurde mit jedem Stück, das sie tiefer sank, immer größer, tauchte alles in ein tiefrotes Licht. Sie blickten zum Fluß hinunter. Das Flußbett war breit – soweit sie das beurteilen konnten, etwa zweihundert Meter. Doch zu dieser Jahreszeit führte es nicht sehr viel Wasser, war nur zur Hälfte gefüllt. Beide Ufer waren sandig, und in der Mitte teilte der Fluß sich und umschloß die Insel dort draußen, die kurz und schmal war, dicht mit Gebüsch, Pyramidenpappeln und Weiden bewachsen. Sie drehten sich um und blickten zu der anderen Bergkette hinüber, zu der schmalen Schlucht, durch die sie gekommen waren und bis zu der es nicht sehr weit zu sein schien. Sie breiteten ihre Arme aus und atmeten in tiefen Zügen die frische saubere Luft ein. Sie sahen sich an und brauchten es nicht auszusprechen. Irgend etwas stimmte hier nicht.

Das hatten sie schon ziemlich früh gelernt: Hier draußen gab es bestimmte Stellen, bei denen man sofort wußte, daß man besser nicht bleiben sollte. Es gab keinen objektiven Grund für dieses Gefühl, nichts war an seiner Lage auszusetzen, es gab keine Gerüchte, die sie darüber gehört hatten. Es war einfach nur ein unbestimmtes unbehagliches Gefühl, daß man besser nicht hier bleiben sollte. Bedrängt, das zu verstehen, hatten sie davon gesprochen, wie die Pole zweier Magnete sich abstoßen konnten. An manchen Stellen fühlte man sich wohl und an anderen nicht, und wenn man an eine Stelle kam, an der man sich nicht wohl fühlte, dann zog man eben einfach weiter. Sie wußten, daß sie meistens übervorsichtig waren, doch hier draußen war es sinnvoll und zweckmäßig, übervorsichtig zu sein, und sie richteten sich immer nach dieser Maxime.

Und jetzt spürten sie beide genau das gleiche. Es gab nichts an dieser Stelle, das ihnen nicht gefiel. Tatsächlich war es in einer Hinsicht ein herrliches Fleckchen Erde. Zugegeben, es war im Freien, aber sie hatten schon so oft im Freien kampiert. Ebenfalls zugegeben, daß sie ganz in der Nähe von Indianern ihr Nachtlager aufgeschlagen hatten, aber sie hatten auch früher schon dicht bei Indianern kampiert, und im Augenblick war auch nicht das geringste Anzeichen dafür zu bemerken, daß die Indianer sie entdeckt hatten. Wo sollten sie außerdem auch sonst hin? Die Pferde brauchten Wasser. In den Bergen hatte es keine gute Stelle gegeben. Das hier war das Beste, das sie finden konnten. Vielleicht war es ja gerade das. Die Stelle war einfach zu gut: Indianer, die hier vorbeizogen, würden sofort wissen, daß sich jeder, der möglicherweise auf ihrer Spur war, genau diese Stelle als Lagerplatz aussuchen würde. Aber sie konnten sowieso nichts dagegen tun. Der Major hatte seine Entscheidung gefällt. Die Sonne war praktisch schon untergegangen. Es gab keinen anderen Ort, zu dem sie gehen konnten. Sie hatten sich eine Stelle ausgesucht, und jetzt mußten sie auch bleiben.

Trotzdem überprüften sie ihre Waffen, ließen sie neben sich liegen, wo sie ihre Decken in einer Senke im Lager ausgebreitet hatten. Major Forsyth seinerseits verweigerte die Erlaubnis Feuer anzuzünden, stellte Extra-Wachen auf, ließ die Pferde in der Nähe der Stelle anpflokken, wo die Männer lagen. Der Grund hierfür war weniger, daß er beunruhigt war, als vielmehr seine normale Vorsicht. Trotzdem schienen einige Soldaten nervös zu sein. Calendar beobachtete sie, als er seinen Sattel und seine Decke auf die Erde legte. Sie überprüften ihre Gewehre und Handfeuerwaffen genauso gründlich, wie er und Ryerson es getan hatten, luden durch, vergewisserten sich, daß die Magazine gefüllt waren, legten die Waffen neben sich auf den Boden. Nur wenige von ihnen sagten etwas. Und die, die etwas sagten, erhielten kurze besorgte Bemerkungen zur Antwort. Diejenigen von ihnen, die am längsten hier draußen waren, schienen am meisten mit ihren Gedanken beschäftigt zu sein. Er blickte zu Ryerson hinüber und sah, daß der Mann ihn anschaute, und wieder brauchten sie kein Wort zu wechseln. Wenn außer ihnen auch noch andere das gleiche spürten, dann war ganz sicher irgend etwas nicht in Ordnung. Sie streckten sich unter ihren Decken aus, die Hände auf den Gewehren, warteten, hielten ihre Wachen, warteten wieder, dösten ein, und die erste Welle griff sie kurz nach Morgengrauen an.

Das Geheul allein reichte schon aus, um sie zu wecken. Sie lagen da und blinzelten einen Augenblick. Dann hörten sie die Schüsse und rappelten sich unter ihren Dekken hervor, packten ihre Gewehre, liefen in die Richtung, aus der die Schüsse gekommen waren. Dort waren acht Männer, die eine sanfte Anhöhe im Westen herunterritten, genau auf die Pferde zu. Die Wachtposten eröffneten das Feuer auf sie. Einer der Reiter dort draußen fiel von seinem Pferd. Ein anderer umklammerte seinen Arm und kam weiter näher heran. Calendar und Ryerson eröffneten ebenfalls das Feuer, andere fielen ein. Ein weiterer Reiter fiel, die sechs Überlebenden schwenkten nach links und kehrten zurück.

»Aufsitzen!« befahl der Major. »Verdammt, wir müssen hier weg!«

Denn im Rücken dieser sechs Indianer, oben auf der leichten Anhöhe, zu der sie zurückkehrten, von links nach rechts auf beiden Seiten des Flusses, hatte sich eine lange Reihe von Indianern verteilt. Es waren mehr, als jemand die Zeit hatte zu zählen. Sechs Soldaten hielten als Rückendeckung Wache, die Gewehre schußbereit. Die übrigen rannten, packten sich ihre Sättel, stürmten zu ihren Pferden, warfen ihnen die Sättel über, zurrten die Gurte fest, griffen nach ihren Zaumzeugen. Jetzt liefen auch die Soldaten, die anfangs noch zurückgeblieben waren, zu ihren Sätteln. Calendar hatte gedacht, wie dumm es von diesen Indianern gewesen war, zu versuchen, an die Pferde heranzukommen und sie so zu warnen. Wenn das ihre Art zu kämpfen war, dann würde eine so gut durchorganisierte Truppe wie diese keinerlei Schwierigkeiten haben, mit ihnen fertigzuwerden. Das hatte er auch zu Ryerson gesagt, hatte versucht, seine Ansicht zu verteidigen, doch Ryerson hatte ihn schnell korrigiert. Es war nicht dumm. Sie waren zuversichtlich, waren sich so sicher, daß sie gewinnen würden, daß sie auf das Überraschungsmoment verzichtet hatten, damit ihre jüngsten Krieger unverfroren herunterreiten und ihre Geschicklichkeit beweisen konnten.

Inzwischen hatte der Angriff der zweiten Welle begonnen, wenigstens ein Drittel der Indianer, eine dritte Welle dicht dahinter, ein weiteres Viertel. Die sechs letzten Soldaten saßen jetzt ebenfalls im Sattel, die anderen warfen immer wieder nervöse Blicke hinter sich, während der Major den Befehl zum Abrücken gab. Und ein paar Männer ritten bereits los, noch bevor er ausgesprochen hatte, gaben ihren Pferden die Sporen, schlugen auf sie ein, um sie anzutreiben, als schließlich auch die anderen hinter ihnen her Richtung Südwesten auf die nahegelegene Bergkette zugaloppierten. Mit Schüssen und Kriegsgeheul im Rücken ritten und fluchten sie wie die Teufel. Calendar konnte sich nicht daran erinnern, bis zu diesem Augenblick schon jemals eine solche Angst gehabt zu haben, selbst während des Krieges nicht. Alles um ihn herum verschwamm, seine Reaktionen wurden automatisch. Alles, woran er dachte, war genau das, was der Major offensichtlich auch dachte, so wie er sie führte. Zurück zu den Bergen. Zurück zur Schlucht, durch die sie gekommen waren. Wenn sie erst einmal dort oben waren und sie kontrollierten, konnten sie jeden aufhalten, der ihnen folgen wollte.

Ja, es war naheliegend. Zu naheliegend. Plötzlich riß der Major sein Pferd nach links herum, schwenkte von den Bergen ab, führte sie in einem weiten Bogen den gleichen Weg zurück, den sie gekommen waren. Die fliehenden Soldaten begannen vor Verwirrung langsamer zu werden. Sie blickten zu der offenen Schlucht hinüber, dann zu den Indianern, die auf sie zugestürmt kamen. Der Major brüllte, winkte zum Fluß hinüber, ritt dorthin zurück. Die Kavalleristen, gefangen zwischen ihrem Bedürfnis zu fliehen und ihrer Gewohnheit zu gehorchen, folgten ihm, und genau das war es, was sie rettete. Später stellte sich heraus, daß die Indianer gewollt hatten, daß sie durch die Schlucht ritten. Sie hatten weitere Männer dort versteckt, die bereit waren, die Soldaten im Kreuzfeuer in die Zange zu nehmen. Das hatte Forsyth vermutet, doch er war sich nicht ganz sicher, und gezwungen, eine schnelle Entscheidung zu treffen, kehrte er zu ihrem Lager zurück, und wenn seine Leute nicht instinktiv reagiert hätten, wäre der Trupp bis auf den letzten Mann aufgerieben worden. Wie die Dinge lagen, glaubten seine Leute nämlich, daß er gesehen hatte, was sie selbst nicht gesehen hatten, kehrten schon mit ihm zurück, bevor sie die volle Bedeutung dessen erfaßten, was vor sich ging. Und als sie schließlich verstanden, daß es keinen offensichtlichen Grund gab, warum sie nicht durch die Schlucht reiten sollten, war es zu spät. Sie waren so weit auf den Fluß zugeritten, daß ihnen gar keine andere Wahl mehr blieb. Sie mußten einfach weiter auf den Fluß zuhalten oder draußen auf freiem Gelände bleiben und erschossen werden.

Ihre Angst verwandelte sich dann in Wut, sie verfluchten ihn, brüllten, während sie ihm über den Fluß zu der mit Gebüsch bewachsenen Insel folgten, sprangen von ihren Pferden, banden sie an, verfluchten ihn immer noch, als sie ihre Gewehre herauszogen, sich für den Angriff bereit machten. Ein Kavallerist war selbst jetzt noch unentschlossen, tänzelte mit seinem Pferd auf und ab, brüllte: »Wir dürfen nicht hier bleiben! Hier werden wir alle erschossen!«, wollte auf die Schlucht zureiten, doch der Major packte seinen Arm, richtete seinen Revolver auf ihn und sagte: »Beweg dich, und ich blas dir den Kopf weg!« Dann wirbelte er herum und schoß auf die angreifenden Indianer.

Bei dem ersten gezielten Schuß von dort draußen fiel der Kavallerist von seinem Pferd. Die anderen, mit den Gewehren in der Hand, hatten ihre Pferde kreisförmig angebunden, zu einer Art Barrikade, warfen sich jetzt auf den Boden, um zwischen den Hufen der Pferde hindurch zu schießen, hielten aber genügend Abstand zu den Tieren, um von ihnen nicht zu Tode getrampelt zu werden. Sie schoben Erde vor sich auf, stützten ihre Gewehre ab, schossen, gruben weiter, zielten, schossen wieder. Der Major stand immer noch, gab ihnen Anweisungen, als – die erste Welle war jetzt kurz vor ihnen – ihn jemand zu Boden riß. Sie kamen – es schienen mindestens hundert Mann zu sein – die Uferböschung herunter, über den Sand und durch das Wasser, stürmten auf sie zu, schrien, ritten ohne Sattel, waren bis auf Stoffstreifen um ihre

Taillen und Geschlechtsteile nackt. Einige von ihnen trugen Federschmuck auf dem Kopf, alle hatten sie rot und grün bemalte Gesichter, weit aufgerissene Augen, die Gesichter zu Fratzen verzerrt, sie schossen, schrien, und die Kavalleristen, gefangen in ihrer Raserei, eröffneten jetzt wirklich das Feuer, schossen so schnell sie ihre Gewehre nachladen konnten, leerten die Magazine, wechselten dann zu ihren Handfeuerwaffen, schossen diese ebenfalls leer, luden fieberhaft nach. Die Handfeuerwaffen waren sechsschüssige Colt-Revolver, primitiver als die späteren berühmten Western-Versionen, nichtsdestoweniger aber sehr effektiv. Die Gewehre waren Spencer-Repetiergewehre mit Hebelmechanik, sechs Schuß pro Magazin und ein weiterer in der Kammer. Dreizehn Schuß pro Mann, beinahe fünfzig Männer; in weniger als dreißig Sekunden jagten sie der ersten Angriffswelle, die jetzt auf sie zugeritten kam, all diese Kugeln entgegen, streckten fast die Hälfte ihrer Angreifer nieder und brachten den Angriff zum Erliegen.

Ihre Patronen waren noch mit Schwarzpulver anstelle des erst später verwendeten rauchlosen Schießpulvers gefüllt. Die dicke graue Rauchwolke, die über ihnen aufstieg, verdeckte die Indianer, als sie nach beiden Seiten abdrehten, dem Fluß auf seinem Weg um die Insel folgten. Die Kavalleristen, nachdem sie wieder Partronen in ihre Gewehre gestoßen hatten, strengten sich an, etwas zu sehen, ihnen nachzuschießen, holten weitere Männer von ihren Pferden, luden hastig nach. Im Schutz des Rauches galoppierten die Indianer das andere Flußufer hinauf, schwenkten, um sich neu aufzustellen, stürmten dann sofort wieder zurück, und dieses Mal waren sie leichter zu teilen, trennten sich wieder in zwei Gruppen, umrundeten die Insel, schossen, die Münder weit aufgerissen, schrien, galoppierten das Ufer hinauf, das sie zu Anfang heruntergekommen waren, ritten in die Richtung fort, aus der sie gekommen waren.

Die Soldaten bekamen kaum die Gelegenheit, Luft zu holen, vergewisserten sich gerade noch, daß sie nachgeladen hatten, als auch schon die nächste Angriffswelle heranbrandete. Doch dieses Mal brachten sie ihren Angriff zum Erliegen, noch bevor er den Fluß erreichte. Sie schossen jetzt so zielsicher und schnell, ließen wieder eine dicke Rauchwolke über sich aufsteigen, daß die Indianer bereits wieder nach links abschwenkten und den Weg zurückritten, den sie gekommen waren, als noch weitere hundert Meter vor ihnen lagen.

So schnell wie es begonnen hatte, so schnell war es auch vorbei. Einige wenige Soldaten schossen noch weiter, doch der Major mußte ihnen nicht erst sagen, daß sie aufhören sollten – es lag auf der Hand, daß sie das tun mußten. Bei einem zahlenmäßig so überlegenen Gegner wie diesem, würden sie jeden einzelnen Schuß, den sie hatten, dringend benötigen. Und sie hatten nicht zuviel Munition. Jeder Mann hatte einhundertundvierzig Schuß Munition für sein Gewehr, dreißig für die Revolver, weitere viertausend Schuß für die Gewehre befanden sich auf einem Packesel. Jeder von ihnen würde jetzt nach diesen beiden Angriffen bereits fast dreißig Schuß abgefeuert haben, und von nun an würden sie ihre Munition aufsparen müssen, bis sie sichere Schüsse landen konnten.

Leicht zu sagen. Oder auf jeden Fall leicht zu denken. Niemand verlor darüber ein Wort. Die Haufen leerer Patronenhülsen um sie herum stellten das unmißverständlich klar. Der Pulverrauch hatte sich beinahe ganz verzogen. Die wenigen, die immer noch schossen, hörten bald auf. Die anderen, nachdem der Streß des Kampfes für einen Augenblick von ihnen genommen war, beeilten sich noch mehr, so schnell sie konnten nachzuladen. Ganz sicher machten die Indianer keinerlei Anstalten abzuziehen. Die Hauptgruppe stand immer noch in einer langen Reihe auf dem Kamm der leichten Anhöhe ziemlich genau ihnen gegenüber. Die Krieger der beiden ersten Angriffswellen waren inzwischen ebenfalls wieder dort oben und formierten sich jetzt neu. Calendar starrte zwischen den Hufen seines Pferdes zu ihnen hinüber. Er lag in der Nähe eines niedergetrampelten Gebüsches, in sicherem Abstand von den Hufen, flach ausgestreckt auf dem Boden, hatte einen kleinen Haufen frisch ausgegrabener Erde vor sich, lud genau wie die anderen nach, atmete schnell, starrte zu den Indianern hinüber. Auf die Entfernung wirkten sie klein und undeutlich, wie sie dort auf ihren Pferden saßen und warteten.

Die Stille wirkte wie ein Schock. Er hörte nichts als sein eigenes rauhes Atmen, und selbst das erschien ihm fremd und eigenartig, als würde es nicht aus seinem Mund und seinen Nasenflügeln kommen, sondern von irgendwo tief aus seiner Brust und Kehle, von irgendwo aus seinem Kopf. Es kam ihm irgendwie gedämpft und leise vor. Dann bemerkte er auch das Summen in seinem Kopf, in beiden Ohren, ein hohes konstantes Klingeln, lauter noch als sein Atmen, lauter als alles andere. Er war noch nie mitten in einem solchen heftigen Feuergefecht gewesen: Überall um ihn herum Schüsse, die direkt neben seinen Ohren explodierten, unfähig, seine eigenen Schüsse von all den anderen zu unterscheiden. Manchmal als Junge, auf der Jagd in den dichten Wäldern Georgias, hatte er geschossen und dadurch ein leichtes Klingeln in den Ohren bekommen, aber es war nie stark genug gewesen, um ihn zu beunruhigen, und wenn er die Zeit dazu gehabt hatte und wußte, daß er seine Beute nicht aufscheuchte, dann hatte er sich Stoffstückchen in sein Ohr gesteckt. Doch jetzt hatte er dazu keine Gelegenheit gehabt, und er hätte auch sowieso nicht daran gedacht, es zu tun, so fremd und ungewohnt war das alles für ihn.

Er schüttelte seinen Kopf, um ihn wieder klar zu bekommen, doch dadurch verschwand das Klingeln auch nicht. Und jetzt geriet er in Panik, weil er wußte, daß um ihn herum Geräusche sein mußten, daß Leute redeten, sich bewegten, doch er nichts von alldem hören konnte. Hatten sie denn keine Schwierigkeiten mit ihren Ohren? Wenn es so war, dann ließen sie sich zumindest nichts anmerken. Dann spürte er, daß es unter seinem Bauch feucht war, zwischen seinen Beinen, und sein erster Gedanke war, daß er getroffen worden sein mußte, tastete sich verzweifelt ab, erkannte, daß er in seiner Angst die Kontrolle über seine Blase verloren hatte, fühlte dann schnell nach hinten, doch wenigstens hatte er nicht auch noch die Kontrolle über seine Gedärme verloren. Bei ein paar anderen Männern war das nicht so, und einige der Pferde hatten ihre Darmtätigkeit ebenfalls nicht unter Kontrolle halten können. Der Geruch war unverkennbar. Jedenfalls war mit seinem Geruchssinn alles in Ordnung. Er schaute sich um, doch niemand sonst schien etwas zu bemerken, oder wenn sie es doch taten, dann schien es ihnen zumindest nichts auszumachen. Es schien keine Schande zu sein. Sie gruben sich tiefer in den Boden, schoben Erde um sich herum auf, benutzten ihre Messer, Blechteller, alles, was sie nur finden konnten. Ryerson war der übernächste Mann links von ihm, und er grub schnell. Er machte es dann genauso, wurde sich plötzlich bewußt, daß er jetzt schon seit kurzer Zeit das Scharren von Metall auf Boden gehört hatte, das gedämpfte Schnauben der Pferde, das nervöse Trampeln der Hufe vor sich auf dem Boden. Sein Gehör kehrte langsam zurück, noch nicht viel, aber immerhin ein bißchen, und als er sich genügend entspannte, um sich weniger auf sich selbst zu konzentrieren und mehr auf das, was um ihn herum passierte, verstand er, daß Männer um ihn herum lagen, die sich nicht bewegten, andere, die sich umklammerten, die zuckten, daß Pferde auf der Erde lagen, deren Brustkörbe sich hoben und senkten, denen blutiger Schaum vor den Mäulern stand. Er blickte hinter sich und sah fünf Kavalleristen, die um einen sechsten herum hockten und mit ihm sprachen. Sie gingen auseinander, und er sah, daß es der Major war: Er hatte einen Schuß ins Schienbein abbekommen, auf seinem blauen Hosenbein breitete sich ein roter Fleck aus. Irgendwer legte ihm eine Aderpresse an. Das Gesicht des Majors war aschfahl.

»Bringt mich da vorne hin, wo ich was sehen kann«, hörte er den Major stöhnen. Die Worte drangen nur gedämpft durch seine immer noch summenden Ohren.

Er sah, wie sie den Major zu ihm herüberschleppten, wie der Major an ihm vorbei durch die Lücke unter dem Bauch des Pferdes zu den Indianern dort draußen starrte. Es sah aus, als würden sie sich auf einen weiteren Angriff vorbereiten, ihre Pferde bewegten sich unruhig, langsam nahmen sie ihre Stellungen ein, blickten hinter sich, dann zu einer Seite hinüber, als würden sie etwas beobachten, das auf der Anhöhe hinter ihnen auftauchte. Irgend etwas tauchte tatsächlich auf, die Spitze von irgend etwas, dann ein Kopf, ein Körper, ein einzelner Reiter, der zu ihnen herunterritt und auf gleicher Höhe wie sie stehenblieb, der dann vor die Reihe der Indianer ritt. Er schien sie in Euphorie zu versetzen. Die Indianer begannen wieder ihr Kriegsgeheul und rissen ihre Pferde hoch. Was die Soldaten zuerst gesehen hatten, war die Spitze eines Kopfschmuckes, lang und breit und fließend, gespickt mit Federn.

»Oh, oh«, sagte irgend jemand.

Er drehte sich um. Es war einer der Kundschafter, der älteste der vier, grauhaarig, ganz in Wildleder gekleidet, von dem zerfetzte Fransen herunterhingen.

»Was ist denn?«

»Er«, sagte der Kundschafter, drehte seinen Kopf, und spuckte aus.

»Und, was ist mit ihm?«

»Die Cheyenne nennen ihn Bat. Von hier aus kann

man es nicht erkennen, aber aus der Nähe ist er wirklich eine Augenweide. Groß. Man kann es sich nicht vorstellen. Überall nur Muskeln. Ein Gesicht wie gemeißelt. Ich erkenne ihn an seinem Kopfschmuck. Das ist was Besonderes. Sie tragen nicht all diese vielen Federn, ohne sie sich auch verdient zu haben.«

»Ich habe noch nie von ihm gehört.«

»Natürlich hast du. Du würdest ihn Roman Nose nennen.«

»Herr im Himmel!«

Sogar Calendar hatte schon von ihm gehört. Er war ein Indianer, vor dem ihn jeder gewarnt hatte, der unter den Weißen durch seine breite Hakennase bekannt war. Die Geschichten, die man sich über ihn erzählte, ließen einem das Blut gefrieren. Zerstückelte Körper, aufgeschlitzt, verstümmelt bis keinerlei Ähnlichkeit mit einem Menschen geblieben war. *Er* würde nicht aufgeben. Nachdem er sich erst einmal auf einen Kampf eingelassen hatte, würde er nicht eher aufhören, bis die eine oder die andere Seite vernichtet war. Bislang waren es immer die Weißen gewesen, die auf der Verliererseite gestanden hatten.

»Tja, Jesus, jetzt können wir uns auf was gefaßt machen«, sagte der Major und stöhnte. Mit beiden Händen zog er sein Bein ein Stück zur Seite, um es nicht unnötig zu belasten. »Ich will drei Männer in dem hohen Gras da vorne haben. Dort, wo die Insel spitz zuläuft.« Er schaute sich um. »Ihr drei. Setzt euch in Bewegung.«

Calendar brauchte einen Augenblick, bis ihm klar wurde, daß der Major ihn anstarrte, den Mann neben sich und Ryerson. Sie sahen erst sich, dann wieder den Major an. Der Mann neben Calendar wollte schon etwas sagen.

»Ich will, daß ihr euch diese Leichen da draußen anseht«, sagte der Major. »Ich will, daß ihr euch vergewissert, daß sie tot sind. Beim nächsten Angriff wird sich herausstellen, daß ein paar von ihnen nur vorgetäuscht haben, tot zu sein. Dann werden sie auf uns zugekrochen kommen, und ich will, daß sie aufgehalten werden. Wir haben alle Hände voll damit zu tun, mit den Reitern fertig zu werden.« Er gab drei anderen Soldaten ein Zeichen, zum anderen Ende der Insel zu laufen, dann blickte er wieder zu ihnen hinüber. »Und, worauf wartet ihr noch?«

Sie sahen ihn noch einen Moment länger an, schauten dann nach vorne, sahen sich wieder an, packten schließlich ihre Gewehre und setzten sich langsam in Bewegung. Calendar beeilte sich, als er sich zwischen den Vorder- und Hinterläufen seines Pferdes durchschlängelte. Dann wurde er wieder langsamer, als er das Gras erreichte und dort hineinkroch. Es war Präriegras, hoch und braun. Es war trocken und spröde, zerbrach, als er hindurchkroch. Direkt neben sich, das Klingeln in seinen Ohren ließ weiter nach, hörte er den anderen Mann und Ryerson. Er spürte deutlich sein Herz klopfen. Dann erreichte er die Stelle, an der das Gras aufhörte. Von hier aus fiel der Boden in einem leichten Abhang zum Fluß ab. Er sah die Indianer mit nach unten gedrehten Gesichtern im seichten Wasser treiben, andere lagen auf dem Rücken am anderen Ufer. Er kroch ein Stück zurück, achtete darauf, daß genügend Grashalme vor ihm waren, gerade soviel, um noch hindurchsehen zu können. Das Gras roch so, wie es in der Scheune seines Vaters immer gerochen hatte.

Er verdrängte diesen Gedanken, starrte konzentriert zu den Indianern hinüber. Es drängte ihn, etwas zu sagen, mit Ryerson zu sprechen, doch er wußte, daß er das nicht durfte. Falls dort draußen noch welche leben sollten, dann würden sie die Stimmen hören und viel vorsichtiger sein. Er blickte über sie zu der langen Reihe der Indianer auf dem Hügel.

Und blinzelte. Sie waren nicht mehr dort. Sie waren schon auf dem Weg die Anhöhe herunter. In der kurzen

Zeit, die er den Fluß überprüft hatte, waren sie schon so weit herangekommen, und seine Ohren mußten sich immer noch in einem ziemlich schlechten Zustand befinden, denn obschon die Pferde galoppierten und die Indianer ihre Arme in die Höhe gerissen hatten, damit wedelten, ihre Gesichter bewegten, brüllten, konnte er sie immer noch nicht hören. Er sah zu dem größten Indianer hinüber, zu demjenigen, den der Kundschafter Bat genannt hatte, zu dem mit dem gigantischen wallenden Kopfschmuck, zu dem Mann, der die anderen anführte, und der Kerl hatte sein Gewehr hoch über den Kopf gehoben, schüttelte es, und die Leichtigkeit, mit der er das machte, ließ die Waffe völlig gewichtslos erscheinen. Dann meinte er, eine Bewegung am Ufer wahrgenommen zu haben und blickte schnell wieder zu den dort liegenden Leichen hinüber.

Nichts. Wenigstens glaubte er, daß es nichts war. Sicher konnte er sich nicht sein. Immer wieder wanderte sein Blick von ihnen zu der Linie der angreifenden Indianer, dann wieder zu den Leichen am Fluß. Seine Hände umklammerten krampfhaft sein Gewehr.

Hinter ihm begannen einige Soldaten zu schießen.

»Nein!« hörte er dann den Major schwach hinter sich brüllen. »Erst wenn ich es sage! Und vergewissert euch, daß eure Magazine geladen sind! Schießt immer in Salven!«

Die Schüsse hörten auf.

Dann fingen die Indianer an zu schießen, zuerst nur ein paar, aus einiger Entfernung, dann mehr und mehr, je näher sie kamen.

Sie kamen sogar noch näher.

Ein Soldat feuerte.

»Erst wenn ich den Befehl gebe!« brüllte der Major. »Vergeßt nicht, was ich gesagt habe! Ihr sollt Salven schießen!«

Die Indianer waren inzwischen noch näher heran. Calendar konnte einfach nicht glauben, daß der Major sie dermaßen nah herankommen ließ, bevor er den Schießbefehl gab. Jetzt konnte er schon die Muskeln auf ihren Bäuchen erkennen, ihre Zähne, und er packte sein Gewehr, legte den Finger um den Abzug. Sie schossen, siebzig Meter, fünfzig, die Pferde donnerten heran.

»Jetzt!« befahl der Major.

Und genau darauf hatten die Kavalleristen gewartet, sie schossen, noch bevor er das eine Wort ganz ausgesprochen hatte; es war wie der Schuß einer Kanone, eine einzige lange Reihe von dicht aufeinander folgenden Explosionen, ohrenbetäubend; eine Salve, die die Reiter zurückschlug, Pferde straucheln ließ, die Männer in der ersten Linie außer Gefecht setzte. Alle, bis auf den einen, der sie anführte.

»Jetzt!« brüllte der Major wieder, und wieder schossen sie, Körper fielen, Pferde stürzten.

Und wieder. Und wieder, Reiter übersprangen gefallene Körper, stürmten weiter auf sie zu, schossen, schrien. Calendar starrte ihnen entgegen, noch zwanzig Meter entfernt und sie rückten immer näher und näher, waren beinahe über ihm, sein Bauch stand in Flammen, als ein bemaltes Gesicht unmittelbar vor ihm aus dem Gras auftauchte.

Es war einer der Indianer, die am Fluß gelegen hatten, die vorgetäuscht hatten, tot zu sein, die den Angriff ausnutzen, um auf die Insel zu kriechen. Sie starrten sich an, ihre Gesichter starr vor Entsetzen, Calendar wich zurück, als der Major wieder »Jetzt!« brüllte, und dann hatte Calendar den Abzug durchgedrückt. Das Gesicht vor ihm verschwand. Irgend etwas Feuchtes traf ihn, doch er konnte nicht sagen, ob es Blut oder Wasser aus dem Fluß war, denn die Indianer waren jetzt durch, waren jetzt auf der Insel, Wasser spritzte von ihren Pferden, die an ihm vorbeipreschten. Er schwang mit ihnen herum, zielte auf einen direkt vor ihm, wie bei der Fasanenjagd damals auf der Farm seines Vaters, all diese Federn dort vor sich, und dann schoß er, erwischte ihn genau im Rücken. Die Wucht des Schusses brachte Reiter und Pferd zu Fall, peitschte sie nach links zum Wasser hinunter, wo das Pferd seinen Halt wiederfand, davonlief, und der Indianer blieb dort liegen, mit dem Gesicht nach unten, trieb reglos im Wasser.

Es war alles so schnell passiert, daß er gar nicht mal genau mitbekommen hatte, was passiert war, geschweige denn, wen er da erschossen hatte, und jetzt sah er, daß es derjenige gewesen war, der den Angriff geleitet hatte, der, den man Bat nannte, und die Indianer verringerten ihr Tempo, riefen irgendwas, als der Major wieder laut »Jetzt!« brüllte, und die Salve zerschmetterte sie, warf Reiter von ihren Pferden, ließ die Pferde scheuen, brachte den Angriff zum Erliegen. Sie teilten sich, galoppierten an der Insel vorbei und machten sich nicht mal die Mühe, sich neu aufzustellen, ritten einfach quer über den Fluß weiter hinunter und kehrten dann denselben Weg zurück, den sie gekommen waren.

Schnell nachladend, begannen die Soldaten zu jubeln. Pferde mit Bauchschüssen wieherten kläglich. Verwundete Soldaten stöhnten. Das Geräusch von Metall auf Metall hallte über die ganze Insel: Kugeln, die in Magazine gestoßen wurden, Ladehebel, die zurück- und wieder vorgeschoben wurden, dann waren die Gewehre wieder bereit, der Rauch der Schüsse wehte langsam fort. Calendar ließ seine Augen über die gefallenen Reiter draußen vor sich wandern, um sich zu vergewissern, daß keiner von denen zu ihm ins Gras gekrochen kam. Er leckte sich über die Lippen.

»Können die das auch noch besser?« hörte er den Major hinter sich sagen, und als er sich umdrehte, sah er den Kundschafter neben dem Major den Kopf schütteln. Später erzählte der Kundschafter ihnen, daß er in all den Jahren hier draußen noch nie einen Angriff miterlebt hatte, der diesem gleichkam. Eigentlich hätte jeder Mann ihrer Truppe jetzt tot sein müssen. Alles, was sie gerettet hatte, war Bat, der jetzt tot im Fluß trieb. Wenn er noch gelebt hätte, um den Indianern Mut zu machen und sie anzufeuern, dann hätten sie von nichts auf der Welt mehr aufgehalten werden können.

Mehrere Soldaten behaupteten, daß es ihre Kugel gewesen wäre, die ihn getötet hatte. Calendar widersprach ihnen nicht. Er wußte es, und er sah keinen Sinn darin, sich deswegen zu streiten. Später, als sie sich die Leichen unten am Fluß näher ansahen, ging Calendar zu Bat hinunter und drehte ihn um, sah, wo seine Kugel ihn getroffen hatte; sie war am Ende der Wirbelsäule eingedrungen und schließlich aus seinem Brustkorb wieder ausgetreten. Es bestand auch nicht der geringste Zweifel daran, daß er derjenige war, der ihn getötet hatte. Er drehte den Leichnam wieder auf den Bauch und ließ ihn zurück ins Wasser sinken, das vom vielen Blut dunkelrot war. Er blickte auf den Kopfschmuck, vollgesogen und fast versunken, und ließ ihn liegen. Ein anderer Soldat holte ihn sich. Später erfuhren sie von einem verwundeten Indianer, daß ihr Häuptling ursprünglich gar nicht an dem Kampf hatte teilnehmen wollen. Sein Kopfschmuck besaß irgendeinen Zauber, der verhinderte, daß er im Kampf geschlagen wurde. Doch zu dem Zauber gehörte auch ein Tabu, und das Tabu war gebrochen worden. Es hätte eine ganze Weile gedauert, bis Bat sich wieder geläutert haben würde, daher hatte er an diesem Kampf nicht teilnehmen wollen, hätte es auch sicher nicht getan, wäre er nicht von einem anderen Häuptling, der eifersüchtig auf ihn war, weibisch genannt worden.

So wie der Indianer sie erzählte, war es eine lange Geschichte, und eine gute noch dazu, und Calendar war darauf erpicht gewesen, sie Ryerson zu erzählen, doch dazu bekam er nie die Gelegenheit. Kurz nachdem der Angriff beendet worden war, nachdem er sich wieder einigermaßen im Griff hatte und sich sicher genug fühlte, nicht länger auf den Fluß hinausstarren zu müssen, war er ein wenig nach links zu dem Mann neben sich und zu Ryerson gekrochen, und der Mann hatte ein Stück Stoff unter Ryersons Hemd gestopft, wo er einen Bauchschuß abbekommen hatte. Das Blut sprudelte nur so heraus. Die Aufregung, die Calendar empfunden hatte, versiegte schnell. Benommen kroch er einfach neben Ryerson, drückte ihn an sich, sprach mit ihm, versuchte, ihn zum Sprechen zu bewegen, doch auch wenn Ryersons Lider zuckten und er ihn manchmal zu erkennen schien, sagte er kein Wort mehr, wurde schließlich einfach ohnmächtig, und er brauchte entgegen aller Gerechtigkeit einen Tag und eine Nacht, um zu sterben. Calendar saß da, hielt ihn in seinen Armen, und weinte. Das war auch der Grund, warum der die Frage nicht groß aufbauschte, wer den Indianer getötet hatte. Er empfand eine zu große Trauer, als daß da noch genügend Platz für Wut oder auch nur Stolz gewesen wäre.

Die Indianer gingen nicht fort. Sie griffen auch nicht wieder an, sondern belagerten sie einfach. Sämtliche Pferde der Soldaten waren tot. Ein Drittel der Männer war verletzt oder tot. Ihr zweiter ranghoher Offizier, Lieutenant Beecher, war ebenfalls tot, und nach ihm wurde diese Insel benannt. Der Major war noch zwei weitere Male getroffen worden, ein Streifschuß am Kopf und eine Kugel ins Bein direkt neben der Arterie. Vier Tage lang lag er einfach da, bis ihm schließlich klar wurde, daß er die Kugel herausholen mußte, doch ihr Arzt war ebenfalls getötet worden, und alle anderen hatten Angst davor, es zu tun, hatten Angst, daß sie, wenn sie versuchten, die Kugel mit dem Messer herauszuholen, die Arterie treffen würden. Schließlich hatte der Major zwei Männern befohlen, sein Bein festzuhalten, hatte sein Rasiermesser aus der Satteltasche genommen und die Kugel selbst entfernt. Es war das einzige Mal während der Belagerung, daß Calendar nicht an Ryerson dachte, als er den Major dabei beobachtete, wie er das ohne irgendein Betäubungsmittel machte. Ansonsten beobachtete er alles wie aus einem trüben Nebel heraus: Wie der Major in der Nacht, nachdem Bat getötet worden war, zwei Kundschafter ausschickte, um Hilfe zu holen; wie sie dann mit Mokassins an den Füßen aufgebrochen waren, rückwärts gegangen waren, um ihre Fährten wie die von Indianern aussehen zu lassen, die sich an die Insel herangepirscht hatten; wie der Major zwei Nächte später die beiden anderen ebenfalls fortschickte, in dem Wissen, daß sie sich nur nachts bewegen und sich tagsüber verstecken würden; wie eine Woche später dann ihr Ersatz über den Paß kam und die Belagerung brach. Zu diesem Zeitpunkt hatten die Kavalleristen ihre Rationen bereits aufgebraucht, brieten sich verfaulendes Pferdefleisch. Der Major saß gegen einen Baum gelehnt, schonte sein Bein und las in einem Buch, in *Oliver Twist.* Die Soldaten hatten gejubelt, als sie die ersten Männer durch die Schlucht kommen sahen, waren aufgestanden, hatten mit ihren Hemden gewinkt und mit ihren Gewehren Schüsse abgegeben. Der Major hatte ihnen trotzdem gesagt, daß sie ihre Munition aufsparen sollten. Die toten Soldaten waren alle begraben worden. Die Insel war nicht groß genug für etwas anderes als ein Massengrab gewesen, und die Indianer in und am Fluß waren ans andere Ufer gezogen und dort verbrannt worden. Und Calendar hockte dort an der Ecke des Massengrabes, wo er Ryerson begraben hatte, hielt das Gewehr, den Revolver und die Satteltaschen des Mannes neben sich, die er bereits nach irgendeinem Namen oder einer Adresse durchsucht hatte, die ihm verraten würden, wie er sich mit der Schwester des toten Mannes in Verbindung setzen konnte. Doch er fand nichts.

59

»Verpiß dich von hier!«

Zunächst verstand Prentice nicht. Sie hatten für die Nacht angehalten, kampierten jetzt am Fuß eines steilen und zerklüfteten Bergrückens. Die Stelle war gut ausgewählt: Eine Flanke war geschützt, in der Nähe gab es Wasser, auch Gestrüpp, um Feuer zu machen. Der Bergrücken lag im Osten. Im Westen ging jetzt die Sonne unter, doch da in dieser Richtung nichts als offenes Land lag, würde die Sonne ihnen noch eine ganze Weile Licht geben.

Und der Abend fing gut an. Alle waren selbst nach dem anstrengenden Ritt eines langen heißen Tages guter Dinge, die Soldaten unterhielten sich, während sie ihre Pferde striegelten, sie anbanden. Ein paar Männer pfiffen leise irgendwelche Melodien vor sich hin, als sie ihre Decken auf der Erde ausbreiteten, andere zündeten Feuer an, setzten sich daneben, um die Flammen zu beobachten und etwas Fleisch und Brot zu braten.

Calendar war oben auf dem Bergrücken gewesen, hatte die Umgebung kontrolliert. Er war wieder heruntergekommen, hatte sich an ein Feuer gesetzt. Prentice setzte sich zu ihm; genüßlich schlürften sie heißen Kaffee. Der alte Mann hatte sich seit Tagen nicht mehr rasiert. Seine Bartstoppeln waren lang und grau, machten ihn älter, und er hatte gerade seinen Becher zur Seite gestellt und sich eine Zigarette gedreht, als er gesprochen hatte, die Hand mit dem Streichholz unbeweglich über einem Stein.

Prentice wußte nicht, wen der alte Mann meinte. Auch einige Kavalleristen, die sich zu ihnen gesellt hatten, fragten sich offensichtlich ebenfalls, wen er meinte. Sie sahen sich an. Prentice spürte, wie sich ihm der Magen zusammenzog, befürchtete, daß der alte Mann ihn meinte. Es war totenstill. Er blickte den alten Mann an, der unbeweglich dort saß, die Hand mit dem Streichholz immer noch über dem Stein schweben ließ, sein Gesicht angespannt, in das Feuer starrend, und es war nicht nur, daß er nicht wußte, wen der alte Mann meinte – er hatte ihn auch noch nie zuvor so sprechen hören. Oh, ja sicher, die Worte waren durchaus nicht ungewöhnlich, und jeder benutzte sie gelegentlich, einschließlich der alte Mann. Doch es war die Art und Weise, wie er sie ausgesprochen hatte. Beinahe so, als wäre er kein Mensch, hatte er sie böse knurrend ausgestoßen, hatte sie aus tiefer Kehle herausgepreßt.

»Ja, *du*«, knurrte der alte Mann, während die Muskeln in seinem Gesicht fieberhaft arbeiteten. Langsam schaute er auf, starrte mit hartem Blick den Soldaten ihm direkt gegenüber an. »Du weißt genau, mit wem ich rede. Ich sagte, du sollst dich von hier verpissen!«

Der Bursche rutschte nervös hin und her, hob abwehrend seine Hände. »Hör mal, wirklich ...«

»He«, sagte der alte Mann. »Ich rede mit dir. Hörst du nicht, daß ich mit dir rede?« Und jetzt drehte er sich um. »Was zum Teufel ist mit dir los?«

Es war ein Indianer, einer der Apachen, die der Major zur Unterstützung der weißen Kundschafter angeheuert hatte, und wie Prentice jetzt darüber nachdachte, bemerkte er, daß auch er gespürt hatte, daß jemand herangekommen war und sich hinter sie gestellt hatte. Er blickte zu dem Indianer hinüber, der dort stand, nah, aber auch wieder nicht nahe genug, um ihn berühren zu können, nicht groß, vielleicht einssiebzig, aber durchtrainiert und kräftig, ein dunkles Gesicht mit hohen Wangenknochen und langen Haaren, die unter seinem Militärhut herunterhingen. Seine Kleidung war eine Mischung aus indianischen und militärischen Kleidern, Mokassins, die vorgeschriebene Khakihose mit einem sandfarbenen Hanfhemd, ein breiter Pistolengurt, die automatische Pistole im Halfter an seiner Seite, ein gelbes

Halstuch um seinen Hals. Plattfüßig stand er da, das Bek-ken leicht nach vorne durchgedrückt, kurzbeinig, lang-armig, locker und doch angespannt. Sein kurzes Kinn, sein schmales Gesicht und die hohen Wangenknochen lenkten den Blick auf seine Augen. Er bewegte sich nicht, und er sagte kein Wort, sah einfach nur mit diesen Augen den alten Mann an, und sie schienen so tief und so dun-kel zu sein, wie Augen nur sein können. Es war, als hät-ten diese Augen keinen Boden. ›Und, was soll das wer-den?‹ schienen sie zu sagen. ›Wie weit willst du dein Spiel treiben?‹

Der alte Mann warf seine Zigarette und das Streichholz fort, drehte sich noch weiter herum, stand auf, stellte sich vor den Burschen. »Ich habe dich gefragt, was gottver-dammt noch mal mit dir los ist. Verstehst du mich nicht? Verschwinde.«

Der Indianer rührte sich nicht von der Stelle.

»Was hast du da hinten überhaupt zu suchen? Was soll das, sich von hinten an mich ranzuschleichen und mich anzustieren?«

Der Indianer legte seinen Kopf zur Seite und zuckte mit den Achseln. Er schaute sich jetzt um, weil er wissen wollte, wer noch an dieser Geschichte beteiligt war, und offensichtlich zufriedengestellt blickte er jetzt wieder zu dem alten Mann zurück, fixierte ihn unverwandt. Auf dem Gesicht des alten Mannes zeichnete sich seine Wut inzwischen deutlich ab; es war verzerrt, die Bartstoppeln standen ab. Prentice hatte es so noch nie gesehen, so häß-lich.

»Also dann«, sagte der alte Mann. »Ich werd's dir nicht noch mal sagen.« Seine Hand lag auf seiner Pistole.

Und dann geschah etwas. Elektrisch war das einzige Wort, das Prentice später dazu einfiel. Als würde man ein freiliegendes Stromkabel berühren. Der alte Mann stieß etwas scharf und schnell in einer Sprache aus, die Pren-tice noch nie zuvor gehört hatte, von der er aber annahm, daß es Apache war. Der Indianer bewegte sich nicht, doch er schien sich irgendwie von Grund auf zu verändern, sich zusammenzuziehen, sich beinahe zu winden. Hauptsächlich fand diese Veränderung in seinen Augen statt. Er schien sie zusammenzukneifen. Nicht viel, aber genug. Und dann antwortete der Indianer ihm, sprach langsam und leise in dieser fremden Sprache. Es war mit Abstand die schönste Männerstimme, die Prentice jemals gehört hatte. Dann sagte der alte Mann wieder etwas, sagte beinahe exakt das gleiche, was er zuvor bereits gesagt hatte, nur daß es einen geringfügigen Unterschied in der Mitte gab, und seine Worte schienen auch etwas länger zu brauchen, und plötzlich kam der Indianer auf ihn zu. Seine Bewegung war schnell wie die einer Klapperschlange. Prentice hatte kaum mehr als einmal geblinzelt, und schon war der Indianer beinahe über dem alten Mann, hatte das Messer aus der Scheide gezogen, die er auf seinem Rücken trug, holte damit auf den Bauch des alten Mannes aus.

Und darauf mußte der alte Mann gewartet haben. Es mußte so gewesen sein, so wie er jetzt urplötzlich seitlich auswich, einen Schritt zurück trat, seine gesunde Hand ausstreckte und das Handgelenk des Indianers umklammerte. Der ganze Bewegungsablauf war so geschmeidig, als hätten die zwei es eingeübt, als hätte der Indianer nichts anderes versucht, als sein Handgelenk am Ende einer ausholenden Bewegung in die Hand des alten Mannes zu bringen. Und jetzt drehte der alte Mann sich, streckte einen Fuß aus, erwischte den Indianer am Knöchel, zog ihm das Bein weg. Und noch während der alte Mann weiterdrehte, ging der Indianer zu Boden. Calendar verdrehte den Arm so sehr, daß der Indianer sich auf dem Boden herumrollen mußte, um die Spannung an seinem Handgelenk etwas zu lockern. Und dann fiel das Messer aus der Hand, und der Indianer rappelte sich auf, während der alte Mann, immer noch das Handgelenk fest umklammert, den Indianer auf sich zuriß, ihn wieder aus dem Gleichgewicht brachte und sein Knie hochriß, um das fallende Gesicht zu treffen. Die Wucht des Knies riß dem Indianer den Kopf wieder hoch. Einen Augenblick lang verdrehte er die Augen, Blut strömte aus seiner Nase und dem Mund, er fiel an dem Knie vorbei zu Boden, und dann ließ der alte Mann ihn los, ließ ihn aufschlagen. Dann schoß seine Hand an seine Kehle, packte sie, hob den Indianer hoch. Bis zu diesem Augenblick war Prentice nicht bewußt gewesen, wie gewaltig und stark der alte Mann wirklich war, so wie er den Indianer jetzt vollständig vom Boden hob, seine Gesichtsmuskeln bei der Anstrengung deutlich hervortraten, wie er ihn mit einer Hand hochhob, hochwuchtete, bis es so aussah, als würde der Indianer wieder stehen, nur daß seine Füße über dem Boden schwebten, er hing, seine Füße baumelten. Und dann raste der alte Mann mit ihm nach vorn, knallte ihn gegen einen Felsblock, preßte ihn so dagegen, daß er sich nicht mehr rühren konnte, und drückte immer noch seine Kehle zusammen. Die Augen des Indianers traten jetzt hervor. Sie brauchten sich nicht erst auf etwas einzustellen. Und der alte Mann drückte weiter zu, atmete schwer, drückte fester zu.

So lange dauerte es, bis einer der anderen sich überhaupt bewegte, so gebannt von den Ereignissen waren sie, daß sie erst jetzt zu reagieren begannen, dem alten Mann zubrüllten, daß er aufhören sollte, zu ihm hinüberstürzten, ihn packten. Der alte Mann drückte weiter zu. Er stand wie angewurzelt da. Sie stießen und zerrten an ihm. Sie versuchten, seine Finger zu lösen, doch nichts half.

»Gottverdammt, hör auf damit!« sagte ein Mann, und die Stimme rüttelte Prentice auf. Er hatte die ganze Zeit über einfach nur dagesessen, mit großen Augen den alten Mann angestarrt, wie er den Indianer hoch über seinen Kopf hielt, eine Hand um seinen Hals gelegt hatte, und ihn dort zuckend hängen ließ, zehn, zwanzig Zentimeter über der Erde, starrte ihn einfach nur an, sprachlos über all diese Kraft, bewunderte ihn sogar, und dann hatte diese Stimme ihn aus seinem Bann gerissen, ihn wieder zu sich gebracht, und er hatte Angst bekommen, stand plötzlich auf, lief zu dem alten Mann, stellte sich hinter ihn, und er konnte nicht anders, schloß seine Arme um den Brustkorb des alten Mannes. Doch Calendars Brustkorb war so riesig, daß er beinahe vorne seine Hände nicht ineinander verschränken konnte. Dann tat er es, packte zu, drückte.

Und die ganze Zeit über hatte er Angst. Zuerst konnte er nichts ausrichten. Dann atmete der alte Mann aus, und seine Muskeln erschlafften kurz, Prentice verstärkte seinen Griff, hinderte ihn daran, einen tiefen Atemzug machen zu können. Dann atmete der alte Mann wieder aus, und Prentice zog seine Umklammerung noch ein bißchen mehr an, und jetzt hatte der alte Mann schon einige Schwierigkeiten, normal zu atmen, keuchte, versuchte, Prentice abzuschütteln. Die anderen zerrten an den Armen des alten Mannes, versuchten seine Hände vom Hals des Indianers zu reißen. Prentice nahm wahr, daß Leute in der Nähe brüllten. Der alte Mann atmete ein, und wieder verstärkte Prentice seinen Druck um den Brustkorb, und jetzt schwankte der alte Mann, schlug um sich, krümmte sich, als er plötzlich den Hals des Indianers losließ, mit seinem gesunden Arm ausholte und um sich schlug. Ein paar Soldaten stürzten. Andere stolperten zurück. Prentice hielt ihn immer noch fest umklammert, ließ ihn dann los, fiel auf die Erde. Er lag da, schaute zu dem alten Mann hinauf, der dort stand, den Arm ausgestreckt hielt, die Hand geöffnet, die Finger wie bei einer Klaue gekrümmt, wie er sie alle wütend anfunkelte, jetzt heftig ein- und ausatmete, seine Augen waren beinahe ganz rot, und das alles hatte die Wirkung, daß er nicht mehr menschlich zu sein schien, daß er mehr an einen alten, in die Enge getriebenen Bären erinnerte, oder an einen Riesen, der die mickrigen Sterblichen abwehrte, die hinter ihm her waren, und so stand er da, mit grimmigem, wildem Gesicht, starrte sie alle der Reihe nach an, und plötzlich sagte er: »Pack mich nie wieder an. Pack mich noch einmal an, und ich bringe dich um!«

Er sprach zu niemand Speziellem. Prentice war sich nicht einmal sicher, daß der alte Mann überhaupt wußte, daß auch er gegen ihn vorgegangen war. Doch er konnte nichts daran ändern; er hatte Angst, Angst vor dem, was beinahe hier passiert wäre, Angst davor, wie der alte Mann sich verhalten hatte, Angst davor, wie der alte Mann wohl reagieren würde, wenn er herausfand, daß auch er sich gegen ihn gerichtet hatte, und plötzlich tat er ihm auch leid, wollte aufstehen und zu ihm sagen: »Paß auf, gottverdammt, es tut mir leid«, doch der alte Mann entfernte sich bereits von ihnen, stürmte zwischen ihnen durch, ging ein ziemliches Stück weit fort. Die anderen liefen jetzt zu dem Indianer, schlugen ihm ins Gesicht, hoben ihn hoch, wollten ihn zum Reden bringen, zum Atmen, irgend etwas, das ihnen bewies, daß er noch lebte, und der Indianer gab einen tiefen kehligen Laut von sich und keuchte, langsam bekam sein Gesicht wieder Farbe, die Male auf seinem Hals waren deutlich zu sehen, und da wußten sie, daß er wieder in Ordnung kommen würde. Sie legten ihn vorsichtig wieder auf die Erde, lehnten ihn mit dem Rücken gegen einen Felsen, und einen Augenblick später stöhnte er auch schon, nickte, seine Lider zuckten. Irgend jemand ging, um den Arzt zu holen. Sie gestikulierten wild, redeten über das, was geschehen war, blickten zu dem alten Mann hinüber, der ihnen den Rücken zugekehrt hatte, der sich am Fuß des Bergrückkens entlang langsam von ihnen entfernte, sahen dann wieder den Indianer an. Niemand verstand, um was es eigentlich gegangen war. Prentice lag da, hatte immer noch Angst und hörte aufmerksam zu, stand schließlich auf und klopfte sich den Staub ab, hörte noch etwas länger zu, warf einen kurzen Blick in die Richtung, die der alte Mann eingeschlagen hatte, traf seine Entscheidung, und ging ihm nach.

60

»Hören Sie, es tut mir leid!«

Der alte Mann schien ihn gar nicht zu hören. Er war ein ganzes Stück vom Lager fort, stand zwischen ein paar Felsblöcken, lehnte sich dagegen, sah zur untergehenden Sonne hinüber. Er hatte ihm die Seite zugewandt, sein Gesicht im Profil, und er hob sich deutlich vor dem blau-orangen Himmel ab, und auch jetzt noch waren seine Wangenmuskeln angespannt, die Lippen geschürzt, die Augen loderten zornig.

Prentice wartete auf eine Antwort, trat ein Stückchen näher zu ihm, wartete dann wieder. Er holte tief Luft. »Ich sagte, es tut mir leid.«

Der alte Mann winkte voller Ekel ab, starrte weiter in die Ferne. »Wozu? Du hast mir einen Gefallen getan.«

»Sie verstehen es also. Ich hatte schon Angst, Sie würden das nicht verstehen.«

»Sicher. Wenn ich den kleinen Bastard umgebracht hätte, wäre ich unter Anklage gestellt worden. Soll er ruhig weiterleben. Es wird so oder so einigen Ärger geben.«

»Moment mal. Glauben Sie, deswegen hätte ich ihm geholfen?«

Und nun drehte sich der alte Mann zu ihm um. »Nein, deswegen hast du ihm nicht geholfen«, sagte er, funkelte Prentice wütend an. »Du hast es getan, weil du nicht wolltest, daß ich ihn umbringe, denn diese Vorstellung hat dich beunruhigt und du hast geglaubt, daß ich das gleiche empfinden würde, sobald es erst vorbei gewesen wäre und ich wieder zu mir gekommen sein würde. Nun, das ist ganz und gar nicht der Fall. Lieber hätte ich ihn umgebracht. Und ich hätte deswegen anschließend besser geschlafen.«

»... Aber wieso? Ich kapier' das nicht. Was hat er Ihnen denn getan?«

»Er hat hinter meinem Rücken gestanden.«

»Das ist alles?« fragte er ungläubig, schüttelte seinen Kopf und runzelte die Stirn. »Sie hatten irgendwelchen Ärger mit ihm, er stand hinter Ihnen, also haben Sie versucht, ihn umzubringen.«

»Nein. Ich hatte keinen Ärger mit ihm. Ich hatte überhaupts nichts mit ihm zu schaffen. Ich will auch nichts mit ihm zu schaffen haben, und ich erwarte das gleiche von ihm. Er hätte sich nicht von hinten an mich heranschleichen sollen.«

»Nun, tja, ich kapiere das immer noch nicht.«

»Das habe ich auch nicht von dir erwartet. Es spielt keine Rolle für mich, ob du das gut heißt, was ich getan habe, oder nicht. Ich brauche deine Zustimmung nicht.«

Er trat noch etwas näher. »Das hat nichts mit Zustimmung zu tun. Ich versuche einfach nur, Sie zu verstehen.«

»Versuch's nicht mal. Ich habe dir schon einmal gesagt, daß du nichts, absolut gar nichts verstehst.«

»Es hat was mit den Apachen zu tun. Sie haben mal gegen sie gekämpft, und jetzt mögen Sie sie immer noch nicht.«

»Nein, das ist falsch. Ich habe gegen Sioux und Cheyenne gekämpft.«

»Tja, das ergibt auch nicht besonders viel Sinn.«

»Natürlich tut es das. Und ob es das tut. Was zum Teufel ist los mit dir? Er ist nur ein beschissener Indianer.«

Prentice starrte ihn sprachlos an.

»Was glaubst du eigentlich, um was es bei dieser ganzen Sache eigentlich geht? Bildest du dir etwa ein, daß du dich auf diejenigen beschränkst, die Waffen tragen, wenn du erst mal gegen jemanden kämpfst? Es ist der ganze gottverdammte Indianerhaufen. Irgendwo, und es ist mir scheißegal, wie weit in seinem Stammbaum zurück, hatte dieser Indianer auch einen Verwandten, der von einem weißen Mann getötet worden ist. Er scheint alt genug zu sein, daß er vielleicht selbst dabei gewesen sein könnte und es mit eigenen Augen gesehen hat. Und er erinnert sich. Genauso, wie diese Mexikaner, die wir neulich getötet haben, ebenfalls Verwandte haben, und *sie werden* sich auch erinnern. Genauso, wie sich die Menschen aus dem Bürgerkrieg erinnern. Und ich will diesen Indianer nicht in meiner Nähe haben. Ich will diesen Indianer nicht mal annähernd in meiner Nähe haben.«

»Sie meinen, weil Sie glauben, daß er irgendwas gegen Sie unternehmen könnte?«

»Nein, gottverdammt, ganz offensichtlich würde er niemals etwas gegen mich zu unternehmen versuchen, nicht, wenn er wie vorhin so deutlich sichtbar dasteht. Er würde auch nichts versuchen, wenn wir alleine wären, ein Indianer unter Weißen, obschon er durchaus eine Menge darüber nachdenken könnte. Doch ich bin mir verdammt sicher, daß er mir nicht helfen würde, wenn ich in Schwierigkeiten steckte. Ich will ihn einfach nicht in meiner Nähe haben. Ist das gottverdammt noch mal denn so schwer zu begreifen?

Weißt du, vor vierzig Jahren habe ich gegen sie gekämpft. Und ich habe keine halbe Arbeit gemacht. Ich habe mich davon überzeugt, daß sie die niedrigsten, gemeinsten Kreaturen auf Gottes weiter Erde waren, und ich hatte mir vorgenommen, jeden einzelnen von ihnen umzubringen, der mir über den Weg lief. Ich haßte einfach alles an ihnen. Ich wurde allein schon wahnsinnig wütend, wenn nur von ihnen gesprochen wurde. Und all das habe ich nicht vergessen, und ich schüttele ihnen heute nicht die Hand, nur weil das Schießen zu Ende ist. ›Schon gut, mein Freund, ist schon in Ordnung. Es war nur eine kleine Meinungsverschiedenheit, und jetzt laß uns Freunde sein.‹ So funktioniert das nicht. Wenn man gegen jemanden kämpft, dann verankert man tief in seinem Kopf, daß es für immer ist. Nur so kann man gewinnen. Und vergiß das nie. Dieser Indianer hat mich schon allein wütend gemacht, nur wenn ich ihn ansah. Beleidigt er mich, nähert er sich mir, dann schlitze ich ihm den Bauch auf.«

Prentice spürte Empörung in sich aufsteigen.

»Ja«, fuhr der alte Mann fort. »Ja, so ist's richtig. Jetzt kapierst du langsam. Was glaubst du eigentlich, was wir hier unten machen? Irgendein Spielchen spielen? Wir sind nicht nur hinter einem Haufen Banditen her. Es ist der ganze gottverdammte Verein. Du siehst einen Mexikaner, irgendeinen, auf der Straße, und dann sag mir, auf welcher Seite er steht. Gerade erst hat er fünf Meilen die Straße hinunter mit Villa geredet, und jetzt schickt er uns in die entgegengesetzte Richtung. Fünf Meilen weiter die Straße hinauf läuft er dem mexikanischen Militär in die Arme, und vielleicht will er bei ihnen schöntun, indem er sie auf den richtigen Weg schickt. Oder vielleicht macht er das auch nicht. Das ist völlig egal. Er würde uns genauso gerne eine stachlige Klette unter unsere Sättel schieben und zusehen, wie wir uns allesamt zu Tode reiten. Man kann ihm auf gar keinen Fall trauen. Du mußt einfach nur denken, daß er nichts als eine Fettlocke ist. Das klärt manches.«

»Aber wenn das wirklich Ihre Meinung ist, was soll das dann alles? Ich meine, was haben Sie dann hier unten überhaupt zu suchen? Da kann doch nichts Gutes dabei herauskommen.«

»Natürlich nicht. Nichts wird sich ändern. Das ist nur zufällig das, wovon ich was verstehe. Und ich mache es gut.«

»Aber Mexikaner, Indianer ... wenn Sie erst mal fertig sind, vertrauen Sie doch keinem Menschen mehr, mögen niemanden mehr, wollen niemanden mehr in Ihrer Nähe haben. Sie haben dann niemanden mehr, sind völlig allein.«

Der alte Mann sah ihn scharf an, legte seinen Kopf zur Seite, streckte seinen Arm aus. »Aha. Vielleicht fängst du ja langsam doch noch an zu verstehen.«

»... Nun, *ich* kann jedenfalls nicht so sein.«

»Vielleicht ja, vielleicht nein. Wir werden sehen.«

»Nein. Ich *will* nicht so sein.«

»Dann hast du hier nichts zu suchen. Wenn du anfängst, jemanden, gegen den du kämpfst, wie einen Menschen zu behandeln, dann bist du schon so gut wie tot.«

Sie sahen sich an.

Prentice wartete einen Augenblick, dann drehte er sich um, wollte gehen. Abrupt kehrte er noch einmal um.

»Hören Sie, ich begreife schon, was Sie sagen. Aber ich bringe es einfach nicht fertig, so weit zu gehen. Können Sie das verstehen?«

»Sicher«, antwortete der alte Mann. »Natürlich kann ich das. Aber wenn das wirklich der Fall ist, dann gibt es auch nichts mehr, was ich dir noch beibringen könnte.«

Prentice dachte darüber nach. »Ja, vielleicht.«

Und wieder sahen sie sich an. Prentice versuchte dahinter zu kommen, was er jetzt sagen sollte, wußte nichts, blickte zur Sonne, die jetzt hinter dem Horizont verschwand, sah den alten Mann an, und als er sich dieses Mal umdrehte, blieb er nicht mehr stehen.

61

»Der Major sagt, es wäre in Ordnung, wenn du mit mir kommst.«

Prentice ritt weiter mit der Kolonne. Er befand sich auf der linken Seite. Gegen Mittag des folgenden Tages lagen tiefliegende zerklüftete Berge zu ihrer Rechten, in jeder anderen Richtung bis in die weite Ferne nichts als Wüste, Yuccas, Kakteen, Mezquite, *Jimson Weed,* von der Sonne gebleichte Steine und Sand.

Und Staub. Immer dieser Staub. Es schien, als wäre die Hitze nie schlimmer gewesen. Er nahm seinen Militärhut mit der runden Krempe ab, wischte sich über die Stirn. Er wußte nicht genau, wieso eigentlich. Die Luft war dermaßen trocken, er hatte so wenig Wasser in sich, daß er nicht mal schwitzte. Hauptsächlich weil er so etwas zu tun hatte, als er sich nun zu dem alten Mann umdrehte und ihn anstarrte.

Seit der vergangenen Nacht waren sie sich aus dem Weg gegangen. Zumindest wußte er ganz sicher, daß er dem alten Mann irgendwie aus dem Weg gegangen, immer bei seiner Gruppe geblieben war, in ihrer Nähe geschlafen und sein Pferd in ihrer Gesellschaft gesattelt hatte. Von Zeit zu Zeit hatte er einen Blick hinüber geworfen, und der alte Mann war beinahe immer am Rand des Lagers gewesen, blieb allein, saß an einem Feuer, starrte hinaus in die Nacht. Am Morgen war der alte Mann auch dort gewesen, und es war gar nicht so sehr, daß er mißbilligte, was der alte Mann zu ihm gesagt hatte. Genaugenommen erkannte er den wahren Kern in den Worten des alten Mannes. Er brachte es nur einfach nicht fertig, sich auch dementsprechend zu verhalten, und am Ende kam er sich so unbeschreiblich naiv und dumm vor, daß er es nicht fertigbrachte, zu ihm hinüberzugehen und sich in seiner Gegenwart wohl zu fühlen. Die Soldaten hatten gegessen, ihre Pferde versorgt und gesattelt und schließlich aufgesessen, und immer noch hatte Prentice ihn gemieden, während der alte Mann sich mit seinen Kundschaftern besprach und einen losgeschickt hatte, um den Indianern ausrichten zu lassen, daß sie schon vor der Kolonne aufbrechen und drei Stunden später zurückkommen sollten. Bis es soweit war, hatte ihr Trupp fast zwanzig Meilen zurückgelegt, und als er der Unterhaltung der Männer in seiner Nähe folgte, hatte Prentice erfahren, daß es mit dem Indianer schließlich doch noch Ärger gegeben hatte. Nicht viel, aber genug. Der Major hatte Calendar noch spät in der vergangenen Nacht zu sich gerufen. Und dann noch einmal am Morgen. Und beide Male hatte es Auseinandersetzungen gegeben. Niemand wußte, was im einzelnen genau gesagt worden war – jedes Mal hatte der Major Calendar zur Seite genommen, um mit ihm unter vier Augen zu sprechen. Doch es war laut geworden, soviel war wenigstens sicher, und heute morgen hatte auch jemand beobachtet, wie der Major Calendar mit der Faust gedroht hatte. Prentice fragte sich, was der alte Mann davon hielt. Jemand hatte den Major kurz nach seiner letzten Unterhaltung mit dem alten Mann gesehen, und da war der Kopf des Majors immer noch rot gewesen, und er hatte seine Offiziere in scharfem Tonfall herumkommandiert.

Und die ganze Zeit, während er das alles hörte, hatte Prentice den alten Mann neben dem Major am Kopf der Kolonne reiten sehen. Als der alte Mann dann sein Pferd gewendet hatte, an der Kolonne entlang heruntergeritten kam, an ihm vorbeiritt, hatte Prentice stur geradeaus geblickt. Als nächstes war er sich dann der Tatsache bewußt, daß der alte Mann wieder wendete, zurückgeritten kam, auf eine Höhe mit ihm aufrückte. Er ignorierte ihn, starrte weiter stur geradeaus. Der alte Mann wartete einen Augenblick, und dann sagte er zu ihm, daß es in Ordnung wäre, wenn er mit ihm reiten würde.

»Wozu?« fragte er.

»Ich will dir nur etwas zeigen.«

Prentice fragte nicht weiter nach. Den Blick des Mannes neben sich auf sich spürend, war ihm allerdings auch nicht danach, aus dem Glied auszuscheren.

»Nun, was ist?«

Sie ritten noch eine Weile weiter nebeneinander her.

»Mach, was du willst«, sagte der alte Mann. Er trat seinem Pferd in die Flanken und ritt wieder nach vorn. Prentice sah ihm nach. Er wußte, daß er stolz war, daß er versuchte, den Anschein zu wahren, versuchte sich zu beweisen, daß er unabhängig war, doch je weiter der alte Mann sich entfernte, desto mehr wünschte er sich, daß er jetzt bei ihm war, und bevor er noch lange darüber nachdachte, ritt er ihm auch schon nach.

Der alte Mann sah ihn an. »Bist du auch ganz sicher, daß du mitkommen willst?«

Er zuckte mit den Achseln und antwortete: »Besser als Staub zu fressen.«

»Das ist es«, sagte der alte Mann.

Und dann lächelte der alte Mann. Es war kein richtig großes Lächeln, er zeigte dabei kaum etwas von seinen Zähnen, seine Augen funkelten nicht direkt, doch trotzdem war es ein Lächeln, und es war auch das erste Mal, daß Prentice ihn überhaupt hatte lächeln sehen, und das Lächeln hatte seine Wirkung. Der Stolz und die Anspannung fielen von ihm ab. Sie entfernten sich von der Kolonne, ritten in die Ferne, der alte Mann voraus. Prentice war dankbar, fühlte sich wieder besser.

Sie ritten mehrere Stunden. Der alte Mann hieß ihn stehenbleiben, als sie den Gipfel einer Anhöhe erreichten und die Kolonne hinter ihnen nicht mehr zu sehen war. Der alte Mann deutete auf eine Reihe von Rinnen und Kämmen, übersät mit Felsen und Kakteen, und sagte: »Dort.«

»Ich verstehe nicht, was Sie meinen.«

»Ganz einfach. Finde mir Wasser.«

»Was? Davon verstehe ich nichts.«

»Versuch's einfach mit deinem gesunden Menschenverstand.«

Er sah ihn an, und der alte Mann meinte es ernst. Er atmete tief ein und blickte wieder auf die Wüste hinaus. Dann atmete er aus, lehnte sich in seinem Sattel zurück und begann nachzudenken. Es machte ihn nervös, wie der alte Mann ihn jetzt auf die Probe stellte. Trotzdem hatte das alles etwas von einem Spiel, von dem Spaß, ein Rätsel zu lösen, und während er sich nur einen Augenblick lang bewußt war, daß der alte Mann ihn aufmerksam beobachtete, vergaß er bald sich selbst und konzentrierte sich statt dessen voll und ganz auf das Problem.

»Also, mal sehen. Gesunder Menschenverstand. Also, wo es Wasser gibt, da wachsen auch Bäume und Büsche. Ich sehe keine Bäume. Es gibt eine Menge Büsche und Sträucher, Mezquite, aber die sind ziemlich widerstandsfähig, und sie wachsen dort unten auch nicht nach einem erkennbaren Muster. Es ist ganz sicher, daß es nicht unter jedem der Sträucher Wasser gibt. Da unten in dem *Arroyo*, in der Rinne etwa hundert Meter rechts, wächst eine ganze Gruppe Mezquite, aber ich würde mal sagen, das liegt daran, daß es dort viel Wasser gibt, wenn es regnet. Könnte sein, daß wir dort unten ein verstecktes Wasserloch finden. Ich weiß nicht. Schwer zu sagen. Wir werden suchen müssen.«

»Okay, das war gut. Was noch?«

»Tiere, würde ich sagen. Wenn dort Wasser ist, würden dort auch Tiere sein. Wahrscheinlich sehr kleine. Eine Eidechse zum Beispiel. Ein Wildschwein. Was weiß ich, ein Vogel vielleicht. Wo ich gerade an Tiere statt an Wasser denke, bemerke ich da draußen eine Bewegung. Da, direkt geradeaus. Der Fleck, der sich da zwischen diesen Kämmen bewegt.«

»Was glaubst du, was für ein Tier das ist?«

»Zu weit entfernt, um das sagen zu können. Sieht aber groß genug aus, daß es ein Reh oder so etwas sein könnte.«

Der alte Mann griff nach hinten zu seiner Satteltasche und gab ihm seinen Feldstecher.

Prentice stellte ihn scharf ein. »Meine Güte«, sagte er.

»Was ist es denn?«

»Es ist ein Pferd.«

Der alte Mann schnalzte mit der Zunge.

»Wußten Sie das?«

»Ich bin gerade erst von hier zurückgekommen. Das war es, was ich dir zeigen wollte.«

Er nahm das Fernglas zurück, ließ es wieder in seine Satteltasche gleiten und zog den Riemen wieder zu, dann packte er seine Zügel und begann den Hang hinabzureiten.

Es dauerte eine ganze Weile, bis sie das Tier erreichten, sie sahen es, verloren es wieder aus den Augen, kamen über einen Grat und sahen es wieder, kamen immer näher heran. Zuerst war es nur ein Punkt in der kargen Landschaft. Dann war die Silhouette zu erkennen, und es bestand gar kein Zweifel mehr daran, was es war.

Prentice verstand nicht. Es bewegte sich nicht, als sie näherkamen. Sie machten genug Lärm, daß es, selbst wenn es nicht ihre Witterung aufnahm, sie doch schon aus einiger Entfernung hören mußte. Es hätte aufgescheucht fortlaufen müssen. Entweder das, oder aber es hätte auf sie zukommen müssen. Irgendwas in der einen oder anderen Richtung. Doch dieses Pferd schien sie gar nicht weiter zu beachten. Dann kam er näher heran und konnte es sich genauer ansehen, und es drehte ihm den Magen um.

Das Pferd hatte keine Augen. Irgend etwas hatte sie ihm ausgestochen, und jetzt waren da nur noch leere nässende Höhlen. Der Widerrist war noch schlimmer. Nichts als offene, wunde Stellen, wo einmal der Sattel gewesen war, weiß vor Eiter und fetten Maden, grün an den Stellen, wo der Wundbrand sich ausgebreitet hatte. Kein Wunder, daß das Pferd nicht gescheut hatte oder zu ihnen gelaufen war. Es hatte soviel Schmerzen durchgemacht, daß ihm alles andere völlig gleichgültig geworden war.

»Mein Gott, was ist mit ihm passiert?«

»Tja, die Einschnitte des Sattels sind ja deutlich genug.

Das ist eins von Villas Pferden. Nicht von ihm persönlich, aber du weißt schon, was ich meine. Sie haben es halb zu Tode geritten und es dann hier zurückgelassen.«

»Aber die Augen. Was ist mit den Augen?«

»Das ist der komische Teil. Sie haben hier irgendwo Wasser gefunden, also haben sie das Tier geblendet. So würde das Pferd sich nicht zu weit vom Wasser entfernen. Wenn sie dann zurückkommen und nach der Wasserstelle suchen, besteht die Möglichkeit, daß sie hier die Orientierung verlieren, doch das Pferd würden sie höchstwahrscheinlich immer wieder finden. So wie ein Straßenschild. Allgemein üblich, das.« Und dann sah er ihn an. »Nette Menschen, was?«

»Sicher.« Er dachte an das, was der alte Mann ihm gestern gesagt hatte, versuchte krampfhaft, an etwas anderes zu denken. »Was ist mit dem Wasser?«

»Direkt hinter dir.«

Er drehte sich um, und dort unter einem Felsvorsprung sah er einen Tümpel.

»Nicht genug für die ganze Truppe, also können wir uns die Mühe sparen. Wir füllen unsere Feldflaschen, tränken die Pferde, und dann reiten wir zurück.«

Der alte Mann holte die Automatik aus seinem Holster.

»Moment. Was haben Sie vor?«

»Ich werde das Pferd erschießen.«

»Aber Sie haben doch gerade erst gesagt, daß sie wieder diesen Weg zurückkommen würden. Sollten wir es denn dann nicht leben lassen, den Trupp holen und hier auf sie warten?«

»Jetzt nicht mehr. Du kannst darauf wetten, daß wir in diesem Augenblick aufmerksam beobachtet werden.«

»Was?«

»Nicht hier«, sagte er. »Wahrscheinlich dort drüben.« Er deutete auf die Berge. »Irgend jemand mit einem Feldstecher dort oben. Auch das ist allgemein üblich. Wenn sie wissen, daß sie diesen Weg wieder zurückkommen, lassen sie jemanden in der Nähe zurück, um zu kontrollieren, daß das Wasserloch sicher ist. Abgesehen davon, das Pferd hier wird es nicht mehr sehr lange machen. Dem Zustand seiner Augen nach zu schließen – sie haben schon fast ganz aufgehört zu nässen –, ist es jetzt schon ein oder zwei Tage hier. Falls sie wieder zurückkommen wollten, hätten sie das schon lange gemacht. Sie würden es nicht riskieren, daß das Pferd zusammenbricht, bevor sie die nächste Wasserstelle gefunden haben. So, und was du auch immer davon halten magst, dieses Loch ist für uns erledigt. Entweder hat irgendwer dort oben uns gesehen, oder sie würden sowieso nicht mehr zurückkommen. Es hat überhaupt keinen Sinn, das Pferd noch länger leiden zu lassen.«

Er zog den Sicherungshebel der Pistole zurück, lud eine Patrone in den Lauf, ging zu dem Pferd hinüber und richtete die Pistole auf eine Stelle zwischen die Ohren des Pferdes.

Dann zog er den Abzug durch, der Schuß krachte. Das Pferd brach mit einem Schnauben zusammen, streckte seine Beine und zitterte, wurde dann ruhig.

Er stand da, blickte auf das Tier herab. Das Echo des Schusses kehrte zu ihnen zurück. Dann drehte er sich wieder um. »Gib's zu. Du hast auch schon daran gedacht, wolltest es aber nicht selbst tun. Stimmt's?«

Er nickte.

»Nun, und warum nicht?«

»Weil ich dachte, Sie würden sagen, das wäre falsch.«

»Jetzt paß mal auf. Ich weiß, daß ich ziemlich hart wirke. Aber benutze mal deinen Kopf. Vorausgesetzt es ist zweckmäßig, dann gibt es keinen Grund, grausam zu sein.«

Er nickte wieder. »Sie haben recht. Es ist eben nur, daß es ziemlich schwer ist zu entscheiden, wann man das eine und wann das andere tun muß.«

»Du wirst es noch herausfinden.«

»... Ich weiß nicht. Manchmal glaube ich, daß ich das nie werde.«

»Sicher wirst du.«

»Ich weiß nicht.« Er hatte den Eindruck, daß sie miteinander redeten, als hätte das Gespräch gestern niemals stattgefunden, als würde der Unterricht immer noch weitergehen und als hätten er und der alte Mann nicht beschlossen, damit aufzuhören.

Aber das spielte keine Rolle.

Er sah den alten Mann und dann das Pferd an, wünschte sich, er hätte genug Selbstvertrauen, für das einzutreten, was seiner Meinung nach richtig war, zuckte dann benommen mit den Schultern und sagte: »Schätze, wir füllen jetzt wohl besser unsere Feldflaschen.« Sie könnten das Pferd begraben, dachte er, doch es widerstrebte ihm, das auch nur vorzuschlagen; es würde zu lange dauern, und so hatten wenigstens die Geier etwas davon. Dem Pferd würde es jedenfalls nichts mehr ausmachen.

Nein, dachte er, so oder so würde es überhaupt nichts ausmachen.

Sie füllten ihre Feldflaschen, tränkten ihre Pferde, überprüften die nähere Umgebung auf weitere Wasserstellen, saßen dann entspannter in ihren Sätteln und ritten zu der Kolonne zurück. Unterwegs fragte er den alten Mann nach anderen Möglichkeiten, Wasser zu finden. Er erfuhr von ausgetrockneten Bachläufen, die in Hohlräumen unter dem Sand immer noch etwas Wasser führen konnten, von Kakteen, aus denen man geringe Mengen Wasser gewinnen konnte und davon, nach Tierfährten Ausschau zu halten oder auf bestimmte Muster des Vogelfluges zu achten. Sie hielten in dem *Arroyo*, auf den er hingewiesen hatte, an und schauten sich in der Nähe der Mezquite-Gruppe nach Wasser um, doch sie fanden nichts. Sie stiegen wieder auf ihre Pferde und setzten den Weg zurück zur Kolonne fort.

62

Sie wurden allerdings beobachtet. Jahre später würde jemand Stück für Stück zusammenfügen und herausfinden, was geschehen war, würde alte Tagebücher und Briefe durcharbeiten, mit Angehörigen der Leute sprechen, die damals direkt beteiligt gewesen waren, und während manche Quellen anderen widersprachen, stimmten die meisten doch überein, und einige andere Quellen, die spätere Ereignisse behandelten, fügten sich nahtlos mit ersteren zusammen. Im Anschluß an Villas Verwundung in Guerrero und an seinen gut bewachten Rückzug in die Berge war seine Bande von hundertfünfzig Männern langsam auseinandergefallen. Dabei handelte es sich nicht um Desertion, sondern eher um ein wohlkalkuliertes Risiko, um die Aufmerksamkeit von ihm abzulenken. Sein Planwagen war nicht mehr zu reparieren gewesen, nachdem er von dem schmalen Weg in den Bergen den Abhang hinuntergerutscht war. Sie waren nur noch langsam vorangekommen, sechzehn Männer trugen Villa auf einer Bahre, während seine Reiter ihre Pferde zu Fuß hinter ihm her führten. Es war nur eine Frage der Zeit, bis irgend jemand von Pershings Soldaten ihre Spur fand – das lange Band des Pferdekotes würde schon genug gewesen sein. Es würde nicht sehr lange dauern, bis Pershing die Männer, die dermaßen langsam weiterzogen, einholen mußte.

Also begannen sie sich aufzulösen, teilten sich in kleine Gruppen von fünf oder sechs Mann auf, ritten in alle Himmelsrichtungen auseinander, wurden manchmal von Pershings Männern aufgehalten und gaben sich dann als Anhänger Carranzas aus. Bevor sie aufbrachen, einigte man sich darauf, sich genau zwei Monate später in der Stadt San Juan Bautista in der Provinz Durango zu treffen. In der Zwischenzeit brachte Villas Streitmacht, nun reduziert auf die Träger der Bahre und drei seiner besten und getreuesten Freunde, ihn weiter durch die Berge. Sie hielten sich immer in südlicher Richtung, hofften darauf, schließlich aus dem Gebiet herauszukommen, in dem Pershing nach ihnen suchte, stiegen kurz von den Bergen herab, um sich auszuruhen und ihre Vorräte aufzufrischen, zuerst bei der Hazienda Cienguita und dann ein bißchen weiter in der Stadt Sierra del Oro.

Doch auf diese Taktik konnten sie sich nicht verlassen. Ranchs und kleine Städte waren die naheliegendsten Orte, wo Pershing nach ihm suchen würde, und während Villa sich in seinen besseren Tagen auf seine Beobachtungsposten verlassen hatte, die ihn früh genug warnen würden, um rechtzeitig verschwinden zu können, hatte seine Verletzung nun zur Folge, daß er sich viel zu langsam fortbewegen konnte, um in Sicherheit zu kommen. Die Wunde heilte auch nicht, war schwarz und eitrig, geschwollen. Villa lag im Fieber und hatte Schmerzen, erholte sich nicht, lag im Delirium, hatte Angst, daß er sterben würde. Entweder das, oder aber sein Bein zu verlieren. Allen Berichten zufolge war der Gestank ekelerregend. Er und seine Männer überprüften die Wunde jede Stunde auf erste Anzeichen von Wundbrand. Hilflos wie er war, war er darauf angewiesen, an einen sicheren Ort zu kommen, also beschlossen sie schließlich, mit ihm wieder in die Berge zurückzukehren. Tagsüber wollten sie sich verstecken und nur bei Morgengrauen und in der Abenddämmerung weiterziehen, manchmal auch nachts, bis sie ihn schließlich hoch genug hinaufgeschafft und eine geeignete Höhle gefunden hatten.

Die Höhle führte ein gutes Stück in den Berg hinein, war durch Buschwerk geschützt. Von hier oben konnten sie die Wüste weit unten gut im Auge behalten und bis zu einer zweiten Gebirgskette auf der anderen Seite sehen. Hier verließen ihn auch die Träger seiner Bahre, ließen Villa mit seinen drei guten Freunden zurück. Zwei Mann blieben rund um die Uhr bei ihm, während der dritte aus den Bergen hinunterging, im Tal die Nachricht verbreitete, daß Villa tot war, sich nach Neuigkeiten umhörte und wenn nötig mit frischen Vorräten zurückkam. Langsam begann seine Wunde zu heilen. Die beiden Freunde machten ihm Umschläge aus den Blättern der Feigenkakteen, massierten seine steif gewordenen Muskeln, halfen ihm, ein bißchen aufzustehen und am Stock herumzuhumpeln.

Von dort oben beobachteten sie die Wüste. Die Daten sind richtig. Es war sechs Tage nach Guerrero, der 3. April. Die 13. kam nur zwei Tage später an diesem Gebirgszug vorbei, und einer von Villas Freunden würde später sagen, daß sie kurz nachdem sie sich dort oben eingerichtet hatten, dort unten eine Kolonne Soldaten gesehen hatten, mehrere Kundschafter, die sich allein vom Troß absetzten, zwei Männer, die auf einem Grat dort unten anhielten und scheinbar ein Tier erschossen.

Was das Pferd anbelangte, hatte Calendar sich geirrt. Es war keins von Villas Pferden, obschon der Trick, ein Pferd in der Nähe eines Wasserloches zu blenden, eine von Villas Taktiken war. Es ist nicht sicher, wer das Pferd dort unten zurückgelassen hatte, obschon Calendar zumindest in dem Punkt recht hatte, daß sie beobachtet wurden. Trotzdem, es hätte keine Rolle gespielt, wenn der Trupp das Wasserloch bewacht haben würde. Einer der Gründe, warum Villa in dieser besonderen Höhle geblieben war, bestand darin, daß es ganz in der Nähe einen Bach gab. Seine Männer brauchten überhaupt nicht in die Wüste hinunter zu gehen, um Wasser zu holen. Sie blieben einfach dort oben und beobachteten, wie die Kolonne vorbeiritt und schließlich am Horizont verschwand. Villa kurierte sein Bein, lernte wieder zu gehen. Um den zehnten herum begann ihm die Kälte und Feuchtigkeit der Höhle zu schaffen zu machen, und sie beschlossen, in eine wärmere Gegend zurückzukehren.

Was zur Folge hatte, daß sie wieder einmal auf die 13. trafen, und dieser Kontakt, obschon für Villa selbst unwesentlich, sollte für Calendar und Prentice alles von Grund auf ändern.

DRITTER
TEIL

63

Drei Huren kamen ins Lager. Das war kurz nach Anbruch der Dunkelheit, und ein Wachtposten hätte sie beinahe erschossen, bevor er verstand, worum es ging. Sie waren Mexikanerinnen, eher spanischer als indianischer Abstammung, irgendwo im Alter zwischen fünfunddreißig und fünfzig. Die Frauen waren untersetzt, hatten einfältige Gesichter und Hängebrüste, ihre langen, zu einem Zopf geflochtenen Haare waren schmierig und mit Staub überzogen. Bei ihnen war ein großer Zuhälter mit einem bleistiftdünnen Schnurrbart. Er trug einen Anzug, der ihm eine Nummer zu klein war, die Ärmel waren zu kurz und das Jackett hatte er zugeknöpft, wodurch es sich straff über seinen Brustkorb spannte. Seine Fliege saß schief und eine ramponierte Taschenuhr baumelte von einem Knopfloch. Und die ganze Zeit, während sie näherkamen, lächelte er den Wachtposten an, hielt seinen Hut in der Hand, deutete auf die Huren und plapperte unentwegt irgendwelches Zeug. Der Wachtposten hob sein Gewehr und befahl ihnen stehenzubleiben. Im Licht der Lagerfeuer hinter ihm waren sie ziemlich gut zu erkennen, und der Posten blickte von den drei Frauen zu ihrem Zuhälter hinüber und sah dann wieder die Frauen an. Der Zuhälter erinnerte ihn an einen Leichenbestatter, während die Huren, die einfach nur dastanden und sich auf eine dümmliche Art umschauten, in ihren formlosen Baumwollkleidern mit den leuchtend bunten Perlenketten um ihren Hals wie irgendwelche x-beliebigen Dorfbewohnerinnen aussahen, die er sich an Land gezogen hatte. Trotzdem schüttelte er seinen Kopf und rief nach Hilfe.

Als erste erreichten ihn zwei Kavalleristen, dann kam der Sergeant. Der Sergeant verstand sofort. Er sah sich um, suchte den Major, sah, daß dieser mit dem Rücken zu ihnen stand, dachte sich, daß er ebenfalls Verständnis für diese Sache haben würde, und fällte seine Entscheidung. Die Männer waren reif dafür, das war mal klar, redeten von Tag zu Tag mehr und mehr darüber, fingen manchmal Raufereien an, starrten Bauersfrauen, an denen sie vorüberkamen, mit großen gierigen Augen an. Die Frauen liefen dann oft fort, hoben ihre Röcke und beschmierten sich mit Dreck, um von vornherein das zu vereiteln, was ihrer festen Überzeugung nach auf Vergewaltigung hinauslaufen mußte. Die Soldaten waren wütend über diese Beleidigung, beschimpften sie daraufhin. Ihr Verlangen mochte vielleicht noch nicht stark genug gewesen sein, um ernsthaft an Vergewaltigung zu denken, doch andererseits wußten sie auch, daß sie Zugang zu den Frauen und zum Alkohol in den nahegelegenen Dörfern gehabt hätten, wäre nicht Politik mit im Spiel gewesen und hätte es den Befehl nicht gegeben, der ihnen das Fraternisieren mit der Bevölkerung verbot. Und ohne etwas zu tun zu haben, ohne eine Abwechslung gegen ihre Langeweile zu bekommen, waren sie leicht reizbar. Genau genommen bedeutete dies natürlich, vor ihrer Schwäche zu kapitulieren, und es schien auch nicht einen Grund zu geben, ihnen in diesem Punkt nachzugeben. Trotzdem, der Sergeant hatte selbst die Nase voll, und es schien auch wieder nicht einen Grund zu geben, warum man nicht nachgeben sollte. Solange sie darauf achteten, nicht in irgendeine Falle zu geraten, solange der Major geneigt zu sein schien, der Sache den Rücken zu kehren, sah der Sergeant nicht, was es schaden konnte, diese Sache durchzuziehen.

»Der Ring aus Felsblöcken da hinten«, sagte er zu dem Zuhälter. »Und es darf nicht mehr als fünf Pesos oder ein paar Lebensmittel kosten. Und eine bewaffnete Wache wird die ganze Zeit bei euch bleiben.«

Der Zuhälter, er grinste immer noch breit, schien beinahe einen Hofknicks vor ihm zu machen. Er drehte sich zu den Huren um und redete auf sie ein, zeigte dann auf die Felsen. Sie zuckten nur mit den Achseln und gingen hinüber.

Dann drehte der Sergeant sich um, staunte nicht schlecht, als er sah, daß aus den anfangs drei Soldaten inzwischen fünfzehn geworden waren. Er lächelte leise in sich hinein, beschloß, daß er es ihnen wegen ihrer Begierde ordentlich geben würde, und sagte zu ihnen: »Holt eure Gewehre. Ihr spielt die Wachtposten.« Sie murrten nicht. Tatsächlich zogen sie sogar bereitwillig ab, um ihre Gewehre zu holen. Das überraschte ihn. Dann wurde es ihm klar – sie wollten zusehen –, und daher sagte er ihnen, als sie zurückkamen: »Ich will nicht, daß ihr alle dabei zuseht. Ein paar von euch werden ein Stück weiter weg Wache schieben, ein paar werden mit hinter die Felsen gehen.«

Auch damit waren sie einverstanden, offensichtlich schon zufrieden darüber, daß sie wenigstens die Chance bekommen würden, ein bißchen zuzusehen. Jetzt kamen weitere Soldaten heran. »Steht hier nicht alle auf einem Haufen rum!« Falls der Major tatsächlich in voller Absicht dieser Sache hier den Rücken wandte und nicht einfach nur gerade mit irgend etwas anderem beschäftigt war, hatte es überhaupt keinen Sinn, seine Haltung unnötig zu strapazieren. Sie würden das hier leise machen müssen, unauffällig, andernfalls mußte der Major doch denken, seine Verstellung wäre nichts als eine Farce, und dann der ganzen Sache einen Riegel vorschieben.

Das klang vernünftig, und die Kavalleristen sagten allen Bescheid. Bald waren Lose gezogen worden, und nahezu jeder im Lager saß neben seiner Schlafdecke, reinigte seine Waffen, beschäftigte sich mit irgendwas, wartete geduldig darauf, bis er an der Reihe war.

Die Huren gingen zwischen die Felsblöcke, zogen ihre Röcke hoch und legten sich nebeneinander auf die Erde. Drei Soldaten gleichzeitig gingen hinter die Felsen, machten ihre Hosen auf und knieten sich über sie. Prentice trat in der Dunkelheit neben Calendar und fragte: »Gehen Sie auch?«

Der alte Mann lehnte sich gegen einen Felsen zurück, sah zu ihm auf und schüttelte seinen Kopf. »Ich denke nicht mehr viel über diese Sache nach.« Mit einem Streichholz steckte er sich eine Zigarette an. »Außerdem kann ich auch ganz gut auf Wanzen und Eiter verzichten, der von meinem Schwanz tropft.«

Das hielt ihn auf. »Glauben Sie?«

»Ich *weiß* es. Wenn du ein Problem hast, dann schaff's dir selbst vom Hals.« Und dann lächelte er. »Denk nur dran, dir die Hand zu waschen. Komm, setz dich hin und erspar dir eine Menge Ärger.«

Prentice blickte zu den Felsblöcken am Rande des Lagers hinüber, sah den alten Mann an, wie er dort saß, zuckte dann mit den Achseln und setzte sich neben ihn.

Er ließ es sich nicht anmerken, aber er fühlte sich erleichtert. Er hatte erst einmal etwas mit einer Frau zu tun gehabt, und selbst da war es keine richtige Frau, sondern vielmehr ein sechzehnjähriges Mädchen gewesen, genauso alt wie er selbst. Und es war auch nicht beabsichtigt gewesen. Irgendwie hatten sie angefangen, miteinander zu balgen, dann sich zu küssen. Eins hatte ganz einfach zum anderen geführt. Er war schon gekommen, als er gerade in sie eingedrungen war, und sie hatte ihn deswegen beschimpft.

Das war in Ohio gewesen, in der Nähe der Farm seines Vaters. Es war ihm alles so peinlich gewesen, das Mädchen hatte so oft viele andere Jungs um sich herum gehabt, daß er nicht mehr zu ihr gegangen war, und außerdem hatte er auch nicht mehr viel Zeit gehabt. Der Ärger mit seinem Vater hatte kurz darauf begonnen.

Seine Mutter war damals seit etwa einem Jahr tot, und sein Vater hatte sich wirklich alle Mühe gegeben, allein mit der Farm fertigzuwerden und ohne sie zu leben. Dann hatte seine Gesundheit nicht mehr mitgespielt. Die

Stadt hatte versucht, die Farm einzugemeinden, und der Kampf gegen sie hatte ihn noch mehr geschwächt. Eines Tages, als er gerade eine Wagenladung Steine über ein Feld und einen Abhang hinauffuhr, hatte er es in einem zu steilen Winkel versucht. Der Wagen hatte sich weit genug auf die Seite gelegt, die Steine waren auf ihn gefallen und hatten ihn unter sich begraben.

Prentice erfuhr nie, was wirklich passiert war. Sein alter Herr war sicherlich nicht so dumm zu versuchen, in einem solch spitzen Winkel den Abhang hinaufzufahren. Es könnte sein, daß er, geschwächt wie er nun einmal war, seine natürliche Umsicht vergessen hatte. Es konnte ebenfalls sein, daß es seinem alten Herrn einfach nichts mehr ausmachte. Prentice erfuhr es nie. Er hatte sich um die Beerdigung seines Vaters gekümmert, hatte mitangesehen, wie die Stadt das Land nahm. Es spielte keine Rolle. Soviel war dort geschehen, sein Vater und seine Mutter, seine Brüder, als sie noch ganz jung waren, waren dort gestorben, er wäre sowieso nicht dort geblieben. Er nahm das Geld an, das die Stadt ihm anbot, erheblich weniger als das Land tatsächlich wert war, zog eine Weile durch das Land, überlegte sich hin und her, was er jetzt tun sollte, brachte das Geld schließlich auf eine Bank und landete schließlich dort, wo er jetzt war.

Die Frage nach dem Warum konnte er nicht sicher beantworten. Er sagte sich, es wäre seine Abenteuerlust. Ohne Frage war das zum Teil sicher richtig. Eine Chance etwas zu lernen, Teil eines größeren Ganzen zu sein, herumzukommen, die Welt zu sehen, ein Gefühl für Ordnung und Disziplin zu bekommen. Doch hauptsächlich, so vermutete er, wollte er einfach nur ein Leben führen, das sich soweit wie irgend möglich von dem unterschied, das sein Vater geführt hatte. Eine Art Buße, ein Abarbeiten von Schuld: Er hätte bleiben und darum kämpfen sollen, das Land zu behalten. Der Witz an der Sache war, daß er geglaubt hatte, man würde ihn nach

Europa schicken, und jetzt saß er hier in Mexiko. Trotzdem, er wußte nicht, wieso er Calendar vor einiger Zeit angelogen hatte, warum er ihm gesagt hatte, daß sein Vater heute in einer Wohnung in dieser Stadt in Ohio lebte.

Er hatte auch nicht gewußt, was er empfinden würde, wenn er zu diesen Frauen ging, wie er es machen sollte, während die anderen Soldaten Wache standen und ihn beobachteten. Die rein technische Seite der Sache war überhaupt kein Problem, ebensowenig sein Verlangen: Unterwegs, wenn nichts zu tun war, hatte er einige Zeit damit verbracht, an Frauen zu denken. Doch es in aller Öffentlichkeit zu machen, sich vorzustellen, daß andere Leute ihn dabei beobachteten, der Gedanke an schmutzige verschwitzte Haut und an Staub und schmierige Kleider und an das Sperma anderer Männer – das alles hatte ihn gestört. Nur noch sein abstraktes Bedürfnis und die Selbstverständlichkeit, mit der die anderen Männer davon ausgingen, daß er bei dieser Sache auch dabei sein würde, hatten ihn angelockt.

Und jetzt, zufrieden einen Grund gefunden zu haben, doch nicht mitzumachen, statt dessen lieber seine Zeit mit Calendar zu verbringen, saß er neben dem alten Mann und beobachtete die Kavalleristen, die darauf warteten, an die Reihe zu kommen, andere, die von den Felsen ins Lager zurückkehrten, und er war erleichtert, daß er nicht hinter diese Felsen gehen mußte, war glücklich darüber, daß er nichts mit ihnen zu tun hatte, und so dauerte es einen Augenblick, bis er registrierte, daß der alte Mann etwas zu ihm gesagt hatte.

Er drehte sich zu ihm um.

»Ja, das stimmt«, sagte der alte Mann.

Er verstand nicht.

»Morgen.«

»Ich komme nicht ganz mit. Was ist mit morgen?«

»Werde ich fünfundsechzig.«

Er bemerkte es selbst nicht, doch er mußte den alten Mann angestarrt haben.

Der alte Mann sah ihn an. »Was ist denn? Hast du vielleicht gedacht, das würde nie kommen?«

»Nein. Es ist nur, daß ...«

»Nur was?«

Er schüttelte seinen Kopf. »Ich weiß nicht, was ich sagen soll.«

»Natürlich nicht. Da gibt es auch nichts zu sagen. Es ist einfach nur ein neuer Tag.«

»Ja, aber ich denke, ich sollte wohl auf jeden Fall gratulieren. Ich meine, ich weiß ja nicht, wie Sie das sehen. Ich weiß nicht, was ich sagen soll.«

»Du weißt nicht, wie ich das sehe?« Er lehnte sich wieder gegen den Felsen, paffte an seiner Zigarette, sah ihn an und stieß dann langsam den Rauch wieder aus. »Tja, ich will es mal so sagen. Ich bin heute noch derselbe Mensch wie vor zehn oder fünfzehn Jahren. Ich habe heute ein paar Wehwehchen mehr. Ich erleichtere mich nicht mehr so leicht wie früher, ich schlafe nicht mehr so gut, aber ich bin immer noch so schnell auf den Beinen wie eh und je, und mein Verstand hat mich auch noch nicht im Stich gelassen. Zumindest glaube ich nicht, daß er das schon mal gemacht hat.

Doch das Problem ist, daß man sich bei einem Geburtstag wie diesem zurückerinnert.« Er blickte kurz in die Nacht hinaus und sah ihn dann wieder an. »Es ist irgendwie, als könnte ich jetzt nicht mehr drüber hinwegsehen. Ich werde älter.«

Das war eine der introspektivsten Beobachtungen, die Prentice je aus seinem Mund gehört hatte, und noch nie hatte er den alten Mann so lange über sich selbst reden hören – selbst wenn man an ihren Streit wegen diesem Indianer dachte, was allerdings weniger Selbstbeobachtung als vielmehr Erklärung gewesen war. Außerdem war es auch das erste Mal, daß der alte Mann in Prentices

Gegenwart eine eigene Schwäche angedeutet hatte, und er konnte nicht darüber hinwegkommen, saß einfach nur da und schaute ihn an.

»Möchtest du gerne eine Geschichte hören?«

Prentice nickte, war dankbar für die Gelegenheit, selbst nichts sagen zu müssen. »Wenn Sie es mir erzählen wollen.«

»Oh, und ob ich sie erzählen möchte. Es geht um einen Geburtstag. Warst du jemals oben in Wyoming?«

Er schüttelte seinen Kopf. »Nein, nur in Ohio, und jetzt hier. Ein paar Zwischenaufenthalte in New York und Texas.«

»Tja, es würde dir sicher gefallen. Zumindest der nördliche Teil. Im Süden ist es ziemlich so wie hier, vielleicht ein bißchen besser. Steine und Sand, *sagebrush* und hier und dort Buschgras. Eigentlich eine Menge von nichts. Doch im Norden ist es schön. Eine Bergkette zieht sich von Norden nach Süden durch den Staat. Wenn man von Osten kommt, muß man zunächst durch Wüste gehen. Dann trifft man auf die Berge, dann wieder Wüste, dann Berge und Wüste und wieder Berge, und jeder Gebirgszug unterscheidet sich von den anderen, und jeder einzelne von ihnen ist schön. Selbst die Namen klingen schön. Die Bighorns, die Wind Rivers, die Tetons.

Das erste Mal war ich 1867 dort, ein Jahr bevor es zum Territorium erklärt wurde. Damals war ich mit einem Mann zusammen unterwegs, und wir arbeiteten eine Zeitlang als Handlanger bei Viehherden. Dann fing diese Sache mit den Indianern an, und wir meldeten uns zur Kavallerie. Der Mann wurde getötet ...« Er dachte einen Augenblick lang nach. »Die Hauptsache jedoch ist, daß ich fünf Jahre lang bei der Kavallerie war, davon die meiste Zeit unten in Colorado, und ich dachte mir, das wäre lange genug gewesen, also kehrte ich nach Wyoming zurück und arbeitete wieder eine ganze Weile bei den Viehherden oder nahm auch sonst jede Art von Arbeit an, die ich finden konnte. Dann wurde es mir leid, und wieder meldete ich mich zur Kavallerie, dieses Mal als Kundschafter.

Zu diesem Zeitpunkt kannte ich Wyoming schon ziemlich gut. In den siebziger Jahren war es mit den Indianern am schlimmsten, und ich dachte mir, wenn ich sowieso gegen sie kämpfen müßte, dann könnte ich genausogut dort sein, wo ich wenigstens was Gutes tun konnte. Wir brauchten eine ganze Weile. Kämpften viele Schlachten, meistens gegen die Sioux. Doch um das Jahr 1880 herum hatten wir so ziemlich mit ihnen aufgeräumt.

Und dann wußte ich nicht, was ich machen sollte. Von der Kavallerie hatte ich die Nase voll. Ich hatte auch keine Lust, für die Eisenbahn zu arbeiten, obschon ich genau das schließlich eine Zeitlang gemacht habe. Gegen Herbst 1880 traf ich eine Entscheidung. Eine Sache gab es noch zu tun. Wenn man sich diese Berge ansieht, von ihnen in Bann gezogen wird, kann man sich gar nicht richtig vorstellen, wie es einen verändert, wenn man die ganze Zeit in ihrer Nähe arbeitet – fünfzig Jahre zu spät, ohne die geringste Chance, Geld damit verdienen zu können, kaufte ich mir eine Reihe Fallen, Vorräte, ein Pferd, einen Packesel und machte mich auf den Weg. Und um ein Haar hätte ich nicht mal den ersten Schnee überstanden.

Die Wind Rivers. Ich war früher schon dort oben gewesen, doch für gewöhnlich mit einer Herde und anderen Männern, und sobald es nach Schnee aussah, kehrten wir zurück. Entweder das, oder ich war mit der Kavallerie dort oben, und auch da war ich nicht allein gewesen, und wenn man Hilfe benötigte, dann bekam man sie auch. Doch das jetzt war anders. Wie sehr anders, wußte ich damals noch nicht. Ich hatte es geschafft, mir eine Blockhütte zu bauen, bevor das Wetter sich änderte, doch ich hatte nicht weit genug vorausgedacht und das Pferd und den Maulesel nicht miteinkalkuliert. Ich weiß nicht mehr, was ich damals gedacht haben muß, vielleicht daß sie in der Lage wären, sich durch den Schnee zu graben, um an das Gras darunter zu kommen, ich weiß es wirklich nicht mehr. Mitte Oktober jedenfalls fing es dann an zu schneien. Nachts. Offensichtlich hatte es zuerst geregnet, dann war der Regen in Schneeregen übergegangen, schließlich hatte es geschneit, und als ich am folgenden Morgen nach draußen kam, waren das Pferd und der Maulesel tot. Sie waren nicht erfroren. Es war kalt, aber so kalt auch wieder nicht. Doch sie waren mit einer Eisschicht überzogen, besonders dick auf ihren Köpfen, in und um die Nase und das Maul herum, und sie waren, soweit ich das beurteilen konnte, einfach erstickt.

Sie lagen dort auf ihren Seiten, beinahe völlig von Schnee bedeckt, und ich geriet in Panik. Du mußt immer daran denken, daß zu wissen, was man tun muß, wenn man mit einem Haufen anderer Menschen zusammen ist, und zu wissen, was man tun muß, wenn man ganz auf sich allein gestellt ist – daß dazwischen ein himmelweiter Unterschied besteht. Ich stand also da, um mich herum schneite es, das Pferd und der Maulesel praktisch schon ganz bedeckt, der Wind wurde stärker, die Wolken hingen tief, es schneite und schneite, und die ganze Zeit über wurde es immer kälter, und ich dachte, mein Gott, ich werde hier oben sterben. Ist das nicht erstaunlich? Nach allem, was ich schon durchgemacht hatte, und hier war ich, hatte eine Heidenangst vor einem Sturm. Ich meine, ich glaubte damals wirklich, daß ich sterben würde. Es war ungefähr so, als würde jemand versuchen, mich zu ersticken, und so hätte ich mich sicher nicht gefühlt, wenn ich nicht alleine gewesen wäre. Da bin ich ganz sicher. Wenn jemand dort oben bei mir gewesen wäre, dann hätte ich einfach gesagt: ›Schlechte Neuigkeiten‹, und wäre in die Hütte gegangen, um einen Kaffee zu machen und abzuwarten, bis der Sturm sich gelegt hatte.

Doch ich konnte nur noch daran denken, wie ich wieder von dort oben fortkam. Zurück ins Flachland. Hier heraufzukommen, war ein Fehler gewesen. So großspurig und versessen ich darauf gewesen war, allein in die Berge zu gehen, und jetzt konnte ich es nicht mehr erwarten, wieder zu verschwinden. Ich packte mir ein bißchen zu essen zusammen und zog mich so warm wie irgend möglich an. Dann machte ich mich auf den Weg. Einen halben Tagesmarsch entfernt befand sich die Hütte eines Jägers, und ich glaubte, ich würde es bis dorthin schaffen, bevor der Sturm noch schlimmer wurde, wollte mich dann dort für die Nacht verkriechen und am nächsten Morgen weiter absteigen. Ich meine, ich war wirklich davon überzeugt, daß ich den Sturm bezwingen könnte.

Ich machte mich auf den Weg, stapfte durch den Schnee. Er war tief, fünfundzwanzig Zentimeter vielleicht, aber auch wieder nicht so tief, daß ich nicht mehr gehen konnte, und ich kannte den Weg, den ich heraufgekommen war, eine Art Rinne, die im Frühjahr das Bett eines Baches sein würde, und diese Rinne erreichte ich und stieg in sie hinab, und dort war der Schnee tiefer, sammelte sich dort durch den Wind und bedeckte die Felsen und Steine unter sich. Ich marschierte ein ganzes Stück, doch schließlich kam ich nicht mehr weiter, mußte wieder herausklettern und einen anderen Weg versuchen. Dann wurde das Schneetreiben dichter, und nach einer Weile konnte ich vor mir kaum noch etwas erkennen. Nur noch die vagen Umrisse von Bäumen und Felsen, und nach einer Meile oder so wurde der Schneesturm noch dichter, und ich befand mich mitten in einem ausgewachsenen Schneegestöber. Weißt du, was das bedeutet? Bist du schon jemals in einem gewesen?«

Prentice schüttelte seinen Kopf.

»Man kann den Himmel und die Erde nicht mehr voneinander unterscheiden. Alles verschwimmt, scheint ineinander überzugehen. Der Schnee ist so dicht und trübt deine Sicht dermaßen, daß du einen Baum direkt vor deiner Nase nicht mehr sehen kannst. Du kannst kaum noch deine eigene Hand vor Augen erkennen. Und jetzt mußt du daran denken, daß mein Adrenalinspiegel sowieso die ganze Zeit über schon verdammt hoch war, und wenn ich zu Anfang in Panik geraten war, dann weiß ich nicht, wie ich das noch beschreiben soll, was ich dann als nächstes durchmachte. Es war einfach eine erbärmliche fürchterliche Angst«, sagte er und lachte. »Ich wußte nicht mehr, in welche Richtung ich ging. Ich wußte nur, daß ich die Hütte des Jägers auf jeden Fall niemals finden würde. Ich glaubte nicht mal mehr, daß ich noch die Hütte finden würde, die ich selbst gebaut hatte. Doch eins wußte ich genau – es hatte keinen Sinn, noch weiter talabwärts zu gehen. Nicht, daß ich überhaupt gewußt hätte, welche Richtung ich dazu einschlagen mußte, und ich sah auch keinen großen Sinn darin, einfach immer weiterzugehen, bis ich schließlich irgendwann erfrieren würde, und es dauerte nur einen Augenblick, da hatte ich mich wieder in der Gewalt. Vielleicht war ich einfach nur erschöpft. Bei der ersten sich bietenden Gelegenheit – es waren zwei Felsblöcke mit einer Art kleinen Höhle unter ihnen – suchte ich mir Schutz und kroch unter diese Felsen, schaufelte den Schnee vor mir auf, um mir eine Art Windschutz zu bauen, und wartete dann einfach ab. Ich wußte zumindest soviel, daß ich nicht einschlafen durfte, daher fing ich an zu essen, um mich auf diese Weise wach zu halten, und ich dachte mir, daß die Nahrung meinen Körper auch irgendwie in Funktion halten würde, also saß ich einfach da und aß. Verdammt auch, ich aß beinahe alles auf, was ich mitgenommen hatte, getrocknetes Fleisch, Kekse, Rosinen, alles, was ich hatte, und der Schnee türmte sich höher und höher auf, und der Wind wurde immer schlimmer. Irgendwie muß ich dann wohl trotzdem eingeschlafen sein, denn urplötzlich konnte ich nicht mehr atmen und ich wurde wach, sah nichts mehr, war völlig von Schnee bedeckt, scharrte fieberhaft, um mich zu befreien, und der Anblick von Sonne und Schnee blendete mich beinahe. Ich wußte nicht, wie lange ich dort gelegen hatte, wenigstens einen Tag lang, und ich wußte ebenfalls nicht, wo ich war oder wie ich mich überhaupt bei all dem tiefen Schnee fortbewegen sollte, aber eines war klar: die Hütte des Jägers war viel zu weit entfernt. Ich mußte zu der Blockhütte zurück, die ich mir gebaut hatte. So langsam begann ich die Umrisse einiger Gipfel wiederzuerkennen, die ich kannte, versuchte abzuschätzen, wo die Hütte im Verhältnis zu ihnen lag, und ich brauchte einen weiteren Tag, um mich durch den Schnee bis dorthin vorzukämpfen. Nachdem ich ein paar Mal falsch abgebogen war, fand ich meine Blockhütte eigentlich ziemlich leicht wieder. Der Trick bestand darin, sich durch den Schnee vorzukämpfen, um dorthin zu gelangen.

Nun, dort angekommen schlief ich erst mal einen ganzen Tag lang, und als ich dann wieder wach wurde, begriff ich ein paar Dinge. Das erste war, wie dumm es von mir gewesen war, überhaupt auf diese Weise aufzubrechen. Verdammt, es war nicht nur dumm gewesen, so aufzubrechen, es war vorher schon dumm gewesen, überhaupt ganz allein hier heraufzukommen. Im Grunde verstand ich auch nicht die Bohne von dieser ganzen Sache. Die zweite Sache war, daß ich glaubte, wenn ich das überstanden hatte, was ich gemacht hatte, dann konnte ich alles überstehen. Der Winter würde härter sein, als ich zunächst geglaubt hatte, doch wenn ich einen klaren Kopf behielt, konnte es kaum viel schlimmer werden. Ich hatte eine Menge zu essen zurückgelassen, es war zuviel gewesen, um alles mitnehmen zu können, und ich wußte, daß es in der Nähe auch Wild geben mußte. Und dann hatte ich ja noch das Pferd und den Maulesel als Fleischreserve, eine Art Bonus, wie ich fand – falls ich sie jemals aufgetaut bekommen würde –, und von welcher Seite ich die Sache auch betrachtete, jetzt schien es nur noch bergauf zu gehen.

Also begann ich Fallen aufzustellen, immer nur ganz wenig gleichzeitig. Ich fand Bäche und Seen in der Nähe, die nicht ganz so dick zugefroren waren, brach das Eis auf und watete hinein, um die Falle mit einem Köder zu versehen und sie aufzustellen, achtete darauf, sie gut zu verankern, fand auch bald darauf Spuren an Land und entdeckte Tierbauten, stellte auch dort in der Nähe Fallen auf, und an solchen Stellen, wo die Rinde erst kürzlich von Büschen abgefressen worden war. Wie bei allem anderen, mußte ich auch dabei erst eine ganze Menge lernen. Ich hatte mir die Fallen erklären lassen, doch darüber etwas erzählt zu bekommen war etwas völlig anderes, als es dann auch tatsächlich selbst zu tun, und manchmal legte ich den Köder nicht gut genug, und das Tier konnte damit ungeschoren verschwinden, oder es geriet in die Falle und nahm sie gleich ganz mit. Doch nach und nach machte ich meine Sache immer besser, verankerte die Fallen sicherer, stellte sie an den richtigen Stellen auf. Und es dauerte nicht lange, da fing ich Biber und Füchse und Kaninchen, manchmal einen Wolf, und ich häutete sie sofort und kochte das Kaninchen und den Biber. Abends arbeitete ich an den Fellen und hob mir die wirkliche Feinarbeit bis zu der Zeit auf, wenn die Stürme kamen.

Und die Stürme kamen oft genug, doch mit ausreichend zu essen und mit Arbeit, die ich zu erledigen hatte, fühlte ich mich recht wohl, und so machte es mir im Grunde wirklich nichts aus. Ich stand bei Sonnenaufgang auf, war den ganzen Tag über unterwegs und gegen Abend wieder zurück, und die einzige wirkliche Gefahr bestand darin, mir Frostbeulen vom vielen Waten durch eiskalte Bäche zu holen, doch ich hatte immer zusätzliche Kleidung dabei, um sie wechseln zu können, sollte ich einmal naß werden, und dieses Mal wußte ich schon genug, um es mit meinen Schneeschuhen zu versuchen, und eigentlich war es gar nicht mal so übel.

Eine Zeitlang. Doch ich wußte im Grunde noch gar nicht, was Winter wirklich bedeutete, bis ich dort oben auf sein Ende wartete. Er dauerte und dauerte, und je länger er dauerte, desto kälter wurde es, und der Schnee wurde nur noch tiefer. Es hätte mir nicht die geringsten Schwierigkeiten bereitet, ein oder zwei Monate durchzustehen, doch dann wurden aus zwei Monaten drei und schließlich vier. Und fünf. Und der Winter schien nie mehr aufhören zu wollen. Irgendwann bemerkte ich dann plötzlich, daß ich angefangen hatte, Selbstgespräche zu führen. Oder daß ich mit den Tieren redete, die ich gerade häutete, oder mit den Bäumen. Und das Eis war inzwischen so dick geworden, daß ich es nicht mehr aufschlagen konnte, und die Luft war so kalt geworden, daß selbst das Wild nicht mehr herauskam, und so kam es, daß ich mehr und mehr Tage in meiner Hütte verbrachte, später aufstand, früher zu Bett ging, weniger aß, nicht mehr ganz so sehr darauf achtete, mich regelmäßig zu waschen oder mich zu entleeren, und die ganze Zeit über führte ich weiter meine Selbstgespräche, wurde langsam aus Mangel eines anderen Menschen, mit dem ich reden konnte, verrückt. Es war, als hätte sich der Kreis geschlossen, als wäre ich zum Ausgangspunkt zurückgekehrt: Nach der anfänglichen Panik als Folge der Erkenntnis, daß ich ganz auf mich allein gestellt war, hatte ich mich daran gewöhnt, mich darauf eingestellt, hatte begonnen, mit mir selbst zu plappern, war wieder allein und auf eine schreckliche Art einsam.

Und dann geschah etwas sehr Eigenartiges. Ich gewöhnte mich auch daran. Ich weiß nicht, wie es soweit gekommen ist. Es war nicht direkt eine Frage von Willenskraft. Es war einfach so, daß sich alles irgendwie von selbst reduzierte, irgendwie einfacher wurde. Ich hatte bewiesen, daß ich keine Annehmlichkeiten, keinen Komfort brauchte. Und jetzt brauchte ich nicht mal mehr andere Menschen. Ich fand heraus, daß es mir tagelang ohne Unterbrechung ausreichte, einfach nur dort am Feuer zu sitzen, die Beine übereinanderzuschlagen, nichts in meinem Kopf zu haben, nichts zu sehen, nichts zu denken, dabei irgendwie so eine Art konstantes Summen zu hören, das einfach weiter und immer weiter klang, und es war wunderbar so. Ich habe mich in meinem ganzen Leben nie entspannter oder befreiter gefühlt. Zu diesem Zeitpunkt lag der Schnee schon höher als meine Hütte, und ich mußte einen Tunnel nach oben graben, um ins Freie zu gelangen. Doch ich ging nicht oft hinaus, saß einfach nur immer vor meinem Kamin, und das Gewicht des Schnees um das Blockhaus schien mich irgendwie einzumummen, zu dämpfen, und ich nehme an, ich wäre wahrscheinlich für immer dort oben geblieben und wäre irgendwann irgendwie gestorben, wenn das Tauwetter nicht eingesetzt hätte.

Das Tauwetter setzte in diesem Jahr recht früh ein. Das hat man mir später wenigstens so erzählt. Ich hatte keinerlei Möglichkeit zu sagen, ob es früh oder spät war. Ich wußte am Ende ja nicht einmal mehr, welcher Tag oder Monat es war, oder sonst irgendwas. Doch jedenfalls, das Tauwetter setzte früh ein, und es holte mich in die Realität zurück. Langsam, während ich es eigentlich gar nicht wollte. Ich hatte wirklich nicht die geringste Lust, meinen Kopf wieder mit irgend etwas zu füllen. Doch es war, als hätte ich auch darauf keinerlei Einfluß, und es brachte mich in die Wirklichkeit zurück.

Die ganze Blockhütte hatte sich sowieso wie ein Schwamm voll Wasser gesogen, und ich sah die Felle an, die ich hatte. Es waren wirklich zu viele. Um sie aus den Bergen herunterzuschaffen, würde ich sie auf eine Trage packen müssen. Doch ich hatte sie gefangen, und es kam mir wie eine Sünde gegen die Tiere vor, wenn ich sie einfach hier zurücklassen würde, also packte ich zusammen, was ich brauchte, verstaute die Felle auf einer Trage und machte mich auf den Weg. Wegen dem tiefen Schnee dauerte es eine ganze Weile, bis ich diese Hütte des Jägers erreichte, und dort traf ich zwei Cowboys, die dort oben waren, und ich wußte kaum, wie oder was ich mit ihnen reden sollte. Verdammt, sie wußten es ja selbst nicht, wie sie mit mir reden sollten. Sie sahen mich nur kurz an, und sie wußten nicht, was sie denken sollten. Doch sie erzählten mir Neuigkeiten. Über die Eisenbahn. Über den Winter unten in der Prärie. Ich wollte nichts davon hören. Es bedeutete mir einfach nichts. Und sie sagten mir, welcher Tag und welcher Monat es war, doch auch das interessierte mich nicht, und ich hatte sie ja überhaupt auch nur getroffen, weil ich zu dieser Hütte gekommen war, und trotzdem boten sie mir ihre Hilfe an, ich lehnte ab und ging schnell weiter.

Ich brauchte mehrere Wochen, um die nächstgelegene Stadt zu erreichen. Inzwischen wurde es wieder kälter, und die Erde, die zuvor feucht gewesen war, begann wieder zu gefrieren, und es war nicht so, wie oben in der Hütte zu sein. Ich stellte fest, daß ich wieder verdorben worden war, daß ich wieder Annehmlichkeiten und Komfort brauchte, daß ich mich jetzt tatsächlich schon darauf freute, wieder mit Menschen sprechen zu können, und dann kam ich auf diesen Grat und blickte auf die Stadt hinunter. Der Schnee auf den Hängen zeigte schon die ersten dunklen Flecken und verschmolz mit dem Flachland, Felsen und Sträucher ohne Blätter und braunes Gras, und da war irgend etwas gewesen, das mir keine Ruhe ließ, etwas, das mir nicht ganz bewußt war, das ich nicht packen konnte, etwas, das mit einer Sache zu tun hatte, von der die Cowboys mir erzählt hatten. Es hatte irgend etwas mit dem Datum zu tun, und dann begriff ich. Sie hatten gesagt, es wäre der 2. April gewesen. Das war inzwischen einige Wochen her, und irgendwann während dieser Zeit, am 9. April, hatte ich Geburtstag gehabt. Ich konnte gar nicht darüber hinwegkommen, daß ich dermaßen weggetreten war, daß ich nicht mehr an meinen eigenen Geburtstag gedacht hatte, und bei dem Gedanken daran, begann ich darauf zu brennen, endlich in die Stadt zu kommen und zu feiern.

Und dann bremste ich mich. Bis zum heutigen Tag weiß ich immer noch nicht, wieso. Es hatte irgend etwas mit dem guten Gefühl zu tun, das ich oben in der Hütte erfahren hatte. Irgendwas mit der Unabhängigkeit, die ich gelernt und mir den Winter über geschaffen hatte. Ich bin nicht sicher. Ich wußte nur eins, so sicher wie ich jemals etwas gewußt hatte, und das war, daß ich jetzt nicht einfach so dort hinuntergehen würde, daß ich meinen Geburtstag, wenn ich ihn feiern würde, dort feiern würde, wo ich so lange gelebt hatte – eine Ewigkeit, wie es schien. Und ich blieb. Ich legte alle Gedanken an warme Mahlzeiten, an Bäder, an ein Bett, eine Rasur ab. Mein Gesicht juckte, mein Körper war übersät mit schorfigen Stellen. Auch die Gedanken daran verjagte ich aus meinem Kopf. Ich legte mich unter die Felle schlafen und wurde am kommenden Morgen wach und beschloß, daß es mein Geburtstag war, und ehe ich es selbst wußte, nahm ich wieder diese Sitzhaltung mit den überkreuzten Beinen ein, und dann kehrte auch das Summen zurück, und die Stadt lag dort unter mir, doch ich wußte es nicht. Oder besser, ich interessierte mich nicht dafür. Und dann verließ mich dieses Gefühl auch schon bald wieder, doch das war zwei Tage später, und dann ging ich zur Stadt hinunter, und alle starrten mich an, und ich verkaufte die Felle und aß und ließ mich in einer Wanne einweichen und kaufte mir neue Kleider und schlief in einem Bett, und es dauerte nicht lange, und wieder war ich korrumpiert.

Doch das war gleichgültig. Ich hatte dieses Gefühl erlebt, und obschon ich es seit damals oft gehabt habe, war es doch nie mehr das gleiche, und ich war auch nie wieder oben in diesen Bergen, denn sie würden sowieso nicht mehr so sein wie früher. Doch ich denke oft an diesen Winter, und ganz besonders auch an diesen Tag, den ich zu meinem Geburtstag gemacht habe, als an die beste Zeit meines Lebens zurück.

Im Frühjahr 1881.

Als ich dreißig Jahre alt war.«

Der alte Mann hatte in die Nacht hinausgeschaut, während er erzählte, und jetzt wandte er ihm wieder seinen Kopf zu, und Prentice verstand es nicht, doch seine Erinnerung bedeutete offensichtlich sehr viel für diesen Mann, und Prentice wußte nicht, was er sagen sollte. Wenn dieser Geburtstag, damals im Jahre 1881, der beste Geburtstag seines Lebens gewesen war, dann versprach derjenige morgen mit Abstand einer der schlechtesten zu werden. Alle Anzeichen sprachen dafür. Und er wußte nicht, was er tun sollte. Er wollte ihm sagen, daß es gar kein Problem gäbe, daß er immer noch eine ganze Reihe von Jahren vor sich liegen hatte, doch er wußte, daß das nicht stimmte. Der alte Mann hatte nicht mehr viel Zeit. Nicht die Zeit, die er haben wollte. Bei der Art Leben, das er sich ausgesucht hatte, würde sein Körper nicht mehr viel länger mitmachen. Ein Jahr noch. Fünf Jahre. Schon sehr bald würde er zu nichts mehr zu gebrauchen sein. Er saß einfach da und sah ihn an, und als er spürte, was in dem alten Mann vorging, der jetzt wieder in die Dunkelheit hinausblickte, war sich Prentice verschwommen eines Schattens bewußt, der neben ihm auftauchte – »Dich habe ich gesucht« –, und der Bann des Augenblickes war gebrochen.

Er schaute langsam zu dem Soldaten auf, der dort neben ihm stand. »Was ist los?«

»Was meinst du damit, was ist los? Du bist dran!«

»Ach, das ... Na ja, geh du für mich.«

»Was? Du machst Witze.«

»Vielleicht. Mach's trotzdem.«

»Bist du auch sicher?«

Er nickte.

»Na gut, also dann.«

Und der Soldat ging fort. Prentice wartete nicht einmal darauf, bis er fort war. Er sah den alten Mann wieder an, doch jetzt nutzte es nichts mehr. Das Gesicht des alten Mannes hatte sich verändert, war nicht mehr länger offen, bot ihnen nicht mehr länger die Chance, sich zu unterhalten. Also blieb er einfach stumm sitzen, blickte gemeinsam mit ihm in die Nacht, und die Soldaten warteten weiter oder kamen zurück, und nach einer Weile warteten gar nicht mehr so viele von ihnen, und dann niemand mehr. Er blickte den alten Mann an, und die Augen des alten Mannes waren geschlossen, und er dachte, daß er vielleicht eingeschlafen war. Er stand leise auf, griff nach einer Decke und deckte ihn zu.

64

Er fing kurz nach Sonnenaufgang an zu trinken. Wenigstens reimte Prentice sich das später so zusammen. Er selbst wurde etwas später wach, und als er dann zu dem alten Mann hinüberschaute, sah er, daß der bereits auf und fort war. Er hatte darüber nachgedacht, was er ihm als Geschenk geben könnte. Schließlich hatte er sich entschlossen, war dann zu seinen Satteltaschen gegangen und hatte das winzige, in ein Stück Tuch eingewickelte Päckchen herausgenommen, es in der Hand gehalten und einen Augenblick angesehen, dann hatte er sich auf die Suche nach ihm gemacht. Er fand ihn schließlich bei den Wagen mit dem Futter für die Tiere. Die anderen Männer waren auf und machten Frühstück, packten ihre Sachen zusammen, versorgten ihre Pferde, und Calendar hatte gerade eben sein Pferd gefüttert und getränkt, drehte sich um, als der Junge hinter ihn trat.

»Guten Morgen.«

Der alte Mann antwortete nicht. Er hatte sich das Gesicht gewaschen und sich rasiert, zum ersten Mal seit vielen Tagen. Sein Hemd und seine Hose waren sauber. Sein Haar war gekämmt, seinen Hut hielt er in der Hand. Er sah so gepflegt und jung aus wie lange nicht mehr. Er lehnte sich gegen den Planwagen, zuckte mit den Achseln und lächelte, und Prentice hielt ihm das Päckchen hin.

»Sie werden das hier wohl nicht gebrauchen können, aber was Besseres habe ich leider nicht.«

Der alte Mann verstand nicht. Dann trat plötzlich ein eigenartiger Ausdruck in seine Augen. Er stieß sich von dem Wagen ab, reckte sich, zog seine Stirn kraus, nicht so sehr vor Ärger als vor Überraschung, und dann drückte Prentice ihm das Päckchen in die Hand.

Der alte Mann stand einfach da, hielt es in seiner Hand. »Ich weiß nicht, was ich sagen soll.«

»Ist auch gar nicht nötig. Machen Sie's einfach auf.«

Der alte Mann zögerte einen Moment, nickte. Dann wartete er wieder einen Augenblick, legte seinen Hut fort und löste die Schnur, wickelte den Lappen ab, blickte dann auf die glänzende, goldene Taschenuhr herab.

Er bewegte sich nicht, blinzelte nicht, machte gar nichts.

Prentice wurde plötzlich unruhig. »Es war ein Geschenk von meinem Vater. Die Widmung scheint zu passen.« Er sagte das sehr schnell.

Der alte Mann starrte ihn an. Dann nahm seine große Hand die Uhr, öffnete den Deckel über dem Zifferblatt, die Verschlüsse schnappten sanft ein, und Prentice dachte an das, was der alte Mann jetzt las, was er selbst an dem Tag gefühlt hatte, als er sie bekommen hatte: *Voller Zuneigung an Deinem Geburtstag.*

Der alte Mann schaute zu ihm auf.

»Ich wünsche Ihnen einfach alles Gute zum Geburtstag.«

»Ja.« Der alte Mann nickte. Dann schüttelten sie sich die Hände, und in diesem Augenblick roch Prentice es.

Genaugenommen hatte er es schon eine ganze Weile gerochen, doch er hatte gedacht, es wäre etwas anderes, irgend etwas Verdorbenes im Getreide. Doch jetzt war der Geruch unverkennbar. Instinktiv wollte er es erwähnen. Dann bremste er sich, und noch während er das tat, merkte er, wie er sagte: »Haben Sie was getrunken?«

Der alte Mann sah ihn an. »Nur ein bißchen Rasierwasser.«

Prentice schüttelte seinen Kopf.

»Na und? Ich feiere heute meinen Geburtstag.«

»Ich versteh' das nicht. Wo haben Sie das versteckt?«

»Oh, hier und da. Man findet es immer, wenn man nur danach zu fragen weiß. Sag mir bloß nicht, daß du auch ein Schlückchen haben möchtest.«

»Nein. Mein Vater hat nicht getrunken, und ich trinke auch nicht.«

»Fundamentalist oder so was.«

»Ja, so was.«

»Tja, zu schade. Nein, ich nehm' das zurück. Das ist gut. So bleibt mehr für mich übrig.«

Prentice schüttelte wieder seinen Kopf.

»Jetzt sag bloß nicht, du hättest geglaubt, daß ich nicht trinke.«

»Nein. Ich schätze, ich wußte es.«

»Und, was ist es dann? Daß ich schon so früh am Morgen trinke?«

»Ich nehme es an, ja.«

»Tja, mal sehen, was du machst, wenn du fünfundsechzig wirst. Mal abwarten, ob du dann nicht auch zu trinken anfängst.«

»Das ist keine Entschuldigung.«

»Oh, jetzt hör mal einer an. Es steht überhaupt nicht zur Debatte, ob ich eine Entschuldigung brauche oder nicht. Es ist vielmehr eine Frage des Vergnügens. Komm schon, sei ein bißchen toleranter. Du warst doch letzte Nacht drauf und dran, zu diesen Mädchen zu gehen, und jetzt ist es Morgen, und da gefällt es dir nicht, wenn ich mir ein Gläschen genehmige. Da haben wir aber einen kleinen Widerspruch, nicht wahr.«

»Gestern nacht, das war etwas anderes. Außerdem, ich bin ja gar nicht gegangen.«

»Aber du warst drauf und dran. Aber es geht auch gar nicht ums Trinken. Es geht um mich. Dein Vater hat nicht getrunken, und du findest, daß ich es auch nicht tun sollte. Tja, ich hab' eine Neuigkeit für dich. Ich bin nicht dein Vater.«

Und das war's dann. Die anfangs angenehme freundliche Unterhaltung hatte durch verschiedene unterschwellige Andeutungen eine unangenehme Wende genommen und hatte sich zu einem weiteren Streit entwickelt.

Es gab auch nicht die geringste Möglichkeit, nach der letzten Bemerkung des alten Mannes das Gespräch wie auch immer weiterzuführen. Es war eine Art Ultimatum, wie ein Schlag ins Gesicht, und er konnte jetzt entweder einfach gehen oder aber versuchen, die Unterhaltung noch einmal von hinten aufzurollen.

Es machte ihn ganz krank mitansehen zu müssen, wie schlecht sich alles entwickelt hatte.

»He, ich will nicht auf diese Weise mit Ihnen reden. Ich will Ihnen einfach nur alles Gute zum Geburtstag wünschen.«

Der alte Mann starrte ihn an.

»Ehrlich. Ist mir egal, wenn Sie was trinken. Ich meine, was spielt das schon für eine Rolle? Es ist wirklich völlig unwichtig. Gehen wir ein bißchen zurück. Alles Gute zum Geburtstag.«

Der alte Mann sah ihn an und entspannte sich allmählich wieder. Er zuckte mit den Achseln. »Ja, ich denke, du hast wohl recht.«

»Tut mir leid. War meine Schuld.«

»Nein, ich bin dickköpfig und stur. Das ist ein sicheres Anzeichen für das Altern.«

Und Prentice mußte lächeln. Er wußte, daß er das nicht tun sollte, aber er konnte einfach nichts dagegen unternehmen.

Und der alte Mann mußte ebenfalls lächeln. »Ich glaube, wir hören besser damit auf.« Alles wurde wieder gut.

Er blickte auf die Uhr hinab, die er in seiner Hand hielt. »Und was die Uhr hier angeht. Ich bin dir wirklich sehr dankbar. Du hast recht. Ich hab' wirklich keine Verwendung für sie. Aber dankbar bin ich dir trotzdem, und ich werde sie immer mitnehmen, als würde ich sie benutzen. Mehr noch, ich weiß es hoch zu schätzen. Ich kann mich an kein Geschenk erinnern, das ich jemals bekommen habe, über das ich mich mehr gefreut habe. Danke.«

Und jetzt wurde ganz bestimmt alles gut, und um sich zu beherrschen, konnte Prentice nur lächeln und nicken.

Und dann wurde der Lärm, den die Soldaten machten, als sie sich auf den Abmarsch vorbereiteten, so hartnäckig und durchdringend, daß sie sich umdrehten und hinsahen, und Prentice sagte: »Mein Gott, ich hatte noch nicht mal Gelegenheit, mein Pferd zu füttern.« Er hob schnell seine Hände, schüttelte seinen Kopf und lachte und lief los. Hinter sich, vor dem Planwagen, hörte er auch den alten Mann lachen.

65

Es lief falsch. Aus welchem Grund auch immer, weil sein Geburtstag ihn beunruhigte, weil er fest entschlossen war, sich durch die Bemerkungen des Jungen über sein Trinken nicht abschrecken zu lassen, vielleicht auch einfach, weil es ihm Spaß machte – gegen Mittag jedenfalls war er betrunken.

Auf jeden Fall vertrug er es gut. Um diese Zeit waren sie bereits zwanzig Meilen weiter marschiert, bewegten sich langsam voran, während die Kundschafter loszogen, um nach Anzeichen zu suchen, und Calendar war zurückgekommen, hatte einen Augenblick mit dem Major gesprochen, war dann die Kolonne hinuntergeritten, hielt neben ihm an.

»Könntest eigentlich genausogut mit mir kommen. Dafür sorgen, daß ich nicht vom Pferd falle.« Er sagte das leise, damit niemand anderer es verstehen konnte.

Prentice schaute ihn an. Der alte Mann war ihm ganz in Ordnung vorgekommen, er saß gerade in seinem Sattel, jede Bewegung war bedächtig und wohlüberlegt. Vielleicht zu überlegt. Als er jetzt genauer hinsah, bemerkte er, daß das Gesicht des alten Mannes gerötet war, daß seine Augen ein bißchen glasig waren, seine Hände auf dem Sattelhorn eine Idee unruhig. Die Röte auf seinem Gesicht konnte auch von der Sonne kommen. Alles andere konnte eine Folge davon sein, daß er zu lange in der Hitze geritten war. Doch seine Sprechweise war sehr sorgfältig, sein Atmen ein wenig gezwungen, und so wie er mit durchgedrücktem Kreuz kerzengerade in seinem Sattel saß, wirkte es ebenfalls schon ein bißchen gezwungen. Wenn man all das zusammennahm, und wenn man dann noch wußte, daß er getrunken hatte, dann bestand auch nicht mehr der geringste Zweifel: Er war betrunken.

Prentice sah ihn an und schüttelte seinen Kopf. »Menschenskind!«

»Was ist denn? Komm schon, gehen wir uns ein bißchen die schöne Landschaft ansehen.«

Und dieses Mal versuchte Prentice erst gar nicht, sich zurückzuhalten, obschon er es wirklich wollte. Er hatte wieder gelogen. Es war nicht so, daß sein Vater Fundamentalist war und nicht trank. Sein Vater war überhaupt nicht viel von irgendwas, und er trank sogar eine ganze Menge. Auf jeden Fall kurz vor seinem Tod. Nachdem seine Frau gestorben war, die Stadt ihm immer mehr auf die Pelle rückte, hatte er jeden Tag mehr und mehr getrunken, bis er schließlich beinahe nie mehr richtig nüchtern war. Das war es dann auch, was ihn umgebracht hatte, nicht die Steine, obschon sie es gewesen waren, die ihn zerschmetterten. Er hatte auch an diesem Tag schon früh mit Trinken angefangen. Das war wahrscheinlich auch der Grund gewesen, wieso er den falschen Weg den Abhang hinauf genommen hatte, in einem schrägen Winkel, statt direkt gerade hochzufahren, weil er nämlich nicht mehr klar denken konnte; wieso er gefallen war, statt abzuspringen, und wieso er statt fortzurollen einfach dort liegen geblieben war, während die Steine auf ihn herunterkrachten. Gegen Ende war er auch gemein geworden. Nein, nicht gemein. Leicht reizbar, nervös. Er mußte bei Laune gehalten werden, hatte jede Menge Interesse und Fürsorge gebraucht. Prentice hatte die Arbeit von ihnen beiden erledigt, hatte für ihn gekocht und seine Kleider gewaschen und ihm ins Bett geholfen. Zuerst war es aus Respekt vor seinem Vater gewesen, dann war es Verpflichtung ihm gegenüber, und schließlich nur noch Pflicht. Und nach alldem war sein Vater vollkommen dumm und benebelt losgezogen und hatte sich umgebracht. Es machte ihn wütend und auch ein bißchen traurig.

Und jetzt empfand er ziemlich das gleiche, als der alte Mann steif vor ihm herritt und Prentice ihm folgte. Das, und dann kam auch noch Enttäuschung dazu. Nach allem, was der alte Mann über Selbstbeherrschung geredet hatte, stellte sich jetzt heraus, daß er sich selbst nicht einmal in der Gewalt hatte. Wo Prentice jetzt darüber nachdachte, fiel ihm auf, daß der alte Mann viele Dinge tat, die nicht zu dem paßten, was er sagte, diese Sache mit dem Indianer, auch ganz kleine, nebensächliche Dinge, bei denen Prentice sich nicht einmal sicher war, ob sie falsch waren, wie zum Beispiel, den Leuten zu oft zu sagen, wie man etwas zu machen hatte, wie zum Beispiel es als selbstverständlich zu betrachten, kommen und gehen zu wollen, wie ihm der Sinn stand, launenhaft zu sein und sich in Positur zu werfen. Vielleicht irrte er sich ja auch, doch er begann langsam zu argwöhnen, daß das, was er zunächst für Respekt gehalten hatte, den andere Leute ihm entgegenbrachten, letzten Endes nichts als ein Tolerieren war, und vielleicht sogar auch Belustigung. Er fragte sich, ob der alte Mann vielleicht nur eine Parodie war, und plötzlich war er ihm peinlich.

So sehr, daß er nicht mal bleiben und mit ihm streiten, sondern einfach nur so schnell wie möglich verschwinden wollte. Er stellte sich vor, was die anderen Soldaten jetzt wohl gerade sagen mochten, nachdem sie außer Sicht waren, eben einen sandigen Abhang hinunterritten, der alte Mann in seine Satteltasche griff und eine Whiskeyflasche herauszog, die zu Dreiviertel leer war, und dann davon trank.

»Komm her. Was zum Teufel ist nur los mit dir?«

Er war absichtlich zurückgeblieben, wollte sich distanzieren, doch es hatte keinen Sinn, sich auf einen Streit einzulassen. Was machte es auch schon für einen Unterschied? Er würde jetzt einfach mitmachen, dem alten Mann seinen Willen lassen. Der alte Mann würde an ihm herumnörgeln, wenn er das nicht sowieso tat. Bei der ersten sich bietenden Gelegenheit würde er zur Kolonne zurückreiten und sich Mühe geben, den alten Mann zukünftig auf Distanz zu halten. In der Zwischenzeit blieb ihm nichts anderes übrig, als bei dieser Sache hier mitzuspielen. Es hatte keinen Sinn, sich von seinen Gefühlen mitreißen zu lassen.

Also ritt er neben ihn und tat, als würde es ihn gar nicht interessieren, als der alte Mann abermals einen guten Schluck aus seiner Flasche nahm. Dann begann der alte Mann zu reden, und Prentice gab sich alle Mühe, kühl und distanziert zu bleiben, doch der alte Mann war wieder auf die alten Tage zu sprechen gekommen, und der Zauber begann zu wirken, und so sehr er sich auch bemühte, merkte Prentice, daß es sehr schwer war, sich nicht darauf einzulassen.

1884, hatte der alte Mann gesagt. Kansas und Dodge City. Wie er nach diesem langen Winter die Berge verlassen hatte, nach Süden gewandert war, wieder als Fährtensucher gearbeitet hatte, bis er schließlich in den Viehzucht-Städten gelandet war. Abilene und Ellsworth, Wichita und Dodge, jede einzelne von ihnen hatte ihre Blütezeit gehabt, hatte ihre Bedeutung an die nächste weitergegeben. 1884, ein Jahr bevor die Viehtriebe nach Kansas zurückgewiesen wurden. Doch das wußte damals noch niemand, und entgegen dem Willen der Einheimischen war Dodge damals eine ziemlich offene Stadt. Die Straßen orientierten sich an der Eisenbahnlinie, von Osten nach Westen, die eine Hälfte für die anständigen Leute, die andere Seite für die Bars und Hotels, die Spielhallen und die Bordelle.

»Sie ähnelten sich im Grunde eigentlich alle sehr. Jeder Ort bot einem praktisch alles. Glücksspiel, jede Menge Alkohol und Mädchen. Und auch jede Menge Prügeleien. Aber nichts in der Richtung, wie du es wahrscheinlich gelesen hast, mit Kerlen, die auf den Straßen standen und ihre Revolver zogen. Hauptsächlich wurde in den Rücken geschossen, manchmal auch von vorne. Ein Mann konnte eine Tür öffnen und dann feststellen, daß ihm der Kopf weggeblasen wurde. Der beste Laden, an den ich mich erinnere, war der Gold Room, ein Block vom Long Branch entfernt, ein Haus mit einer Art Spitzgiebel, in das die Sonne durch Ritzen und Spalten hineinschien, doch das Kühlhaus lag nach hinten hinaus, und die besten Zimmer befanden sich daneben. Natürlich mußte man sich ein Mädchen nehmen, um eines davon zu kriegen. Das war die Art, wie der Zuhälter des Ladens gegen die anderen konkurrierte, doch an heißen Tagen war es sein Geld wirklich wert, und manchmal war es einfach genug zu schlafen. Die Mädchen waren schon große Klasse. Ich erinnere mich noch gut daran, wie mir mal ein Jäger erzählte, was passiert war, als er in einen dieser Läden ging. Das erste, was er dort sah, war ein Kerl, der eine Kanone zog, sie jemandem ans Ohr hielt und ihm dann den Kopf wegpustete. Ein Mädchen, das mit gekreuzten Beinen auf einem Tisch saß, sprang dann herunter, rieb ihre Hände in all dem Blut auf dem Fußboden, sprang dann wieder auf, schrie ›Kikeriki‹, klatschte sich in die Hände und besprtizte sich mit dem Blut. Der Jäger sagte, er hätte sich das alles nur einen Augenblick lang angesehen, sich dann umgedreht und die Stadt verlassen. Du verstehst jetzt, wieso die Einheimischen sich unentwegt beklagten. Sie hatten eine Menge Geld, doch sie waren auf den Straßen einfach nicht sicher. In der Hauptsaison schwoll eine Stadt mit siebentausend Einwohnern auf die doppelte Größe an, ganz zu schweigen von all den Rindern. In gerade mal zwei Monaten zogen gut an die hunderttausend Rinder durch Dodge. Du kannst dir sicher vorstellen, was das für ein Lärm war, die Viehtreiber kamen in die Stadt, und dann all der Ärger auf der anderen Seite der Stadt. Sie versuchten, das Tragen von Waffen zu verbieten. Sie versuchten, Sperrstunden für die Bars durchzusetzen. Sie engagierten starke und gute Sheriffs, führten schwere Strafen ein. Nichts schien zu funktionieren. Du verstehst jetzt, wieso sie schließlich ein Gesetz verabschiedeten, das den Viehtrieb durch die Stadt völlig verbot. Natürlich gab es zu diesem Zeitpunkt die großen Namen alle nicht mehr. Earp und Holliday und Masterson, sie alle hatten ihre eigenen Probleme, und außerdem, die Zeichen der Zeit waren für jeden deutlich genug zu erkennen. Dodge wurde erwachsen. Im Jahre 1884 hatten sie dort eine Rollschuhbahn.

Ach, verdammt, vergiß die Rollschuhbahn. Es hatte dort sogar ein Wasserwerk und Telefone. Die Stadt würde sich die Sache mit den Rindern nicht mehr lange gefallen lassen.

Also schloß ich mich einigen Viehtreibern an und zog Richtung Süden. Eine Zeitlang arbeitete ich dann als Fährtensucher unten in Texas. Etwa um das Jahr 1885 hatte ich El Paso erreicht. Dort gab es eine Bar, die mir gefiel. Der Gem Saloon. Und eines Abends wurden dann zwei Kerle in die erste richtige große Schießerei verwickelt, die ich je zu sehen bekommen hatte. Wyatt Earp war auch dort. Das einzige Mal übrigens, daß ich ihm begegnet bin. Er spielt in dieser Geschichte eine große Rolle, allerdings nicht so, wie du jetzt vielleicht denkst. Ich saß also in diesem Saloon, als zwei Kerle hereinkamen und an der Bar zu trinken anfingen. Sie brauchten wirklich nicht viel. Sie waren schon betrunken, als sie hereinkamen. Sie hatten irgendeinen Streit mit einem Burschen etwas weiter die Straße hinunter gehabt. Der Kerl hatte sich verdrückt, und jetzt waren sie auf der Suche nach ihm. Sie hatten irgendeinen Ärger mit dem Besitzer des Gem, der ihre Drinks nicht anschreiben wollte. Anschließend hatten sie irgendeine Meinungsverschiedenheit mit einem Spieler, der sie anstarrte. Schließlich trennten sie sich, der eine Kerl ging in eine andere Bar, während der zweite blieb, um zu sehen, was er finden konnte. Von der Bar aus kam man in einen zweiten Raum, wo immer jemand Musik machte, und schließlich ging der Bursche, der zurückgeblieben war, dort hinein und zog seinen Revolver und brüllte: ›Wo ist dieser Bastard, der heute abend reingekommen ist?‹ Nun, von meinem Sitzplatz aus konnte ich in den angrenzenden Raum hineinsehen, und Soldaten duckten sich neben ihre Stühle, Zivilisten rannten in Panik in den hinteren Teil des Raumes, die Musik hörte auf, die Revue-Mädchen liefen auf eine Seite, und dieser Kerl stand mit seiner gezogenen Kanone einfach da, bis er schließlich sah, daß der Bursche, den er haben wollte, nicht dort war. Er steckte seinen Revolver wieder ein, nahm seinen Hut ab und verbeugte sich. ›Entschuldigen Sie bitte. Entschuldigen Sie.‹ Dann lächelte er und drehte sich um und ging wieder hinaus.

Und dann sah er Earp. Er saß in einer Nische, und der andere Kerl erkannte ihn sofort. Ich selbst hatte gar nicht gewußt, daß Earp dort war. Offensichtlich hatte das niemand gewußt, doch wir kapierten alle sehr schnell. Der Kerl ging zu ihm hinüber, versuchte einen Streit vom Zaun zu brechen. Earp war dort, um sich mit einem Freund zu treffen, und er wollte keinen Ärger, also stand er einfach auf und zeigte, daß er nicht bewaffnet war. Dann setzte er sich wieder und sagte, daß er nicht kämpfen würde. Er war nicht besonders groß oder so. Sein Gesicht war hager. Er hatte diesen langen, grauen, hängenden Schnurrbart und die Haare hatte er sich mit Pomade zurückgekämmt. Er trug einen schicken Anzug, hatte sogar eine Uhrkette, doch er blinzelte nicht mal. Er hatte die härtesten Augen, die ich jemals gesehen habe. Er starrte diesen Kerl einfach nur an, und der Bursche wußte, daß er es besser nicht drauf ankommen lassen sollte, und gab klein bei.

Oh, er war wirklich ein schlauer Bursche, obschon es ihm nicht viel einbrachte. Denn kaum war er zurückgewichen, da drehte er sich um und entdeckte diesen Cowboy an der Bar. Der Cowboy hatte gegrinst. Dann riß er sich schnell zusammen, allerdings nicht schnell genug. Der Kerl ging zu ihm hinüber und versuchte, mit dem Cowboy Streit anzufangen. Doch der Cowboy hatte keinen Revolver, also machte der Kerl weiter und beschimpfte ihn. Schließlich wurde er es leid, ging in eine Ecke hinüber, wo der Billardtisch stand, lehnte sich gegen die Wand und beobachtete alles. Der Kerl stand etwas abseits. Der Cowboy sah, daß er nicht in seine Richtung blickte, brummte, daß es ihm reichte, und ging zu dem

Spieler. Ich nehme an, er glaubte wohl, der Spieler würde mit ihm sympathisieren. Denn immerhin, der Kerl hatte den Spieler schließlich auch schon angepöbelt. Doch als er den Spieler dann nach einer Kanone fragte, erhielt er ein Nein als Antwort. Ich erinnere mich noch genau daran, was er sagte. ›Komm, mach dir keinen Ärger und verschwinde von hier.‹ Er klang, als würde er unsere Sprache nicht besonders gut beherrschen. Er war aber kein Mexikaner. Irgendwie ein Europäer. Jedenfalls, dem Cowboy gefiel das nicht. Er ging um den Tisch, suchte nach einer Kanone und fand auch tatsächlich eine in einer Schublade. Und genau in diesem Augenblick sah der Kerl in der Ecke wieder zu ihm hinüber, und er sah, was der Cowboy vorhatte. Mit gezogener Waffe kam er aus seiner Ecke, doch er war betrunken, und der Cowboy wußte genau, was er tat. Er kniete sich und packte die Waffe mit beiden Händen, und er schoß zweimal, einmal in die Schulter, einmal in den Bauch. Es wirbelte ihn herum, so daß der Kerl selbst nur einen einzigen Schuß abgeben konnte, auf den Billardtisch nämlich, bevor er nach draußen taumelte und dort offensichtlich vor eine Straßenbahn fiel, die gerade vorbeikam. Später erzählte man mir, daß er gestorben war. Der Cowboy ließ seine Waffe fallen und verließ den Saloon durch den Hinterausgang.

Und damit hatte es sich dann, dachten wir. Wir machten es uns wieder gemütlich und tranken weiter. Der Besitzer begann sauberzumachen. Dann kam ein Mann hereingelaufen und sagte, daß der andere Bursche zurückkäme, der, der am Anfang mit dem anderen Kerl zusammengewesen war. Das Problem war, daß dieser andere Kerl die Geschichte falsch mitgekriegt hatte. So wie man ihm die Sache erzählt hatte, war es nicht der Cowboy gewesen, der seinen Freund erschossen hatte, sondern der Spieler. Was für ihn auch einen Sinn ergab, da sie ja zuvor mit dem Spieler schon Streit gehabt hatten. Und jetzt kam er zurück, um abzurechnen. Nun, der

Spieler ... ich habe noch nie einen Mann gesehen, der eine solche Angst hatte. Zunächst mal hatte er auch nicht die geringste Ahnung von Waffen. Die Kanone war nur deshalb in der Schublade gewesen, weil der Besitzer des Saloons sie dort hineingelegt hatte. Er hatte keinen Ärger haben wollen. Er wollte nicht in diese Sache hineingezogen werden, doch ihm blieb keine große Wahl. Er sah keinerlei Möglichkeit, wie er fliehen sollte. Der Kerl würde ihm nur folgen. Er sah allerdings auch keine Möglichkeit, einfach tatenlos sitzenzubleiben. Der Kerl würde ihn dann einfach erschießen. Dennoch war er mutig. Das muß ich zu seinen Gunsten schon sagen. Er packte die Waffe, die der Cowboy fallengelassen hatte und versuchte sich darüber klar zu werden, was er jetzt tun mußte, und genau an diesem Punkt schritt Earp ein. Zuerst dachte ich schon, daß Earp nun die Waffe nehmen und damit selbst gegen den anderen Kerl antreten würde. Beinahe fühlte ich mich richtig erleichtert. Doch das war es nicht, was er dann tat. Ich weiß nicht wieso, aber jedenfalls fing er an, mit diesem Burschen zu reden, und ich erinnere mich noch heute genau daran, was er gesagt hat. Es war eine der bemerkenswertesten Sachen, die ich jemals jemanden habe sagen hören, ein kompletter Schnellkurs in der Kunst zu schießen, direkt an Ort und Stelle, nicht von der Sorte, wie es in Büchern beschrieben steht, sondern so, wie es wirklich war, und jeder einzelne Satz war präzise und exakt.

›Gib ihm keine Chance. Er wird kommen und sofort schießen. Spann den Hahn von deinem Revolver, aber zieh nicht eher ab, bevor du ganz sicher bist, auf was du schießt. Ziel auf seinen Bauch, ziemlich tief. Der Revolver wird durch den Rückschlag ein bißchen nach oben verreißen, aber wenn du ihn richtig festhältst und wartest, bis er nahe genug ist, kannst du gar nicht danebenschießen. Bleib ganz ruhig und laß dir Zeit.‹

Und der Kerl kam durch die Tür, und Earp trat schnell

zurück. Der Spieler flehte den Burschen an, doch aufzuhören. Der Kerl kam weiter herein, schoß. Man sah deutlich, wie die Kugeln in der Wand einschlugen. Und der Spieler hielt den Revolver in der Hand und wartete. Himmel auch, er wartete so lange, bis ich mir schon kaum noch vorstellen konnte, wie der andere Kerl ihn überhaupt verfehlen konnte. Der Kerl kam immer näher, bis er beinahe direkt vor ihm stand, und dann zielte der Spieler und drückte ab, schoß zweimal, der letzte Schuß ging genau ins Herz. Ich habe nie etwas gesehen, was das übertraf. Der Spieler drehte sich dann zu Earp um und bedankte sich, und Earp saß einfach da und lächelte. Das letzte, was ich hörte, war, daß der Spieler anschließend die Stadt verlassen und sich irgendwo dem Cowboy angeschlossen hat.«

Und der alte Mann machte weiter, trank, ritt, erzählte Geschichten. Die Flasche hatte er schon vor einer ganzen Weile ausgetrunken, hatte sie fortgeworfen, sich zurückgelehnt, um in seine Satteltasche greifen zu können, dann eine weitere herausgenommen. Irgendwie wirkte es sogar schmalzig, als er die Flasche fortwarf. Wenigstens schoß er nicht darauf, dachte Prentice. Er hatte schon befürchtet, daß der alte Mann seine Pistole ziehen und die Flasche zerschießen würde, nachdem er sie weggeworfen hatte, und das wäre einfach zuviel gewesen. Alkohol und Waffen, und dann auch noch andere Leute wissen zu lassen, daß er in der Nähe war. Doch dann fuhr der alte Mann fort zu erzählen, und wieder begann der Zauber zu wirken, und wieder merkte Prentice, daß er sich davon einfach nicht losreißen konnte. Er hatte das Gefühl, als ob der alte Mann an diesem Tag seine ganze Lebensgeschichte durchgehen würde, sich über jeden wichtigeren Abschnitt vorarbeiten würde, dann alles so ordnete, bis er schließlich in den Gegenwart ankam. Eine Überprüfung der eigenen Geschichte, des Gewissens, irgendwas, die Suche nach irgendeinem Sinn, und Prentice stellte fest, daß er davon gefangen wurde. Wie er nach diesen Bergen und diesem Winter Richtung Süden gezogen war, um sich von der Kälte fernzuhalten, er konnte die Kälte nicht vertragen, nach Texas gegangen war und von dort aus weiter nach Mexiko, dann weiter nach Süden, bis er schließlich beinahe den Dschungel erreichte, und dann wieder umgekehrt war. Er brauchte Jahre dafür. Er suchte nach Gold. Er machte in Dörfern Halt und half den Menschen dabei, ihr Land zu bewirtschaften. Wieder arbeitete er mit Rindern.

»Dort unten gibt es eine Stadt. Parral. Ich war auf dem Hin- und Rückweg dort. Vor dreißig Jahren. Freundlich, groß. Ich frage mich, wie sie sich wohl verändert haben mag. Der Major sagt, wir würden dorthin gehen. Es ist so eine Art Tor zum Süden, und falls Villa irgendwo in der Nähe ist, dann würden es die Leute dort sicher wissen.«

Inzwischen sprach er schleifend, viel langsamer, nicht mehr so viel, wurde müde. Er nahm einen weiteren Schluck aus seiner Flasche, zügelte sein Pferd und schaute sich um.

»Ich muß mal pissen.«

Er sagte das mit einer Entschlossenheit, als wäre wenigstens soviel sicher. Er rutschte von seinem Pferd. Sein linkes Knie gab nach, und um ein Haar wäre er hingefallen. Dann stand er gerade da, reckte seine Brust, die Augen starr geradeaus. Er zeigte auf einen Felsbrocken und ging auf ihn zu. Er kam ein bißchen von seinem geraden Weg ab. Er machte sich an seiner Hose zu schaffen, griff hinein und, nachdem er einen Augenblick wartete, urinierte dann auf den Stein. Der Felsbrocken wurde dunkel. Er bewegte sein Becken, zielte auf die wenigen noch hellen Stellen. Dann war nur noch eine einzige übrig, und der Urinstrahl wurde schwächer, wanderte zu ihm zurück und dann tropfte es nur noch. Er spannte sich an, und ein letzter winziger Urinstrahl machte den hellen Fleck schließlich auch noch dunkel.

»So«, sagte er und nickte, verstaute seinen Penis und machte die Hose wieder zu. Er drehte sich um und lächelte, machte sich auf den Weg zurück und stürzte.

Irgend etwas knackte. Er lag dort, versuchte aufzustehen und sackte zurück.

Prentice sprang von seinem Pferd und lief zu ihm.

»Ist mit Ihnen alles in Ordnung?« Er packte ihn unter die Arme. Das Hemd des alten Mannes war schweißnaß.

»Ich bin müde. Mir geht's gut.«

Prentice half ihm auf die Beine.

»Sind Sie sicher?«

»Gottverdammt, das hab' ich doch gerade gesagt, oder nicht? Ich hab' dir doch gesagt, daß ich schon in Ordnung bin.«

Prentice blickte auf den Stein hinab, auf den der alte Mann mit seinem Oberkörper gelandet war.

Der alte Mann stieß seine Hände fort. »Ich hab' dir doch gesagt, laß mich in Ruhe!«

»Sie haben mir nicht gesagt, daß ich Sie in Ruhe lassen soll.«

»Tja, dann hab' ich's dir jetzt eben gesagt.«

»Verdammt auch, na schön.«

Und Prentice mußte sich das nicht gefallen lassen. Es spielte keine Rolle, daß er den Grund verstand. Es war dem alten Mann peinlich, daß er gestürzt war, und jetzt mußte er das irgendwie kompensieren. Sein Vater war auch so geworden, und er brauchte sich das wirklich nicht gefallen zu lassen.

Außerdem war ihm auch der Grund für das Knacken klar, das er gehört hatte. Es war nicht, daß er befürchtete, der alte Mann hätte sich die Rippen gebrochen, obschon das durchaus der Fall sein könnte, doch das bezweifelte er. Der alte Mann war mit seinem Brustkorb so aufgeschlagen, daß die Westentasche, in der die Uhr steckte, gegen den Stein gekracht war. Als er ihm aufgeholfen hatte, hatte Prentice seine Hand auf die Stelle gelegt, wo die Uhr war, und er hatte ein leises metallisches Schrammen gehört und mehrere bewegliche Teile berührt. Er sagte kein Wort. Der alte Mann wußte es. Der Ausdruck in seinen Augen hatte sich verändert, als Prentice die Uhr gefühlt hatte. Deswegen war er nicht aufgestanden; nicht weil er benommen war, sondern vielmehr weil er begriff, was er getan hatte. Und das war noch ein weiterer Grund, warum er so mürrisch geworden war. Er glaubte, daß er sich dem Problem nicht stellen müßte, wenn er einen Streit vom Zaun brach.

Sie sahen sich an, jeder von ihnen verstand genau, was vor sich ging, und sie waren beide wütend, und den ganzen Ritt zurück wechselten sie kein Wort mehr miteinander, und sie sprachen nicht über die Uhr, und Prentice bekam sie danach nie wieder zu sehen.

66

»Ich möchte, daß du weißt, daß wir dir dankbar sind.«

Prentice verstand nicht.

Der Major führte ihn weiter vom Lager fort. »Für das, was du für ihn tust.«

»Der alte Mann?«

»Ja.«

Also deswegen hatte der Major mit ihm sprechen wollen, deswegen hatte er ihn zur Seite genommen und ihn hierher geführt. Er konnte es nicht ganz glauben. Nach allem bedankte der Major sich jetzt bei ihm. Er mußte einfach seinen Kopf schütteln.

»Ich habe noch nie zuvor erlebt, daß er sich so wie jetzt für etwas interessierte. Wirklich. Ich weiß das zu schätzen. Er ist kein einfacher Mann.«

»Das ist noch sehr vorsichtig ausgedrückt.«

Der Major mußte lächeln. »Ich weiß. Oh, als wüßte ich das nicht auch. Aber es ist die Mühe wert. Es gibt gewisse

Arten von Menschen, denen man Zugeständnisse machen muß, und Calendar ist einer von ihnen. In ihm steckt so viel, er hat so viele Talente, es gibt soviel, das er getan und gelernt hat. Wir haben eine ganze Weile auf seine Kosten gelebt, und jetzt wird es langsam Zeit, daß er wenigstens ein bißchen zurückbekommt.«

Prentice fragte nicht.

»Ich weiß, das scheint nicht zu ihm zu passen. Du hast ihn nicht zu seiner besten Zeit erlebt. Vor sechzehn Jahren, es war auf Kuba, da stürmte er einen Hügel hinauf, auf ein Maschinengewehr in einem Blockhaus zu, während um ihn herum die Soldaten fielen. Sein Gewehr hielt er vor sich ausgestreckt, er lief, rutschte in dem langen Gras auf dem Bergrücken aus, und das MG schoß immer weiter, und die Soldaten überall um ihn herum fielen, und er lief einfach weiter, ließ alle anderen hinter sich zurück, leerte das Magazin seines Gewehres, warf es fort, schoß mit seiner Pistole weiter, das MG war direkt vor ihm, er lief, er wich blitzschnell zur Seite aus, und dann beugte er sich durch das Fenster in das Blockhaus hinein, schoß, leerte sein ganzes Magazin, nahm einen zweiten Revolver heraus, beugte sich wieder hinein und wieder schoß er, und er tötete mehr Männer, als ich Zeit zum Zählen hatte, und als ich später mit anderen Männern darüber redete, sagten sie mir, daß seine Kleider praktisch nur noch Fetzen gewesen waren. Diese MG-Kugeln waren seine eine Seite hinauf und die andere wieder hinuntergefegt, hatten ihn gestreift, hatten alles gemacht, außer ihn richtig zu treffen, und sein Hemd und seine Hose hatten dermaßen viele Löcher, daß man gar nicht mal anfangen konnte zu zählen. Ich möchte, daß du weißt, daß er mein Freund ist. Es macht mir nichts aus, wenn er dich aus der Marschkolonne herausholt und mit dir davonreitet, um das zu tun, was er ›dich unterrichten‹ nennt. Es ist mir egal, was er macht. Solange es ihm nur hilft, ist es schon in Ordnung.«

»Und was ist mit seiner Aufgabe? Was ist mit seinem Job?«

Der Major sah ihn an. »Nun, da brauchst du dir keine Sorgen zu machen. Wenn die Zeit da ist, wenn es Ärger gibt, dann kannst du darauf wetten, daß er seine Pflicht schon erfüllt, wirklich gut erfüllt. Und du machst deine Augen auf, paßt gut auf und lernst von ihm.«

Und das Problem war, er wußte genau, daß der Major recht hatte. Der alte Mann würde seine Arbeit gut machen. Selbst wenn er ganz schlecht war, war der alte Mann doch immer noch besser als die meisten anderen Leute, wenn sie Höchstleistungen zeigten. Ungeachtet ihrer Differenzen, es gab immer noch sehr viel, was er von ihm lernen konnte. Und überhaupt – wenn er sich an seinem Geburtstag betrunken und sich selbst bemitleidet hatte, was spielte das denn schon im Grunde für eine Rolle? Das Problem war nur, man konnte es noch ganz anders sehen, und Prentice wußte nicht, was er tun sollte. Er dachte, daß er alles begriffen hätte. Der alte Mann war eine Nervensäge. Besser, sich von ihm fern zu halten. Und jetzt wußte er es nicht mehr. Er mochte ihn, und mochte ihn gleichzeitig auch wieder nicht, und zusätzlich zu allem anderen war der Major dann noch angekommen und hatte ihm eine öffentliche Verpflichtung aufgebürdet. Jesus Christus und Herr im Himmel.

67

»Ich finde, wir sollten uns besser mal unterhalten.«

Der alte Mann sah ihn an. Er lag ausgestreckt unter einer Decke, den Kopf gegen seinen Sattel gelehnt, ein Stück abseits von den anderen Männern. Seine Augen waren geschlossen, als er zu ihm kam, doch Prentice begann trotzdem zu reden, und der alte Mann drehte seinen Kopf und sah ihn an.

Dann sagte keiner von ihnen ein Wort.

Prentice blickte auf die Erde. Er wußte einfach nicht, wie er es sagen sollte: »Ich habe Sie angelogen.«

Der alte Mann zuckte nur mit den Achseln.

»Ich habe Ihnen erzählt, mein Vater würde in einer Wohnung in irgendeiner Stadt leben, was aber gar nicht stimmt. Er ist tot.«

Wieder zuckte der alte Mann mit den Achseln. »Ich weiß.«

Prentice hielt sich nicht damit auf nachzufragen. »Ich habe Sie auch noch in einem anderen Punkt angelogen. Das heißt, vielleicht habe ich nicht direkt gelogen, aber ich habe Ihnen jedenfalls auch nicht widersprochen. Sie hatten recht. Ich habe in Ihnen tatsächlich so etwas wie meinen Vater gesehen. Auf eine Weise wenigstens. Sie haben mir das Leben gerettet. Eine Zeitlang wußte ich nicht, was ich hier überhaupt zu suchen hatte. Ich weiß, daß ich für das hier nicht geeignet bin. Ich habe in Ihnen so was wie eine Sicherheitsvorkehrung gesehen. Jemanden, mit dem ich reden konnte, jemand, der mich beschützen konnte.«

»Das war von Anfang an ziemlich offensichtlich. Was spielt das schon für eine Rolle?«

»Es spielt die Rolle, daß nichts davon funktioniert. Es gibt Dinge an Ihnen, die mir nicht gefallen. Die halbe Zeit bin ich von Ihnen enttäuscht. Nein, das ist nicht ganz richtig. Ich bin sogar angeekelt von Ihnen. Und die Dinge, die Sie mir beibringen können, scheinen mir auch gar nicht mehr so wichtig zu sein. Ich reiße einfach nur meine Zeit ab. Wenn das hier erst vorbei ist, werde ich fort sein. Ich habe Sie benutzt. Und jetzt verhalte ich mich falsch und schäme mich dafür. Ich wollte alles erklären, wollte Ihnen sagen, daß es mir leid tut.«

»Ist das alles? Bist du jetzt fertig?«

»Ich will Ihnen nur noch sagen, daß ich Sie jetzt nicht mehr benutzen werde. Wir sind uns nahe genug, daß wir nicht anders können, als zusammen zu sein, aber es wird nicht mehr so sein wie vorher. Wenn Sie sich nicht richtig verhalten, werde ich nicht in der Nähe sein.«

»War's das dann jetzt? Bist du sicher?«

Prentice sah ihn an und nickte.

»Gut, na schön, dann will ich dir jetzt mal was sagen. Ich hatte einmal eine Frau und einen Sohn. Das war 1896. In El Paso. Nachdem ich aus Mexiko zurückgekommen bin.«

Prentice mußte ihn einfach groß anstarren.

»Ja, sicher«, sagte der alte Mann. »Das wußtest du nicht, was? Tja, aber es stimmt trotzdem. Das habe ich nie erwähnt.«

»Was ist aus ihnen geworden?«

»Ich weiß es nicht. Sie hat den Jungen genommen und ist in den Osten zurückgegangen. Er war noch ein Baby, aber ich habe ihn sehr gemocht. Er müßte jetzt ungefähr in deinem Alter sein, vielleicht ein bißchen älter. Du suchst jemanden, den du respektieren kannst. Ich suche jemanden, der mir treu ist. Wir haben uns *beide* enttäuscht.«

Prentice spürte, wie die Anspannung von ihm abfiel. Er hatte sich darauf eingerichtet, diese Sache bis zum Ende auszudiskutieren, doch jetzt schien es einfach nicht mehr wichtig zu sein. Nichts schien mehr wichtig zu sein. Ehe es ihm richtig bewußt wurde, hatte er sich auf die Erde neben den alten Mann gesetzt, starrte seine Hände an, atmete dann tief ein und sah ihn an. »Also, wo stehen wir jetzt?«

»Nirgendwo. Wir haben beide zuviel nachgedacht. Jetzt verstehen wir, und was wir verstehen, gefällt uns nicht. Vielleicht würde es helfen, wenn wir ehrlich wären. Vielleicht, wenn wir aufhören würden über das nachzudenken, was der andere sein könnte, und ihn statt dessen einfach so akzeptieren würden, wie er ist, vielleicht könnten wir dann Freunde sein.«

Prentice blickte wieder auf seine Hände. Das hier war alles anders, als er erwartet hatte. Er hatte alles durchdacht, sich alles genau überlegt, und dann hatte er sich entschieden, einen ehrlichen klaren Schlußstrich zu ziehen, und zu warten, bis das hier alles vorbei war.

Doch der alte Mann hatte immer neue Überraschungen für ihn auf Lager. Gerade wenn er glaubte, alles begriffen zu haben, fügte der alte Mann irgendeine neue Facette hinzu, und dann war er wieder verwirrt und durcheinander. Er hatte nie weiter darüber nachgedacht, wieso der alte Mann einverstanden gewesen war, ihm zu helfen. Er hatte geglaubt, es wäre um seiner selbst willen gewesen, und nicht wegen irgendeinem besonderen Bild, das der alte Mann von ihm hatte. Es war ihm nie in den Sinn gekommen, daß der alte Mann ein ganz spezielles Interesse an ihm haben könnte.

»Wollen Sie ihn eigentlich nie sehen?«

»Doch, sicher möchte ich das. Aber sie hat mir nie verraten, wohin sie ging.«

»Was war das denn für eine Sache?«

»Eine notwendige. Das Kind war nicht von mir. Sie hatte ihn von einem anderen Mann, von einem Kerl, den ich kannte und mit dem ich damals zusammen als Viehtreiber arbeitete. Der Bursche wurde krank und starb. Ich bin zu ihr gegangen um zu sehen, ob ich irgendwie helfen konnte. Und dann machte ich ihr auch schon einen Antrag.«

Der alte Mann schwieg eine Weile und drehte sich eine Zigarette.

»Es war das, was man eine Vernunftehe nennen könnte. Ich mache mir da nichts vor. Ich habe nichts Besonders an mir, das eine Frau anziehend oder interessant finden könnte, abgesehen vielleicht von meiner Kraft. Aber sie war fast fünfundzwanzig Jahre jünger als ich, und sie hatte ein Kind, und es gab erheblich mehr Männer als Frauen, von denen die meisten bereit waren, ihre

Situation auszunutzen. Nun, ich denke, sie war wohl ein wenig so wie du. Sie sah so etwas wie ein Versprechen auf Schutz und Geborgenheit in mir. Und ich ... Tja, ich war fast fünfzig. Ich hatte viel gesehen, ich hatte viel gemacht, aber ich hatte immer noch nichts vorzuweisen. Ich sah das Kind an und begann nachzudenken, und wie ich schon sagte, den einen Tag half ich ihr, und am nächsten machte ich ihr schon meinen Heiratsantrag. Sie hat wirklich ihr Bestes getan. Das muß ich ihr schon lassen. Sie behandelte mich so gut, wie ein Mann es sich nur wünschen konnte. Und auch ich habe mein Bestes gegeben. Ich konnte nicht Frau und Kind haben und gleichzeitig so weiterleben wie zuvor. Ich nahm einen Job in der Stadt an, arbeitete als Verkäufer in einem Waffengeschäft. Als mir das zuviel wurde, arbeitete ich lange Zeit auf dem Bau. Aber weißt du, das war im Grunde alles wirklich nicht das, was ich brauchte. Ich hatte wirklich nicht das Bedürfnis, immer weiter nur auf Achse zu bleiben, aber ich hatte mein ganzes Leben lang immer draußen im Freien gelebt, und sie spürte einfach, daß ein Teil von mir fehlte. Ich nehme an, man muß es mir wirklich angemerkt haben. Es machte mir nichts aus. So wie ich mich fühlte, hätte ich gerne alles gegeben, doch es begann, meine Substanz anzugreifen, mich fertigzumachen, mir die Freude an den Dingen zu nehmen, und ich denke, das hat ihr ein schlechtes Gewissen gemacht. Schließlich, sie liebte mich ja nicht. Wenigstens darüber waren wir uns von Anfang an klar gewesen. Und junge Menschen, du weißt schon, sie haben Ambitionen, Ehrgeiz, Energie, sie unternehmen gerne etwas, während ich schon glücklich und zufrieden damit war, nach der Arbeit müde und abgespannt nach Hause zu kommen und zu sehen, daß die Rechnungen bezahlt waren, zu sehen, daß sie genug zu essen und anzuziehen und ein anständiges Dach über dem Kopf hatten.

Eines Tages sagte sie mir einfach, daß sie gehen würde.

Ich denke, ich verstand sie. Sie brauchte Hilfe, sie hatte Hilfe bekommen, und jetzt wußte sie einfach, daß es nicht funktionieren würde. Es nützte ihr nichts und es nützte mir nichts, sagte sie. Wir sprachen sehr viel darüber. Ich würde alles für sie tun. Ich bezahlte ihnen sogar die Reise. Du kannst dir nicht vorstellen, wie ich mich gefühlt habe, als ich diesen Jungen gehen sah.«

»Und sie hat Ihnen niemals gesagt, wohin sie gegangen ist?«

Er schüttelte seinen Kopf. »Ich sah sie zum letzten Mal, als sie aus dem Fenster des abfahrenden Zuges zu mir herausschaute. Ich frage mich oft, was wohl aus dem Jungen geworden ist.«

»Aber was ist mit ihr? Wie denken Sie heute von ihr?«

»Sie war die netteste Frau, die ich je kennengelernt habe. Vielleicht nicht die attraktivste, aber auf jeden Fall die netteste. Bis heute nehme ich ihr nichts übel. Doch über den Jungen denke ich oft nach. Die ganze Sache dauerte etwas länger als ein Jahr ... Anschließend meldete ich mich zur Army. Und dann war ich auf Kuba.«

Der Wechsel kam so unvermittelt, daß Prentice nicht weiter auf dem Thema beharrte. Er wartete eine Weile, und der alte Mann sagte nichts mehr. Er saß dort, während die Nacht anbrach. Dann streckte er seine Hand aus und sagte: »Also gut.« Und der alte Mann sah ihn an und schlug ein.

Er fühlte sich so gut wie schon lange nicht mehr.

68

Und zwei Tage später in der Nähe von Parral war es zu Ende. Sie hatten ein scharfes Tempo vorgelegt, um dorthin zu gelangen, waren davon überzeugt, daß Villa sich dort verkrochen hatte. Es war logisch und naheliegend – das Tor zum Süden. Wenn er nicht schon durchgekommen wäre, dann dachte er zumindest daran. Das Gefecht in Guerrero, ein zweites kurz darauf in Agua Caliente, hatte seine Bande zuerst halbiert und dann noch einmal halbiert. Das alles hatten sie von den Gefangenen erfahren, die die anderen Trupps gemacht hatten. Wenn sie ihm weiter hart nachsetzten, würde ihm gar nichts anderes übrigbleiben, als nach Süden zu ziehen und sich neu zu formieren.

Daher beeilten sie sich nach Parral zu kommen, und einen Tagesmarsch von der Stadt entfernt stießen sie dann auf eine Farm. Es war nichts Besonderes. Der Major und der alte Mann lagen auf dem Kamm eines Berges und beobachteten sie aufmerksam. Ein Haupthaus, das durch ihre Feldstecher gerade groß genug zu sein schien, um ein oberes Stockwerk zu haben. Eine eingestürzte Mauer, ein zusammengebrochenes Dach, eine zerfallende Veranda. Der Major deutete auf den verrotteten Wetterschutz für die Pferde, auf das zerstörte Gatter des Korrals. Der alte Mann nickte, musterte die kleineren Gebäude. Zwei befanden sich hinter dem Haupthaus, und

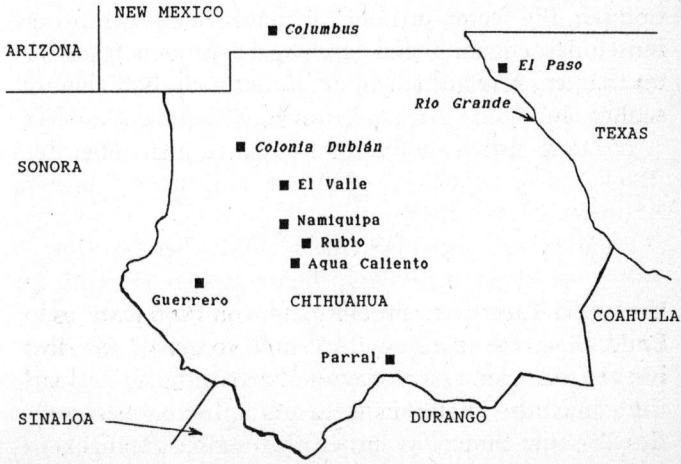

ein kleines Stück links davon ein drittes. Im Gegensatz zum Haupthaus und dem Pferch für das Vieh waren die Türen hier geschlossen, die Mauern intakt.

»Könnte sein. Könnte auch nicht sein«, sagte der alte Mann. »Es könnte sein, daß sie einfach nur ein paar Sachen zerstört haben, damit es verlassen aussieht.«

Also trafen sie eine Entscheidung und marschierten weiter hinunter. Ein Lieutenant und der alte Mann nahmen eine Gruppe und versuchten, sich von hinten der Farm zu nähern, während der Major wartete, bis sie das Gelände in die Zange nehmen konnten. Wenn der Major dann sah, daß sie an die Farm herankamen, würde er mit seiner eigenen Gruppe losreiten.

Die Gruppe des alten Mannes brauchte eine Stunde. Gott allein weiß, wer auf die Idee gekommen war, dort eine Farm zu errichten. Gott allein weiß ebenfalls, aus welchem Grund. Es gab nichts, was auf diesem Land wachsen würde, und es gab auch nichts für die Pferde. Nichts als Sand und Felsen und ausgetrocknete Bachbetten. Rauf und runter und noch ein paar Mal rauf und runter. Es wuchsen nicht einmal Kakteen dort.

Für die zwei Meilen schienen sie eine Ewigkeit zu benötigen. Sie waren auf der rechten Seite aufgebrochen, hatten dann einen Bogen geschlagen, waren langsam geritten, um keine Staubfahne hinter sich herzuziehen, hielten genügend Abstand, um nicht entdeckt zu werden. Dann hatten sie ihre Pferde genau gegenüber dem Bergkamm gezügelt, von dem sie aufgebrochen waren, und rückten auf die Farm vor.

Prentice hatte irgendwie das Gefühl, über den Dingen zu schweben, gar nicht wirklich dort zu sein. Die Glut der Sonne, die auf ihn einschlug, die unfruchtbare gelbe Landschaft, das monotone Auf und Ab über die Wellenformationen der ausgetrockneten Bachläufe, all das hatte ihn eingelullt. Er wußte, daß er aufmerksamer sein sollte. Er war sogar ein wenig nervös. Doch er konnte nichts gegen dieses Gefühl machen, als wäre er irgendwie über den Dingen und würde sie unbeteiligt beobachten. Interessiert blickte er zu dem alten Mann hinüber, der dort ritt und mit dem Lieutenant sprach: Er sprach leise, streckte seinen Arm aus, als sie ein wenig näher heranritten. Die übrigen Männer ritten langsam, blickten immer wieder nach links und rechts. Ihre Körper bewegten sich im Rhythmus ihrer Pferde. Dann kamen sie an eine Stelle, wo mehrere Bachläufe zusammentrafen, direkt auf die Farm zu führten. Dort ritten sie hinunter, und jetzt wurde sein Gefühl, gar nicht beteiligt zu sein, nur noch stärker. Die schrägen Wände des Flußbettes verdeckten den Horizont. Auf beiden Seiten sah er nichts als Felsen und Sand und andere Bachläufe, die in diesen einmündeten. Eine Welt ganz für sie allein. Reiter bewegten sich langsam, die Hufe der Pferde klapperten auf dem harten Boden, Zuggurte klirrten. Nur sie und der Himmel. Die Rinne bog in eine Richtung ab, änderte noch mal die Richtung, wurde tiefer, breiter, führte direkt auf die Farm zu, und er legte einfach die Hände in seinen Schoß und folgte.

Seit dieser Nacht hatte es keine Gelegenheit mehr gegeben, viel mit dem alten Mann zu reden. Sie hatten einfach zuviel zu tun gehabt. Der alte Mann war den größten Teil des Tages als Kundschafter unterwegs, kehrte abends müde zurück, wollte nur noch schlafen. Trotzdem waren die wenigen Male, die sie sich unterhalten hatten, sehr angenehm gewesen. Er hatte das Gefühl, als wäre der alte Mann jetzt offener, weniger gezwungen. Nicht, daß er sehr lange redete oder sonderlich viel bedeutungsvolle Dinge sagte. Doch sein ganzes Verhalten war ungezwungener, als hätte er innerlich eine schlimme Sache durchgemacht und hinter sich gelassen, als würde er sich jetzt frei und erleichtert fühlen.

Prentice ging es genauso. Auch er fühlte sich erleichtert und freier. Nachdem er jetzt verstanden hatte, warum er sich so verhalten hatte, wie er sich verhalten hatte, stellte er fest, daß er sich und seine Gefühle kontrollieren konnte. Er spürte, daß er irgendwie ein Stück gewachsen war, sich ein Stück weiterentwickelt hatte, daß er jetzt seine Bedürfnisse und Unsicherheiten akzeptiert hatte. Er blickte wieder zu dem alten Mann nach vorne. Er sprach jetzt nicht mehr und musterte die Schlucht, während sie weiterritten. Es war gut, den alten Mann wieder bei der Arbeit zu sehen. Es bestand auch nicht der geringste Zweifel: Der alte Mann wußte genau, was er tat. Es hatte auch nicht einen Augenblick gegeben, an dem er die Sache nicht in der Hand gehabt hätte. Wenn er sich auch für ein paar Tage hatte gehen lassen, jetzt war er wieder in Hochform, und vielleicht war das auch der Grund, warum der Junge sich nun so sehr als Außenstehender vorkam, zwar mit dem Trupp zusammen ritt, doch mit einem großen Teil seines Selbst ganz woanders war – weil der alte Mann jetzt alles fest im Griff hatte.

Sie kamen um eine Kurve, und der Lieutenant sprang bereits von seinem Pferd, als der Schuß ihn traf. Niemand rührte sich, sie zügelten einfach nur ihre Pferde, saßen erschrocken und wie gelähmt da. Dann wurden zwei weitere Schüsse auf sie abgegeben, und alle sprangen von ihren Pferden. Sie hechteten auf Felsen und auf Bachläufe zu, die in die Schlucht einmündeten, der alte Mann sprang von seinem Pferd und warf sich neben einem Geröllhaufen auf die Erde. Prentice sprang in eine Rinne, konnte sein Zittern nicht unterdrücken. Er sah, daß der alte Mann als erster seine Waffe zog und schoß. Zwei weitere Schüsse, und die Pferde gingen durch, stürmten durch die enge Schlucht, und der Staub, den sie dabei aufwirbelten, reichte aus, um dem alten Mann Deckung zu geben. Er kletterte schnell aus der Rinne heraus.

Prentice blickte auf seine Hand herab und sah seine Pistole. Er wußte nicht, wann er sie gezogen hatte. Er beobachtete, wie der alte Mann weiterkletterte, holte tief Luft und kletterte ihm nach, auch andere Soldaten folgten jetzt ihrem Beispiel. Der Boden unter ihm gab nach. Er stemmte seine Knie in die Erde, krallte sich fest und erreichte schließlich den oberen Rand, steckte seinen Kopf über die Kante, riß ihn sofort wieder zurück, hatte Angst. Das Land dort war viel zu offen. Nach der Enge des tiefen Bachlaufes konnte er nichts ertragen, was weit und offen war. Er kauerte dort, zitterte, direkt unter dem Rand, während die übrigen Soldaten dort unten schossen. Die engen Wände der Schlucht verstärkten jeden einzelnen Knall. Die anderen Soldaten in der Reihe hinter ihm kauerten jetzt auch, und er war verblüfft, als er feststellte, daß sie ihm folgten, so wie er dem alten Mann folgte. Und als er dann wieder nach vorne blickte, sah er, wie der alte Mann sich über den Rand hinausschob, flach auf dem Bauch liegen blieb, weiterkroch. Prentice legte seine Hände auf die Kante, zog sich hinauf, blieb ebenfalls auf dem Bauch liegen, kroch ihm nach. Hier oben waren die Schüsse jetzt etwas weniger laut. Er spürte den Sand und die Steine unter seinem Hemd und seinem Bauch. Er schmeckte Staub in seinem Mund. Er wischte sich über die Augen, damit der Schweiß in ihnen nicht brannte.

Dann verharrte der alte Mann. Er blieb ebenfalls liegen, suchte nach einem Grund, warum der alte Mann jetzt wartete. Die Schlucht machte ganz in ihrer Nähe einen Bogen und schlängelte sich dann nach rechts fort, und sie hatten den Rand fast wieder erreicht. Der alte Mann winkte, und Prentice wußte, daß sich der alte Mann bewußt war, daß er ihm immer noch folgte. Unten aus der Schlucht drangen die Geräusche irgendeiner Bewegung zu ihm herauf. Der alte Mann winkte wieder, und Prentice kroch neben ihn. Der alte Mann sah ihn nicht einmal an. Er deutete einfach nur nach rechts, und Prentice kroch in diese Richtung. Er hielt an, zehn Fuß zwischen ihnen, mit dem Gesicht zur Schlucht. Andere Soldaten krochen hinter ihn. Der alte Mann sah ihn an und nickte, zog seine Knie an, bereitete sich vor aufzustehen, stand auf, schoß auf die Rinne. Prentice tat das gleiche. Er zog viermal den Abzug durch, bis ihm klar wurde, daß dort niemand war, spürte den alten Mann an sich vorbeilaufen, fing ebenfalls an zu laufen, lief einen Bogen, wo die Schlucht nach links abdrehte, schoß wieder, leerte sein Magazin, doch immer noch war niemand zu sehen.

Der alte Mann lief weiter. Prentice hastete hinter ihm her, riß im Laufen das leere Magazin heraus, schob ein frisches hinein, lud durch, lief jetzt ruhiger, als er aufholte, und dann bog die Rinne wieder nach rechts ab, und dieses Mal bewegte sich dort etwas. Der alte Mann schoß bereits, als er dreimal schnell hintereinander den Abzug durchbog und die Körper fallen sah. Dort unten waren sechs Männer, die die Schlucht entlangliefen. Mexikaner. Sombreros, Schulterpatronengurte und ausgebeulte Hosen, Schuhe mit geflochtenen Sohlen, und Gewehre. Sie liefen. Zwei waren bereits erledigt, weitere zwei fielen jetzt. Die letzten beiden sprangen jetzt um eine weitere Biegung, und der alte Mann raste hinter ihnen her, Prentice dicht auf seinen Fersen. Dann sah er sie ganz deutlich. Sie liefen wie verrückt ein gerades Stück der Rinne hinab, und er blieb stehen, um seine Waffe zu heben und zu zielen und zu schießen, als der alte Mann sein Handgelenk packte und ihm das Ziel nahm. Dann nahm der alte Mann ganz ruhig eine klassische Schußhaltung ein, den Körper zur Seite gedreht, einen Arm ausgestreckt, den anderen hinter dem Rücken, schoß dann zweimal und traf sie beide, den einen in die Schulter, den anderen ins Bein. Der Rückschlag ließ seinen Arm hochzucken. Dann senkte er seine Waffe, beobachtete, wie sie sich dort unten wanden.

»Ich hatte keinen Zweifel daran, daß du sie treffen würdest, aber ich wollte sie lebend haben.«

Der alte Mann sah ihn nicht an, starrte einfach nur weiter zu den beiden Mexikanern hinab. Doch Prentice verstand. Der alte Mann hatte sich bereits wieder in Bewegung gesetzt, lief auf den Rand zu, ließ sich hinunter, näherte sich dann mit ausgestreckter Waffe den beiden, ließ sie keinen Augenblick aus den Augen, war sehr vorsichtig.

»Überprüf die anderen vier. Vergewissere dich, daß sie tot sind.«

Und Prentice mußte nicht einmal darüber nachdenken. Er lief schon zurück. Und so schnell war der Kampf dann vorbei. Die ganze Sache hatte nicht länger als fünfzig Sekunden gedauert, doch es war eine der intensivsten Erfahrungen gewesen, die Prentice je durchgemacht hatte. Er war immer noch ganz aufgeregt, als er die Stelle erreichte, wo die vier anderen niedergeschossen worden waren. Er mußte sich beherrschen, es durchdenken, diese Sache richtig machen, sich am Rand herunterlassen und zu ihnen gehen, sie dabei die ganze Zeit immer im Auge behalten. Er trat ihre Gewehre fort. Ging dann einen Schritt zurück, suchte nach dem kleinsten Anzeichen einer Bewegung. Er sah, wer die Arme ausgestreckt hatte, und bei wem sie unter dem Körper lagen. Da waren zwei, und er schoß ihnen in den Kopf. Dann erschoß er die beiden anderen ebenfalls, wußte irgendwie, daß es so sein mußte, obschon er es nie zuvor mit eigenen Augen gesehen hatte.

Als er dann zufrieden war, sackte er zusammen. Die Schüsse der Soldaten in der Schlucht hatten aufgehört. Oben am Rand waren jetzt Männer aufgetaucht, starrten auf ihn herab. Andere kamen ihm durch die Schlucht entgegen. Sie machten einen Bogen um die Leichen und starrten ihn an. Und er berührte seine Wange. Die Wange brannte. Er verstand das nicht. Dann begriff er. Er war rechts vom alten Mann gewesen, und eine leere Patronenhülse war ihm ins Gesicht geflogen. Er hatte es nicht einmal bemerkt. Es war ihm gleichgültig. Er blieb einfach dort sitzen, rieb sich die Wange, starrte die Leichen an, und er konnte nicht sagen, wen der alte Mann erschossen hatte und wen er erschossen hatte, und auch das war ihm völlig gleichgültig, er blieb einfach da sitzen, rieb seine Wange und stierte, der ekelerregende Gestank aufgeplatzter Schädel und Wunden drang jetzt bis zu ihm. Es kann an der Aufregung gelegen haben, es kann auch der Gestank gewesen sein, jedenfalls hatte er plötzlich seinen Kopf zwischen den Beinen und übergab sich. Und es hörte nicht auf. Es schien, als würde er niemals alles aus sich herausbekommen. Und dieses Gefühl in seinem Bauch wurde er auch später nie wieder los.

69

»Das hast du nicht richtig gemacht.«

»Da kannst du gottverdammt drauf wetten, daß das nicht richtig war. Jesus Christus, ich habe diese vier Burschen in den Kopf geschossen.«

Der alte Mann sah ihn an und runzelte seine Stirn. »Das meinte ich nicht.«

»Tja, das meine *ich* aber. Himmel, ich habe sie erschossen. Ich mußte sie gar nicht erschießen. Sie waren schon tot. Das konnte jeder klar erkennen.«

»Sicher. Bis du an ihnen vorbeigegangen wärst, und einer von denen wäre dann aufgestanden und hätte dich erledigt.«

»Es gab noch andere Möglichkeiten. Ich hätte warten können, bis Hilfe zu mir kam. Herr Gott noch mal, ich bin alleine dort runtergegangen, um zu beweisen, daß ich das tun konnte. Dann bin ich in Panik geraten und habe sie erschossen. Mehr noch, es hat mir Spaß gemacht. Ich habe gesehen, wie diese Köpfe aufgeplatzt sind, und ich habe weitergeschossen. Ich hatte oben noch nicht genug.

Ich mußte erst vier Köpfe zu Brei schießen, um meinen Spaß zu haben.«

»Du hast nur sichergestellt, daß kein anderer mehr verwundet wurde.«

»Das ändert nichts. Verstehen Sie denn nicht? Es gefällt mir nicht, was ich in diesem Augenblick empfunden habe!«

»Sag das den Männern, die *sie* umgebracht haben. Frag den Lieutenant in seinem Grab, ob er findet, du hättest es tun sollen.«

»Herrgott, Sie verstehen immer noch nicht. Ich wollte mich nicht rächen. Ich habe es getan, weil es mir Spaß gemacht hat!«

Der alte Mann sah ihn an und zeigte mit dem Finger auf ihn. »Na schön, jetzt paß mal genau auf. Ich habe Geduld mit dir gehabt. Und jetzt sage ich dir was. Werd endlich erwachsen. Es ist mir völlig egal, warum du es getan hast. Du wirst drüberwegkommen. Was zählt ist, daß du dafür gesorgt hast, daß keine weiteren Männer mehr verwundet werden. Das ist die eine Tatsache.

Die zweite Tatsache ist, daß du nachlässig geworden bist. Ein Magazin leer. Drei weitere Schüsse, als wir hinter ihnen her waren. Vier weitere, als du diese anderen kontrolliert hast. Du hattest keine Munition mehr, und du hast keinen Augenblick daran gedacht, ein neues Magazin einzuschieben. Wo zum Teufel hast du deine zweite Kanone? Du konntest nicht wissen, ob nicht noch mehr von ihnen irgendwo hier in der Nähe waren. Du hast dich völlig ungeschützt gelassen. Das bringen dir deine Grübeleien ein. Den Tod. Und jetzt habe ich zu tun. Wenn ich an deiner Stelle wäre, dann würde ich jetzt ganz schnell aufhören, immer nur über mich selbst zu brüten, und mich statt dessen darauf konzentrieren, wie ich am Leben bleibe. Für so was hast du keinen Platz.«

Er sah ihn noch einen Moment länger an, dann ging er fort, und Prentice schaute ihm nach. Es war das erste Mal

gewesen, daß der alte Mann ihn auf diese Weise zurecht-
gewiesen hatte, nicht als Lehrer oder als Vaterfigur. Das
hier war wirklich etwas ganz anderes gewesen. Er recht-
fertigte oder kritisierte nicht aus Prinzip, sondern aus
dem heraus, was wie ehrliche und aufrichtige Wut aussah, so wie er jeden anderen auch behandelt haben würde, mit dem er schließlich die Geduld verloren hatte. Das
war es – der alte Mann warf sich nicht mehr in Pose. Er
verhielt sich als er selbst, und Prentice wußte noch nicht
ganz, was er davon halten sollte. Er hatte etwas verloren
und etwas gewonnen. Er war in den Augen des alten
Mannes nicht mehr länger etwas Besonderes. Jetzt war er
ein normaler Mensch, und so mußte er auch handeln.

Und das glaubte er nicht zu können, und es war ihm
auch egal. Köpfe. Er brachte es einfach nicht fertig, seine
Hände ruhigzuhalten, wurde auch dieses Gefühl in seinem Bauch nicht los. Köpfe. Alles, was er sah, waren ex-
plodierende Köpfe, durch die Luft fliegende Knochen
und Gehirn und Blut und Haare.

70

»Er sagt, ihnen gehört die Farm, und sie hätten Reiter
oben auf dem Kamm gesehen. Dann wären sie in Panik
geraten und nach hinten gelaufen. Und dann sind sie
über uns gestolpert. Sie gerieten wieder in Panik und fingen an zu schießen.«

Der Major schüttelte seinen Kopf.

»Ich weiß. Ich glaube, er weiß es auch, aber was Besseres kriegt er nicht zusammen.«

»Und du bist sicher, daß es Villas Männer sind?«

»Gar keine Frage. Auf ihren Gewehren steht klar und
deutlich *U.S. Army*. Es ist genau die Art Waffen, die in
Columbus gestohlen worden sind. Sie sind allerdings
in Panik geraten, aber nicht weil sie etwa dachten, wir

wären Banditen. Sie sind vor Amerikanern fortgelaufen.«

Der Major biß sich auf die Lippe und blickte in die andere Richtung. »Und was ist mit dem anderen?«

»Ich habe ihn gefragt, aber er möchte mir nicht antworten. Ich gebe ihm noch eine letzte Chance.«

Er drehte sich um und ging zu der Stelle, wo der Kerl mit zerschossener Schulter auf der Erde lag, in den Sand blutete, und sagte etwas auf spanisch zu ihm. Der Kerl schüttelte seinen Kopf. Der alte Mann fragte ihn noch einmal, sprach langsamer, als er Villa erwähnte. Der Bursche schüttelte wieder nur seinen Kopf.

Der alte Mann zuckte mit den Achseln und drehte sich zum Major um. »Verdammt noch mal, das war ja auch zuviel erwartet. Hier unten gibt es verschiedene Sorten von Menschen. Wenn man der einen Sorte anfängt Fragen zu stellen, dann legen sie los wie Nigger bei einer Totenwache. Die andere Sorte besitzt so eine Art Ehrgefühl. Zunächst mal gehen sie davon aus, daß sie sowieso schon so gut wie tot sind, daher beschließen sie, diese Welt mit ein bißchen Stil und Niveau zu verlassen. Pech für uns, daß wir gerade einen von der zweiten Sorte erwischt haben.«

»Und was hast du jetzt vor?«

»Nun, wir wollen doch wissen, wo Villa steckt, und wir nehmen an, daß er hier ganz in der Nähe sein muß. Ich wüßte nicht, welch große Wahl uns da noch bliebe. Laßt die zwei eine Weile mit mir alleine.«

»Und du siehst keine andere Möglichkeit?«

»Nein, es sei denn, wir wollen sie so hier liegen lassen. Lassen sie so lange bluten, bis sie vor Schmerz halb verrückt sind. Das könnte noch einen Tag dauern, und selbst dann könnten sie uns noch verrückt werden oder auch einfach sterben.«

Der Major sah sie an. »Gib ihnen noch eine allerletzte Chance.«

Der alte Mann sprach mit ihnen. Der eine Bursche schüttelte seinen Kopf. Der Major biß sich wieder auf die Lippe und ging fort.

71

»Herr im Himmel«, sagte Prentice. Er war an den Rand der Rinne gekommen, und als er dann hinabschaute, sah er wie der alte Mann einen der Mexikaner mit einem Messer bearbeitete. Der Kerl war nackt, sein Körper war mit Blut und Schnittwunden übersät, wand sich. Sein Oberschenkel mit der ausgefransten Schußwunde war schwarz und stark angeschwollen, und der alte Mann hatte sein Messer genau dort hineingesteckt und drehte es jetzt.

Der alte Mann blickte erschrocken auf. Er hockte auf einem Knie, arbeitete mit dem Messer, und jetzt hörte er auf und starrte ihn an. »Irgend jemand soll ihn hier wegschaffen.« Er nickte den Männern zu, die in seiner Nähe standen und ihm zusahen. Dann wartete er einen Augenblick, drehte sich wieder um und machte sich an dem zweiten an die Arbeit. Der andere Bursche war wie der erste splitternackt und mit Messerwunden übersät, nur daß er seine Schußverletzung in der Schulter hatte, und der alte Mann stieß sein Messer jetzt dort hinein und drehte es.

»Ja, stimmt«, sagte Prentice. »Irgendwer soll mich hier wegschaffen.«

Die anderen standen da und blickten zu ihm hinauf. Keiner rührte sich.

»Kommt schon. Ich möchte, daß es einer von euch versucht.«

Er legte seine Hand auf die Pistole.

»Bitte. Ich will, daß es einer mal probiert.«

Doch niemand rührte sich, und mit der Hand immer

noch auf seiner Pistole begann er den Hang hinunterzu-
klettern.

»Ihr habt gottverdammt recht. Versucht, mich von hier
fortzuschaffen, und ich blase auch den Kopf weg. Kommt
mir ja nicht zu nahe.«

Dann war er unten, ging auf den alten Mann zu, der
den Mexikaner weiter folterte.

»Was zum Teufel soll das hier?«

Der alte Mann machte weiter.

Er stand direkt hinter ihm, wartete. »Ich habe dich was
gefragt. Bist du taub geworden oder was? Was zum Teufel soll das hier werden?«

Der alte Mann umklammerte das Messer so fest, daß
seine Knöchel weiß herausstanden. Er stand auf, das
Messer immer noch in der Hand, drehte sich um, sah ihn
an. »Ich weiß nicht, was du deiner Meinung nach tust,
aber hier hast du jedenfalls nichts zu suchen. Verschwinde.«

»Natürlich. Und ob ich hier etwas zu suchen habe. Du
bist doch mein Lehrer, stimmt's nicht? Findest du nicht,
daß du mir das auch beibringen solltest? Findest du nicht,
daß du mir sagen solltest, was zum Teufel du hier
machst?«

Der alte Mann antwortete ihm nicht. Prentice wollte an
ihm vorbeigehen, zwischen die beiden Mexikaner, die
mit Pflöcken auf den Boden gefesselt waren. Er deutete
auf sie.

»Wie funktioniert das eigentlich überhaupt? Du fängst
mit dem einen an, dann wirst du müde, und dann machst
du bei dem anderen weiter? Damit der erste Kerl dann
Zeit bekommt über das nachzudenken, was du gerade
mit dem zweiten machst? Der Schmerz im Augenblick ist
noch nicht so schlimm wie das, was vielleicht noch kommen könnte. Funktioniert es so?«

Der alte Mann schüttelte seinen Kopf. »Ja, irgendwas
in der Richtung«, sagte er und fixierte ihn weiter.

»Klar«, sagte Prentice. »Und damit auch alles hübsch in der Familie bleibt, lädst du ein paar andere Burschen ein, die dir dabei zusehen können.«

Und jetzt kam er langsam dahinter, nicht hinter die Tatsache der Folter. Das konnte er schon verstehen. Ein Bursche wußte etwas, das man auch wissen mußte, also mußte man ihn zum Sprechen bringen. Im Prinzip war das schon in Ordnung. Aber das zu denken und dann zu sehen, wie es in die Praxis umgesetzt wurde, waren zwei völlig verschiedene Dinge. Ganz besonders in diesem speziellen Fall hier. Als er oben an die Kante gekommen war – und die Übelkeit von vorhin immer noch nicht aus dem Bauch hatte – war das erste, was ihm aufgefallen war, die absolute Stille, die Ungleichheit zwischen dem, was er sah, und der Art und Weise, wie sie reagierten, der alte Mann dort unten, der die Mexikaner mit seinem Messer bearbeitete, die Männer in seiner Nähe, die ihn beobachteten, die angepflockten Mexikaner, die sich krümmten und wanden, aber nicht schrien, alles war vollkommen still, kein Flüstern, kein Atemzug, kein Stöhnen – gar nichts war zu hören. Und der alte Mann kniete dort, in seine Arbeit vertieft und doch distanziert, sah so verdammt eigenartig und entspannt aus, beinahe so, als wäre er nur damit beschäftigt, irgendwelche Muster in den Sand zu malen, oder als würde er irgendein Experiment durchführen, auf das er aus reiner Langeweile gekommen war und dessen Ergebnisse letzten Endes überhaupt nicht wichtig waren. Doch selbst diese Ungleichheit, dieser himmelschreiende Widerspruch war es nicht, der es bewirkt hatte. Es steckte mehr dahinter. Als er von dem alten Mann zu den Männern hinüberschaute, die ihn bei seiner Arbeit beobachteten, als er sie forschend ansah, nach irgendeinem Zeichen von Entsetzen oder Gefühl oder Bedauern darüber suchte, daß es nun einmal so sein mußte, hatte er den Indianer gesehen.

Der Indianer. Der alte Mann hatte nicht nur die Männer in seiner Nähe zusehen lassen. Er hatte sogar den Indianer zusehen lassen, und Prentice fühlte sich, als hätte er mitangesehen, wie ein Kind belästigt oder ein Altar geschändet worden wäre, als hätte er irgendeine andere genau so abscheuliche Sache gesehen, und er wollte dem alten Mann die Augen auskratzen, seine Kehle packen und zertrümmern, ihm den Kopf einschlagen.

Köpfe. Das Bild dieser Köpfe.

»So ist's richtig«, sagte er und wirbelte zu ihm herum. »Und du hast sogar den Indianer zuschauen lassen. Und jetzt sage ich euch allen mal was. Die Show ist zu Ende. Verpißt euch! Und jetzt sage ich *dir* was. Komm mir nie wieder in die Quere. Wenn du mir noch einmal zu nahe kommst, dann helfe mir Gott, ich weiß nicht, was ich dann mit dir machen werde.« Er drehte sich zu den anderen um. »Was steht ihr hier noch rum? Seht endlich zu, daß ihr verschwindet! Laßt den Mann seine Arbeit genießen!« Und jetzt griff er nach seiner Pistole, funkelte sie hart an, und sie sahen ihn an, und einer nach dem anderen begann langsam zu gehen, und dann drehte er sich wieder um und sagte ihm: »Vergiß das nicht, Freundchen. Geh mir aus dem Weg.« Und dann wirbelte er herum, war kaum in der Lage, seine unbändige Wut zu unterdrücken, diese unbeschreibliche Übelkeit, die wieder in ihm aufstieg, und er kletterte den Abhang wieder hinauf.

72

»Paß auf, wenn du noch mal so eine Scheiße baust, dann brauchst du mir gar nicht mehr lange zu drohen, dann leg ich dich um!«

Er hatte den Jungen ausfindig gemacht, sobald er fertig gewesen war, war auf der Suche nach ihm den Berg hinaufgestürmt, hatte ihn hinter dem Korral entdeckt, wo er damit beschäftigt war, Gräber auszuheben. Zwei Soldaten sprachen ihn an, als er auf den Jungen zutobte, doch er nahm gar nicht wahr, was sie sagten. Er stürmte einfach weiter auf die Gestalt zu, die dort Gräber schaufelte; seine Schritte waren hart, wirbelten Erdbrocken auf und zertraten Mezquite-Büsche, er atmete schwer und fluchte, daher hatte der Junge ihn kommen hören und drehte sich zu ihm um, die Schaufel erhoben, als er das letzte Stück herangestürmt kam und ihn anbrüllte.

»Ich habe dir doch gesagt, du sollst verdammt noch mal verschwinden«, sagte der Junge jetzt, die Schaufel immer noch erhoben, und starrte ihn zornig an. »Ich will dich nicht mehr in meiner Nähe sehen!«

»Was ist los mit dir?«

»Was ist verdammt noch mal los mit *dir*, willst du wohl sagen. Kapierst du es denn immer noch nicht? Ich habe dein Gesicht gesehen, deine Kumpel, die dir zugesehen haben. Es hat dir Spaß gemacht!«

»Oder vielleicht mußte ich es auch nur so aussehen lassen, als hätte es mir Spaß gemacht. Vielleicht mußte ich diese Mexikaner glauben machen, daß ich einfach alles tun würde, um das herauszubekommen, was ich von ihnen wissen wollte.«

»Das macht keinen Unterschied. Mein Gott, du machst das alles jetzt schon so lange, daß du das eine nicht mehr vom anderen unterscheiden kannst. Es hat dir Spaß gemacht!«

»Es ist vollkommen unwichtig, was du denkst. Ich habe erfahren, was ich wissen wollte.«

»Das ändert nichts. Du hättest es auch anders erreichen können.«

»Das bezweifle ich. Jedenfalls ist das sowieso nicht das, was dir wirklich an die Nieren geht. Es ist der Indianer. Ich habe ihn dagelassen, weil ich ihm gesagt habe, daß er sie übernehmen könnte.«

Und jetzt war der Junge dermaßen wütend, daß er einen Schritt vortrat, die Schaufel immer noch erhoben, als wollte er ihn damit schlagen, und der alte Mann wußte genug, um zurückzuweichen.

»Du bist alleine schon ganz gut klargekommen«, sagte der Junge zu ihm. »Du brauchtest ihn nicht. Du wolltest es nur noch ein bißchen verfeinern. Himmel, du denkst soviel darüber nach, wie man die Dinge richtig macht, daß du deine eigenen Motive nicht mal mehr verstehst. Du hast geglaubt, aus der Not eine Tugend zu machen, während du doch die ganze Zeit froh darüber warst, diese Chance zu bekommen. Es hat dir *Spaß* gemacht!«

Und statt ihn zu schlagen, stieß der Junge die Schaufel jetzt in den Sand und schaufelte Dreck auf ihn, wieder und immer wieder, Dreck und Sand und Erde flogen um ihn herum durch die Luft, der alte Mann spürte es in seinen Augen, seinem Mund, auf seinem Hemd, stolperte zurück, hob eine Hand, um sich zu schützen, wandte seinen Kopf ab, und der Junge schrie: »Verdammt, verschwinde doch endlich! Hörst du mich! Verschwinde! Hau ab!«, als der alte Mann nach seiner Waffe griff, während weiter Sand durch die Luft flog. Dann überlegte er es sich anders und wich weiter zurück.

»Na schön«, sagte er. »In Ordnung! Wenn du das so siehst, gut, dann mach weiter, grab deine Gräber. Und wo du schon mal dabei bist, grab noch eins. Da hinten liegt ein Toter. Dem anderen geht's auch nicht viel besser. Und so wie du dich benimmst, wirst du höchstwahrscheinlich auch bald in einem enden.«

Und dann drehte er sich um, zog seine Schultern hoch, ging fort, schüttelte den Sand und den Dreck ab. Damit hatte er nicht gerechnet. Er war hergekommen, um den Jungen herunterzuputzen, ihm eine Standpauke zu halten, hatte ihm zeigen wollen, was für ein Narr er war, hatte ihm etwas Verstand einbläuen wollen, und jetzt ging er einfach fort, kam sich dumm und töricht vor, war von Kopf bis Fuß schmutzig, fühlte sich sogar ein bißchen beschämt, und er wußte nicht warum, außer daß der Junge *ihn* abgekanzelt hatte, völlig aus der Fassung gebracht hatte, und daß er verloren hatte, und gottverdammt, was war mit diesem Jungen überhaupt los?

73

»Hör zu, ich will es erklären.«

Prentice kehrte ihm den Rücken zu. »Verschwinde.«

74

»Hör zu, ich ...«

»Verschwinde!«

75

An diesem Abend erhielten sie Besuch von einem Trupp Carranzista-Soldaten. Sie waren noch auf der Farm geblieben, hatten die Ställe und das Farmhaus als Unterschlupf benutzt, reparierten den Korral und brachten ihre Pferde darin unter, fütterten sie, und ihre Lagerfeuer mußten ziemlich weit zu sehen gewesen sein. Die Carranzistas kamen herabgeritten, um die Ursache dafür zu untersuchen. Von Wachtposten aufgehalten, waren sie im Hintergrund geblieben, als sie herausfanden, daß dies Amerikaner waren, während ihr Hauptmann kam, um mit ihnen zu sprechen.

Sein Name war Mesa, und da alle ziemlich nervös waren, gab er sich die größte Mühe, daß sie sich frei und unbefangen fühlten. Er hätte nicht freundlicher sein können. Er war zu freundlich, wie sich herausstellte, doch das bemerkten sie erst, als es schon zu spät war. Er saß mit dem Major an einem Lagerfeuer. Er erklärte, daß sie mit Villistas Schwierigkeiten hatten, daß sie jede Hilfe dringend gebrauchen könnten, die sie finden konnten, daß er nach Parral telefonieren würde und dafür sorgen wollte, daß sie dort mit offenen Armen begrüßt wurden. Dort gab es Verpflegung und Wasser, sagte er ihnen, auch Futter für die Pferde, einen Lagerplatz und Nachschub an Vorräten und Proviant. Dort unten gab es sogar eine Eisenbahn, die sie benutzen könnten – und mit einem Blick auf den Major fügte er noch hinzu, daß es dort auch einen Club in der Stadt gab, ein kanadischer Club, wie er vermutete. Er blieb die Nacht über im Lager und frühstückte am Morgen mit ihnen, dann saß er auf und wünschte ihnen noch alles Gute, sagte, daß er jetzt zu einer in der Nähe liegenden Stadt reiten würde, um von dort aus zu telefonieren, dann ritt er zu seinen Soldaten zurück. Die Kavalleristen waren erleichtert. Nicht, weil er jetzt fort war, sondern weil sie glaubten, daß sie jetzt, nachdem sie soviel durchgemacht hatten, buchstäblich Hilfe und Abwechslung erhalten würden. Außerdem, der Major hatte zwar nichts davon gesagt, aber die Männer, die Calendar gefoltert hatte, hatten ihnen schließlich doch erzählt, was sie wissen wollten. Villa war in der Nähe. Höchstwahrscheinlich in Parral oder auf dem Weg weiter in den Süden. Wenn die Truppe nach Parral kommen und den Ort durchsuchen konnte, und wenn sie ihn dort nicht fanden und weiter Richtung Süden eilten, um die Pässe durch die Berge nach Durango zu sperren, konnten sie ihm den weiteren Weg abschneiden. Damit würde er dann zwischen der 13. und den anderen Marschkolonnen in der Falle sitzen, die ebenfalls Richtung Süden unterwegs waren. Mit ein bißchen Glück war die Verfolgungsjagd jetzt bald zu Ende.

Also saßen sie auf und machten sich auf den Weg nach Parral, und der alte Mann, der aufbrach, um als Kundschafter voraus zu reiten, versuchte den Jungen dazu zu bewegen, sich ihm anzuschließen, doch der Junge wollte nichts davon wissen. Er sagte wieder nur »Verschwinde«, und der alte Mann ritt voraus.

Das Land um sie herum wurde langsam besser, Kakteen, Wüstengras, und *jimpson weed,* der Boden war weniger sandig, mehr wie ein richtiger Erdboden, die Luft ein bißchen kühler. In einem leicht ansteigenden Winkel verließen sie die Wüste. Die Berge befanden sich rechts von ihnen, auf ihrer Linken erstreckte sich ein welliges verdorrtes Grasland, und direkt vor ihnen bot sich ein Anblick, den sie kaum für möglich hielten: Grün am Horizont, Bäume.

Es waren Pyramidenpappeln, und beinahe hätten sie dort ihr Lager aufgeschlagen, doch dann sahen sie weitere Bäume in einiger Entfernung, also lenkten sie die Pferde darauf zu, und die Pferde mußten es gewittert haben, denn sie liefen jetzt schneller, strengten sich mehr an, stürmten förmlich darauf zu, rasten direkt zu dem Bach, und die Soldaten mußten sie mit Gewalt zurückhalten, nahmen ihnen die Sättel ab, führten sie zuerst eine Weile am Halfter herum, ließen sie sich abkühlen, und schließlich erlaubten sie ihnen zu saufen – nur ein bißchen – dann ein bißchen mehr – dann führten sie sie wieder eine Weile am Halfter herum.

Sie benötigten mehrere Stunden, und selbst dann hatten die Pferde noch nicht genug. Sie spannten ein Anleinseil und banden die Pferde im Schatten der Bäume an. Dann liefen sie zum Wasser hinunter, kümmerten sich um sich selbst. Und dann erst machten sie sich daran, ihr Lager aufzuschlagen, und nach einer Weile ließen sie ihre Pferde auch wieder etwas trinken. Und schon bald hatten sie gar keine andere Wahl mehr. Sie durften sie nicht weitermachen lassen. Sie konnten sie jetzt nicht fressen lassen. Nach all dem vielen Wasser würden sie das Futtergetreide nicht unbeschadet verkraften können, also breiteten sie ihre Decken aus und aßen, und erst kurz bevor sie sich schlafen legen wollten, gaben sie ihren Pferden zu fressen. Nur ein bißchen, gerade genug, damit sie wieder neue Kraft schöpfen konnten.

Es war so viel zu tun gewesen, daß sich dem alten Mann keine Gelegenheit geboten hatte, noch einmal mit ihm zu reden. Jetzt fand er den Jungen unten am Bach, und nachdem er sich in der Dunkelheit neben ihn gesetzt hatte, fragte er ihn: »Können wir das nicht irgendwie anders beilegen?«

Der Junge sah ihn einfach nur an.

Der alte Mann blieb neben ihm sitzen, und nach einer Weile stand der Junge auf, um zu gehen. Er drehte sich um und sah ihn an. »Es ist nicht nur wegen Ihnen. Es ist einfach alles.« Und dann ging er fort.

Der alte Mann konnte es einfach nicht verstehen, konnte sich nicht auf die plötzlichen Stimmungswechsel des Jungen einstellen. Er hatte sich so sehr daran gewöhnt, den Jungen immer neben sich zu haben. Und jetzt fühlte er sich ohne ihn irgendwie unvollständig.

Prentice verstand es dafür sehr gut, und er konnte dem alten Mann im Grunde wirklich keine großen Vorwürfe machen. Er hatte den ganzen Tag über Zeit gehabt, darüber nachzudenken, und er hatte gemeint, was er gesagt hatte. Es war nicht der alte Mann. Es war einfach alles. Diese ganze gottverdammte Sache. Er haßte es. Der alte Mann symbolisierte es nur. Er konnte dem alten Mann keine Vorwürfe machen, wenn er die einzige Sache erledigte, die er je kennengelernt hatte. Für ihn war diese Sache in Ordnung. Aber nicht für ihn. Die Sachen, die man einfach tun mußte. Die Kämpfe, die Waffen, die Entbehrungen. Und dann dieses gottverlassene Land. Er hatte früher nie verstanden, was mit diesem Ausdruck gemeint war. Es war, als wären dieses Land und die Expedition ein und dasselbe, als ob diese Gegend die Braunfäule hätte. Selbst jetzt, hier in der Nähe dieses Baches, mit den Bäumen in seinem Rücken, selbst jetzt war der einzige

Grund, warum es ihm hier gefiel der, daß es ihn ein kleines bißchen an den Norden erinnerte. Er hätte die Farm behalten sollen, hätte dort bleiben und sie bestellen sollen, hätte mit den Jahreszeiten leben, sich um die Feldfrüchte kümmern und sie beim Wachsen beobachten sollen. Jetzt konnte er es gar nicht mehr erwarten, wieder von hier fortzukommen, dorthin zurückzugehen, noch einmal von vorne anzufangen und sein Bestes zu geben, um Dinge wachsen zu lassen.

Er blickte zu dem alten Mann zurück, und er wußte, daß er es ihm sagen sollte. Doch er brachte es einfach nicht fertig. Wieder mal hatte er sich selbst in eine Falle manövriert. Er hatte eine so große Sache daraus gemacht, daß er seinen Stolz einfach nicht herunterschlucken konnte. Das, und noch etwas anderes. Dieses leere Gefühl in ihm, das ihn daran hinderte, überhaupt viel zu tun. Er brachte es einfach nicht fertig. Er wollte nichts anderes als eingelullt zu werden, sich auf seinem Sattel bequem zurückzusetzen, in der Nähe dieses Baches, oder neben diesem Baum dort, und die Zeit einfach verstreichen lassen, darauf warten, endlich von hier fortzukommen. Er sagte sich selbst, daß dies nichts als das ganz normale flaue Gefühl im Magen nach einem Gefecht war, daß es ganz normal war und daß es vorbeigehen würde, doch er wußte, daß das nicht stimmte. Es hatte ihm Spaß gemacht. Und dann war der Bann gebrochen, und er hatte die Köpfe gesehen, die er in Stücke geschossen hatte, die Schnittwunden an den Männern, die Calendar gefoltert hatte, hatte den Gestank der verstümmelten Körper gerochen, und hatte verstanden. Jetzt konnte er sich selbst nicht mehr ertragen, konnte den alten Mann nicht mehr ertragen, keinen von ihnen, genausowenig das Ding, von dem er ein kleines Teilchen war, nichts davon, und er wollte, daß es zu Ende war. Er versuchte herauszufinden, was Schuld an allem war, und es gelang ihm nicht. Sie waren aus einem bestimmten Grund hier unten, aber andererseits, auch Villa hatte seine Gründe. Der alte Mann hatte seine Gründe. Wie alle anderen auch. Er hatte das Gefühl von Kreisen in anderen Kreisen, und es schien einfach endlos zu sein. Er wollte nichts anderes, als daraus ausbrechen, fortkommen, sie verleugnen, doch er wußte, daß ihm das niemals gelingen würde. Und das gab dann schließlich den Ausschlag. Daß er wußte, daß er sich niemals davon losreißen können würde, daß, solange es Menschen gab, es auch immer irgendwelche Gründe geben würde, und er wollte nichts anderes mehr, als nur noch allein zu sein. Er blickte zu dem alten Mann hinüber, und alles, was er jetzt noch empfand, war Mitleid für ihn, und er wußte auch, daß dies die eine Sache war, die er ihm mit Sicherheit niemals sagen konnte.

Und so setzten sie ihre Reise nach Parral fort. Sie fütterten ihre Pferde an diesem Morgen gut, da sie wußten, daß sie mehr Futter bekommen konnten, wenn sie erst einmal dort angelangt waren. Sie gaben ihnen nur ein kleines bißchen zu trinken. Dann versorgten sie sich selbst, sattelten die Pferde und brachen auf, dachten an gutes Essen und an Bäder und an kühle Getränke, und irgendwann kurz vor Mittag hörten die Berge zu ihrer Rechten auf. Eine weite Prärie dehnte sich vor ihnen aus. Hauptsächlich Kakteen, hier und da eine Pyramidenpappel, ein bißchen Gebüsch und Sträucher und etwas Gras. Sie ritten eine lange und leichte Anhöhe hinauf, und als sie oben angekommen waren, blickten sie hinab und sahen es: die Eisenbahn, die von Osten nach Westen führte, die Steinmauern und die Bäume, die unter der Sonne schimmernden Lehmhäuser. Es sah aus, als wären dort unten an die fünftausend Gebäude, es war größer als Columbus, größer als alles, was sie gesehen hatten, seit sie nach Mexiko gekommen waren, und es dehnte sich aus und dehnte sich aus und dehnte sich weit aus, und einen Augenblick lang spürten sie den Schock, aus der Wüste zu kommen und sich einer Stadt zu nähern, und dann nahmen sie sich die Zeit, ihre Kleider abzuklopfen, den Staub abzuwischen, ihre Hemden richtig in die Hosen zu stecken und ihre Hüte gerade zu setzen, die Klappen ihrer Halfter zu schließen, damit sie nicht so aussahen, als wären sie gekommen, um Streit zu suchen.

Und dann machten sie sich auf den Weg hinab. Je näher sie der Stadt kamen, desto wärmer wurde es. Sie wischten sich mit ihren Ärmeln über ihre verschwitzten Gesichter, blinzelten der Stadt entgegen, und sie kamen immer näher, und immerhin, schließlich waren sie dreihundert Mann stark, und man hätte doch wohl denken können, daß irgend jemand sie bemerkt haben würde, doch es kam ihnen niemand entgegen, um sie zu begrüßen. Daher befal der Major ihnen etwa hundert Meter vor der Stadt anzuhalten. Dann nahm er hundert Mann und ritt ein Stückchen näher heran, machte bei einem Militärposten neben dem Bahnhof Halt. Einen Augenblick lang hatte der alte Mann das Gefühl, wieder in Columbus zu sein. Dann kam der Wachtposten heraus und sah sie an, und da wußte der alte Mann, daß nichts stimmte.

Der Major bat darum, den Armeekommandanten des Ortes sprechen zu können. Der Wachtposten sah sie noch eine Weile an, dann verschwand er in seinem Häuschen, und nach einer Weile kam er wieder heraus, und wenn überhaupt irgendwas, dann war der Ausdruck in seinen Augen noch schlimmer geworden. Der alte Mann schaute sich schnell um. Er hatte ein ungutes Gefühl. Sie hatten die Erlaubnis, die Stadt zu betreten, sagte die Wache, und auch das gefiel dem alten Mann nicht. Ihm gefiel die Ruhe dieser Stadt nicht, und als sie über die Gleise und dann die Hauptstraße hinunter ritten, niemanden auf der Straße sahen, Gesichter entdeckten, die aus Türen zu ihnen herauslinsten, Kinder, die sich schnell vor ihnen versteckten, da hatte er das Gefühl, wieder in dieser Stadt zu sein, die er zu Beginn ihrer Expedition ausgekundschaftet hatte, nachdem sie die

Grenze nach Mexiko überschritten hatten, und auch damals war das einzige Geräusch das Klappern der Hufe ihrer Pferde auf steinharter Straße gewesen, und wieder empfand er die gleiche Nervosität, die er auch damals empfunden hatte. Oder vielleicht sah er das auch nur im nachhinein so. Er hatte damals in dieser Stadt eigentlich nicht gedacht, daß irgend etwas nicht stimmen würde. Er projizierte einfach das, was anschließend geschehen war, auf diese Stadt hier, und vielleicht war hier ja doch alles in bester Ordnung. Und vielleicht auch nicht. Er konnte es nicht sagen. Es spielte aber auch gar keine Rolle. Er war jetzt hier, und ihm blieb gar keine andere Wahl, er mußte es jetzt bis zum Ende durchziehen.

Auf dem Platz war genügend Platz für sie alle. Der Major ließ sie in einer fünf Reihen starken Formation antreten. Dann nahm er den alten Mann und fünf weitere Soldaten und ging zum Büro der Garnison. Das Gebäude unterschied sich nicht von den übrigen, ein bißchen breiter vielleicht, aber mit zwei Stockwerken wie die anderen auch, Lehmwände mit Stützbalken, die vom Dach aus hervorragten. Sie warteten darauf, daß der Soldat neben der Tür sie hineinbegleitete. Sie warteten eine ganze Weile. Dann ging der Major an dem Mann vorbei, und der alte Mann und die anderen folgten ihm.

Der Mann hinter dem Schreibtisch starrte sie einfach nur groß an. Er hatte noch nie etwas von Mesa gehört, fragte sich, warum in aller Welt sie hier angehalten hatten und wünschte sich, daß sie verdammt noch mal schnell wieder verschwanden.

Der alte Mann spürte, wie sich ihm der Magen umdrehte. Er erkannte zu spät, daß sie hereingelegt worden waren, daß Mesa einer von Villas Männern gewesen war.

Als er dann aus dem Fenster hinausschaute, sah er, daß jetzt Menschen auf dem Platz zusammenströmten, zuerst aus Gebäuden auf der rechten Seite, dann aus den Seitenstraßen links von ihm, dann aus den Seitenstraßen direkt gegenüber, Frauen, aber keine Kinder, hauptsächlich Männer, und sie wußten so genau, was sie taten, daß sie nicht einmal redeten. Der alte Mann sagte dem Major, was dort draußen vor sich ging. Der Major warf selbst einen Blick aus dem Fenster, und es drängten immer noch mehr Menschen auf den Platz.

76

Prentice beobachtete ihr Näherkommen. Er hatte den ersten Mann um eine Ecke kommen sehen, dann drei weitere, dann viele. Er hatte sich umgedreht und die anderen von allen Seiten herankommen sehen, und er griff nach unten, um die Lasche seines Pistolenhalfters zu öffnen. Die anderen Soldaten machten es genauso. »Jesus Christus«, hörte er jemanden sagen, und dann spannten sie sich an, und Prentice wußte nicht, wie es mit den anderen war, er jedenfalls betete.

Das war das erste Mal, daß er eine Schlacht heraufziehen sah. Die anderen Male war es entweder so schnell gegangen, daß er gar keine Gelegenheit mehr gehabt hatte, darüber nachzudenken, oder aber, wie in diesem Dorf weiter im Norden, es war auf eine solche Entfernung gewesen, daß er sich irgendwie ganz distanziert davon gefühlt und noch eine Chance zum Handeln gehabt hatte. Doch das hier war anders. Das hier spielte sich direkt und unmittelbar vor ihm ab, jetzt, in diesem Augenblick, kam auf ihn zu, und ihm blieb keine Zeit mehr zum Handeln. Er konnte das zornige Funkeln in ihren braunen Augen sehen. Panik stieg in ihm auf. Er wollte nur ausbrechen und von hier fortlaufen. Er kämpfte gegen dieses Bedürfnis an, und während er das tat, so wie er breitbeinig auf seinem Sattel saß, spürte er, wie sein Schließmuskel zu arbeiten begann. »Jesus Christus«, sagte er, und etwas

Warmes und Feuchtes breitete sich zwischen seinen Beinen aus, und in diesem Augenblick hatte er nicht einfach nur Angst, er war halb wahnsinnig vor Angst. Als er nach links blickte, sah er einen Maulesel-Karren, jemanden, der sich an dem Tier zu schaffen machte, als es stur stehenblieb. Dann kam es auf die Soldaten zugerast, und mehr brauchte er nicht. Er mochte vielleicht nicht wissen, was er gegen all diese Menschen hätte tun können, die immer näher auf ihn zurückten, aber das Maultier verstand er. Ein Adrenalinstoß schoß durch seinen Körper, dankbar für die Gelegenheit. Er zog sein rechtes Bein über das Sattelhorn, sprang auf die Erde, trat vor, um sich dem Esel in den Weg zu stellen. Er bewegte sich ein ganzes Stück von den anderen Kavalleristen fort. Bei einem Pferd würde er das niemals versucht haben, doch bei einem Maultier, das von einem angespannten Karren noch gebremst wurde, glaubte er, es schaffen zu können, wartete, bis es ihn fast erreicht hatte, trat dann blitzschnell zur Seite und stürzte sich mit aller Kraft auf seinen Hals. Er traf das Tier mit seiner Schulter, verpaßte ihm einen Schlag, packte dann die Zügel und riß sie herunter, während er gleichzeitig einen Fuß ausstreckte und ihm ein Bein stellte. Mit dem Kopf zuerst ging das Maultier zu Boden. Es verhedderte sich in seinem Geschirr, und so wie es jetzt zu wiehern begann, befürchtete er schon, daß er es ernstlich verletzt hatte. Doch seine Beine schienen in Ordnung zu sein, und es zerrte und zappelte, um wieder auf die Beine zu kommen, fiel zurück, und dann half Prentice dem Tier auf und wußte, daß ihm nichts passiert war, brachte seine Zuggurte wieder in Ordnung, lenkte es in eine andere Richtung und ließ es los. Dann griff er ebenso schnell nach seiner Pistole und drehte sich um, trat der Menge gegenüber. Seine Schulter tat ihm weh, doch das spielte keine Rolle. Er war wieder drin, und er fühlte sich gut. Er suchte sich den Burschen heraus, der das Maultier aufgescheucht hatte.

»Also gottverdammt nochmal, dann komm schon. Wollen doch mal sehen, wie du's am liebsten hast!«

Und sie blieben stehen.

Dann hörte er ein Geräusch, und als er sich zur Garnison umdrehte, sah er, daß die Tür offenstand und daß der alte Mann und der Major und die anderen herauskamen. Hinter ihnen stand ein Mann in einer Uniform, dessen Jacke bis zum Kinn zugeknöpft war, braune Augen, ein dunkles Gesicht, ein Bart, dessen Enden an seinen Mundwinkeln herabhingen, und so wie sein Kopf von einer Seite zur anderen zuckte, war es ganz offensichtlich, daß er Angst hatte. Der Major stellte sich vor seine Männer, als wollte er ihnen etwas sagen, doch dazu bekam er nie die Gelegenheit. Irgend jemand begann sie anzubrüllen. Der Major drehte sich um, und Prentice drehte sich ebenfalls um. Ein kleiner Mann auf einem Appaloosa kam über den Platz geritten. Er war ganz in Grau gekleidet, trug eine Reithose, blank polierte Stiefel; er hatte sogar eine Reitpeitsche; er hatte einen Van-Dyke-Bart, und einen deutlichen deutschen Akzent. »*Viva!*« brüllte er. »*Todos! Ahora! Viva Mexico!*« Und die Menge begann sich in Bewegung zu setzen. Der Major brüllte ihm ein »*Viva Villa!*« entgegen, und es kam mit einer solchen Bestürzung, daß alle lachen mußten.

Das hätte vielleicht reichen müssen, hätte ihnen die Chance bieten müssen, abzuziehen, doch hinter dem Deutschen war noch jemand, eine Frau, die gut an die einsachtzig groß war, stämmig, eine Mauser in der Hand hielt, und wenn die Anwesenheit des Deutschen hier noch irgendwie verständlich war – einer von vielen Agenten, die ausgeschickt worden waren, um eine zweite Front aufzubauen –, dann war die Frau ein Rätsel. Sie sah europäisch aus, aber nicht wie eine Deutsche, irgendwie skandinavisch, hatte helle Augen, ein strenges Gesicht, die Haare zurückgekämmt, und sie brüllte sie jetzt mit einem perfekten spanischen Akzent an. Prentice verstand

sie nicht, doch so wie sie die Worte ausspie, war es unmißverständlich, daß es unflätige, feindselige Worte waren. Sie sah aus und hörte sich an, als würde sie schon
seit vielen Jahren hier leben, und was Prentice nicht wußte, auch nicht der alte Mann oder der Major oder irgendeiner von ihnen, was erst viel später herauskam, war, daß
sie Elise Griensen hieß, daß sie einige Zeit mit Villa sym-
pathisiert hatte, daß er nur zwei Türen weiter die Straße
hinunter war, von wo sie jetzt gerade gekommen war. Er
war in ihrem Haus. Sie pflegte ihn, und vielleicht wußten
die Stadtbewohner auch nicht, wo er war, aber sie sahen
aus, als würden sie sie kennen, und sie begannen gemeinsam mit ihr zu brüllen, daß sie verschwinden sollten. Der Offizier der Garnison zuckte noch ein bißchen
mehr mit seinem Kopf und schien auch weiterhin sehr
nervös zu sein. Die Menge kam immer näher heran, und
der Major und die anderen beeilten sich, zu ihren Pferden
zu kommen. Prentice saß gleichzeitig mit ihnen wieder
auf. »Verschwinden wir von hier!« rief der Major, und sie
begannen den Platz zu räumen.

Irgend jemand hinter ihm schoß. Prentice war sich
nicht sicher, aber es schien zu weit zurück zu sein, als daß
es ein Kavallerist gewesen sein könnte. Dann hörte er
weitere Schüsse, und Kugeln pfiffen an seinem Kopf vorbei, und er zog seinen Kopf ein, und er war sich sicher.

Plötzlich war der alte Mann neben ihm. »Halt dich
dicht bei mir!« sagte der alte Mann.

»Worauf du dich verlassen kannst«, antwortete er ihm,
hatte Angst.

Und das war der erste Fehler des alten Mannes. Er
hatte dort hinten auf dem Platz lächeln müssen, nicht
wegen dem, was der Major dem Deutschen zugebrüllt
hatte, sondern darüber, wie der Junge diese Sache mit
dem Maultier beendet hatte. Der Junge hatte es gut gemacht. Tatsächlich sogar hatte er es ausgezeichnet gemacht. Die Mexikaner waren wie angewurzelt stehen ge-

blieben, als er ihnen gegenübergetreten war, und der alte Mann glaubte nicht, daß er es hätte besser machen können. Ob es nun an der Ausbildung gelegen hatte, die er dem Jungen hatte angedeihen lassen, oder ob es das wachsende Talent des Jungen gewesen war, jedenfalls sah der alte Mann in ihm alle Voraussetzungen, einer der Allerbesten zu werden, und er fühlte sich zu ihm hingezogen, wie er sich seit einigen Tagen zu ihm hingezogen gefühlt hatte, und er wollte ihn jetzt nicht mehr aus den Augen lassen.

Sie hatten ihre Pistolen gezogen, während sie mit den anderen Kavalleristen die Hauptstraße hinunter Richtung Stadtrand galoppierten. Und hinter ihnen fielen weitere Schüsse, und ein paar auch aus den Seitenstraßen, und der alte Mann suchte die oberen Stockwerke nach irgendeinem Hinweis auf Gewehrläufe ab, die aus den Fenstern herausragten, oder nach jemandem, der irgend etwas auf sie herunterwerfen könnte. Hauptsächlich achtete er darauf, daß niemand den Jungen anrührte. Er meinte, irgendwo dort oben eine Bewegung gesehen zu haben und schoß. Dann kamen sie an dem Fenster vorbei, und er suchte die anderen oberen Stockwerke ab, Schüsse jetzt hinter ihm, während der Major sie weiter die Straße hinunterführte. Er blickte nach vorne und sah offenes Land vor sich, die Randgebiete hinter ihnen zurückfallen, sah die Gleise der Eisenbahn, den Militärposten neben dem Bahnhof, sah wie der Major sie die Straße hinauf über die Gleise führte und dann etwas nach links zwischen zwei niedrigen Bergen hindurch abschwenkte, als der diensthabende Soldat aus seiner Wachstube herausgelaufen kam und auf sie zielte, und der alte Mann erschoß ihn im Vorbeireiten. Dann blickte er wieder zu dem Major hinüber, der sie zwischen den niedrigen Bergen durchführte, und wieder kam ihm das Bild dieser schmalen Schlucht in Colorado in den Kopf, durch die sie zu dem Fluß heruntergekommen und dann von dort von den Indianern in die Falle gelockt worden waren. Doch dieses Mal stellte sich heraus, daß der Durchritt zwischen den Bergen so wie damals außerhalb des Dorfes weiter oben im Norden war, wo sie von der mexikanischen Armee verfolgt worden waren. Er preschte durch, sah eine Talschüssel, eigentlich mehr eine Senke, und es war sogar noch schlimmer, die Wände waren viel zu steil, um dort hinaufzukommen, und gottverdammt, sie saßen in der Falle. Sie schwenkten herum und kehrten um. Als sie herausstürmten, sah der alte Mann, daß die anderen Kavalleristen am Stadtrand inzwischen am Stadtrand inzwischen ebenfalls von Einheimischen umzingelt waren. Er sah, daß die Kavalleristen ihre Pferde hatten, jetzt aufsaßen. Der Major führte sie in diese Richtung zurück, ritt dann die Straße hinauf, über die sie zur Stadt gekommen waren, gab seinem Pferd die Sporen, um sich mit der Streitmacht zusammenzuschließen, die er zurückgelassen hatte. Der alte Mann verstand nicht, wieso der Major das nicht von Anfang an gemacht hatte, wieso er zuerst durch diese Schlucht geritten war, anstatt direkt geradeaus zu stürmen. Weil der Major vielleicht glaubte, daß sie es soweit gar nicht schaffen würden? Weil der Major glaubte, daß sich alles sehr bald wieder beruhigen würde und man sich in Ruhe miteinander unterhalten konnte? Der alte Mann wußte es nicht, doch er glaubte nicht, daß der Major das Risiko hätte eingehen sollen. Es machte nichts. Sie ritten jetzt über offenes Gelände, und der alte Mann brauchte sich jetzt um den Jungen nicht mehr viel Sorgen zu machen. Der Junge hatte gute Arbeit geleistet, und wenn es um Pferde ging, dann war er sogar noch besser, ritt schnell und gut, ließ seinem Pferd die Zügel, aber auch wieder nicht so sehr, daß es ermüdete. Der alte Mann konzentrierte sich auf sich selbst, ging noch einmal die Schüsse durch, die er abgefeuert hatte, rechnete nach, wieviel ihm noch blieben. Er blickte nach vorne und sah die anderen Mitglieder ihres Trupps. Sie waren ein Stückchen weiter die Straße hinauf, ritten kopflos durcheinander, starrten an ihnen vorbei auf die Stadt. Er verstand nicht, wieso sie überhaupt dort geblieben waren, wieso sie ihnen nicht zu Hilfe gekommen waren, jedenfalls hatten sie es nicht getan, und dann erreichten sie sie, und sie hielten an und wendeten, und – Herrgott – die mexikanischen Soldaten hatten jetzt alle aufgesessen und kamen auf sie zugestürmt.

»Verschwinden wir von hier!« befahl ihnen der Major wieder, und sie mußten nicht erst auf seinen Befehl warten. Noch während er sprach, machten sie schon kehrt und galoppierten die Straße hinunter. Die Soldaten kamen immer näher. Sie hatten frischere Pferde, und dann teilten sie sich, schwenkten ab, versuchten sie von beiden Seiten in die Zange zu nehmen. Die Felder waren durch Steinmauern voneinander abgegrenzt, jeweils etwa fünfzig Meter auseinander. Die Mexikaner hinter ihnen rasten auf sie zu, kamen schneller näher, schossen. Der alte Mann blickte wieder nach vorne, und ein Zug hielt sich jetzt zurück, um zu versuchen, ihre Verfolger aufzuhalten, wie sie es gelernt hatten. Er warf einen flüchtigen Blick neben sich, und der Junge schloß sich diesen Männern an. »Nein!« brüllte er, doch der Junge war jetzt bei ihnen, saß ebenfalls von seinem Pferd ab. Der alte Mann riß sein Pferd herum und galoppierte zu ihm zurück. Er packte sein Gewehr, sprang auf die Erde, drängte sich neben den Jungen hinter die Steinmauer, während Kugeln um seinen Kopf pfiffen.

»Verdammt, was zum Teufel ist denn mit dir los?«

Doch der Junge hörte ihm einfach nicht zu. Er schoß wie die anderen auf die heranrückenden Mexikaner.

Und der alte Mann hatte seinen Fehler wiederholt. Achte nur auf dich selbst, auf das, was du machst. Bis zu diesem Tag war dies eine Regel gewesen, an die er sich immer gehalten hatte. Selbst jetzt erkannte er nicht, daß er sie brach. Kümmer dich um keinen anderen. Konzentriere dich auf das, was du zu tun hast. Wäre er allein gewesen, dann hätte er niemals angehalten. Er wußte, daß dies dumm war, daß sie bessere Deckung brauchten. Aber er mußte einfach in der Nähe des Jungen sein. Sein Gefühl, daß dies falsch war, wurde durchsetzt von dem Schock und der Angst und seinem instinktiven Wunsch, ihn zu beschützen, und er ignorierte es, feuerte wie der Junge über die Steinmauer auf die heranstürmenden Soldaten. Kugeln schlugen überall um ihn herum ein, ihre eigenen Soldaten fielen, mexikanische Soldaten dort draußen fielen ebenfalls, und dann waren die anderen zu nah, und er wußte, daß sie von hier verschwinden mußten. Er packte den Jungen und zog ihn gegen seinen Willen zurück. Die anderen Kavalleristen hatten sich bereits in Bewegung gesetzt. Sie stiegen auf ihre Pferde, der alte Mann gab dem Jungen einen Stoß, und dann saßen sie alle in ihren Sätteln, schossen zurück, während sie gleichzeitig galoppierten, um sich wieder dem Haupttrupp anzuschließen.

Sie schafften es nicht. Die Mexikaner verringerten ihren Abstand, ritten über die Felder, übersprangen die Zäune, preschten auf die Straße zu, und nicht lange, da mußten die Soldaten wieder anhalten, abspringen und auf eine andere Mauer zuhasten, aus ihrer Deckung heraus wieder das Feuer eröffnen. Dieses Mal wäre der alte Mann beinahe nicht stehengeblieben – aber er mußte einfach in der Nähe des Jungen bleiben, und jetzt machte er alles nur noch schlimmer, ignorierte leichte Ziele, konzentrierte sich nur darauf, den Jungen zu beschützen. Er schoß auf jeden, der auf sie zielte, stieß den Jungen oftmals herunter, wenn ihr Abschnitt der Mauer unter besonders schwerem Beschuß lag.

Der Junge seinerseits bemerkte von alldem nichts. Wieder stand er außerhalb der Ereignisse, lud automatisch immer wieder seine Springfield durch, zielte, schoß, lud durch. Soldaten dort draußen fielen, und wenn er runtergedrückt wurde oder irgendwer ihn zurückzog, dann registrierte er das nur zum Teil, kämpfte sich wieder zur Mauer zurück, war sich nur verschwommen der anderen Kavalleristen bewußt, die an ihm vorbeihasteten, jemand stieß ihn zu seinem Pferd, ein anderer Teil von ihm setzte sich durch, als er wieder aufsaß, beinahe ohne es richtig zu wissen, und dann galoppierte er mit den anderen die Straße hinunter.

Er hatte noch nie zuvor das Gefühl gehabt, dermaßen außerhalb der Wirklichkeit zu stehen. Nein, das war falsch: Er hatte sich noch nie zuvor so mitten im Geschehen, so unmittelbar beteiligt gefühlt. Seine Waffe, sein Pferd, die Mauer, die Kavalleristen und die mexikanischen Soldaten, sie alle waren zusammen, hell und rein und klar, und er wußte nicht, wie weit er den Weg hinab galoppiert war, wußte nur, daß er es tat, und er liebte es, wußte nicht, daß er wieder anhielt, mit den anderen absaß, war sich nur der Tatsache bewußt, daß er sich wieder hinter irgendeine Mauer kauerte, lud wieder durch, schoß, pausierte, um nachzuladen, war sich undeutlich einer Gestalt an seiner Seite bewußt, die auf irgendwelche Soldaten in seiner Nähe schoß, sich dicht neben ihn drängte, und dann sprang er auf, schoß wieder, und dann lud er schon wieder nach, war wieder auf seinem Pferd, und wieder hinter einer Mauer, und dann schien die Abfolge der Ereignisse zu verschwimmen und alles schien gleichzeitig zu geschehen. Nur für einen kurzen Augenblick löste sich ein Teil seines Selbst von ihm und betrachtete ihn, und er glaubte, daß er seinen Verstand verloren hatte.

Der alte Mann hatte noch nie etwas gesehen, das dem hier gleichkam – so wie der Junge schoß, Schweißperlen ihm über das Gesicht liefen, sich mit dem Staub vermischten, schrie, schoß, Mexikaner dort draußen fielen, ihre eigenen Männer stöhnten, und der Junge schrie immer noch in einer Art von Raserei und Wahn, und er steckte mit ihm zusammen mittendrin, schrie, schoß, war sich nicht einmal der Tatsache bewußt, daß er ihn immer noch beschützte, als eine Kugel ihn in die Schulter traf, an dieselbe Stelle, wo es ihn schon erwischt hatte, als er gegen die Soldaten in der Nähe des Dorfes weiter oben im Norden gekämpft hatte, und er lag flach auf seinem Bauch. Selbst da wußte er noch nicht, daß er getroffen worden war, bis er versuchte, sich mit seinem Arm abzustützen und aufzustehen. Der Arm ließ ihn im Stich, und er fiel wieder zurück. Er drehte sich auf die Seite und warf einen kurzen Blick auf den Arm. Sein Ärmel war rot und fühlte sich warm an. Der Blutfleck wurde schnell größer, doch er spürte keinen Schmerz. Dann brachte ihn der Lärm wieder zu sich, und er kroch zur Mauer. Wenigstens war es nur sein linker Arm. Wenigstens konnte er immer noch schießen. Doch als er sich hinkniete, über die Mauer starrte, sah er, daß die feindlichen Soldaten inzwischen zu dicht herangekommen waren, und wieder packte er den Jungen und schleppte ihn zu seinem Pferd. Er konnte nie sagen, woher er die Kraft und die Geistesgegenwart genommen hatte, soviel verschiedene Dinge gleichzeitig zu machen, zu schießen, den Jungen zu stoßen, ihn zu seinem Pferd und dann auf den Sattel zu schaffen. Er zuckte zusammen, als er sich auf sein eigenes Pferd hinaufschwang. Die anderen Kavalleristen rasten mit ihnen die Straße hinunter.

Sie leisteten noch dreimal auf diese Art Widerstand, und es waren kaum noch Männer übriggeblieben, ein paar andere kamen als Verstärkung zu ihnen zurück, als sie den Gipfel der Anhöhe erreichten und weit unten ein Dorf sahen, nur ein kleines Dorf, aber es bot immerhin Schutz, und er sah dort unten die Kolonne, winzig kleine Figuren, die sich dort unten verschanzten. Doch ihre Verfolger waren ihnen zu dicht auf den Fersen. Sie konnten es nicht riskieren, den ganzen Weg hinunter über das ungeschützte Land zu reiten, also sprangen sie wieder ab, hielten auf dem Gipfel an, verteilten sich über die Anhöhe, sprangen hinter Felsbrocken, in Mulden, suchten alles, was ihnen auch nur ein bißchen Deckung bot – die Steinmauern hatten sie schon ein ganzes Stück hinter sich zurückgelassen –, und die Kavalleristen unten im Dorf sahen, was sie machten, in welche Bedrängnis sie geraten waren, saßen wieder auf, um ihnen zu Hilfe zu eilen. Und dann brandete auch schon die erste Angriffswelle gegen die Männer auf der Anhöhe. Der Angriff war schon in vollem Gang, als der alte Mann mit dem Jungen immer noch rannte, verzweifelt irgendeine Deckung suchte ... und dann merkte er plötzlich, daß der Junge fort war. Er drehte sich um und sah, daß der Junge flach auf der Erde lag, daß sein Gesicht blutverschmiert war. Zuerst dachte er, der Junge wäre getroffen worden. Dann sah er den Stein, über den er gestürzt war, der ebenfalls mit Blut beschmiert war, und er wußte, daß der Junge nur gestolpert war. Er lief zu ihm zurück, schleppte ihn in eine Deckung. Die erste Welle erreichte sie in dem Augenblick, gerade als sie sich hinter einen Felsblock kauerten. Der alte Mann schoß, lud sein Gewehr durch, schoß wieder. Er erschoß zwei Mexikaner, die sich der Anhöhe näherten. Die anderen Kavalleristen schossen weiter, als die erste Angriffswelle schon zurückfiel, auf die anderen traf, die dicht hinter ihnen folgten.

Der alte Mann drehte sich dem Jungen zu, wollte sehen, wie schwer die Verletzung war. Der Junge blinzelte ihn an, hatte Blut auf seiner Wange und in den Haaren.

Der Ausdruck in seinen Augen war wieder normal. Er sah den alten Mann an, als hätte er zuvor gar nicht bemerkt, daß er überhaupt dort war. »Wie lange?« fragte der Junge.

Der alte Mann runzelte seine Stirn, und dann verstand er. Wie lange er weggewesen war, wollte der Junge wissen. Er wollte sagen: »Wenigstens eine Stunde« – eher an die zwei Stunden, aber das konnte er nicht wissen –, doch er erhielt nie die Gelegenheit, das zu sagen. Die zweite Angriffswelle hatte sie jetzt fast erreicht. Er stieß den Jungen an und sagte: »Schnapp dir deine Pistole. Du hast mich in diese Lage gebracht. Jetzt bring es auch zu Ende.« Und dann begann er zu schießen.

Der Junge hatte seine Springfield verloren, als er über den Stein gestolpert war. Er zog seine Pistole, lud durch, zielte und begann zu schießen. Der alte Mann jagte noch zwei weitere Schüsse aus dem Lauf, dann war das Magazin seines Gewehrs leer. Er zog seine Pistole, zog den Schlitten zurück, und begann wieder zu schießen. Er knallte zwei Mexikaner ab. Dann sah er einen anderen genau auf den Jungen zureiten, zielte und erschoß ihn, als er eine zweite Kugel abbekam, dieses Mal in seine Seite.

Der Junge merkte, wie der alte Mann zusammenbrach. Er blickte zu ihm hinüber und sah ihn sich auf der Erde krümmen, zielte und tötete den Mexikaner, der auf den alten Mann geschossen hatte, drehte sich um, sah einen weiteren auf sich zugeritten kommen, zielte und drückte ab. Und als nichts passierte, hockte er nur da, fühlte sich entsetzlich hilflos, während der Mexikaner zielte und schoß, und wieder löste sich ein Teil seines Verstandes von ihm, und er war wieder auf der Farm, sprach mit dem alten Mann und mit seinem Vater. Er wußte, daß sie Freunde sein würden, und dann schien der alte Mann langsam zu verblassen.

79

Der alte Mann konnte nicht mehr atmen. Er versuchte seine Brust dazu zu zwingen, sich zu bewegen, doch es half nichts. Seine Seite schien in Flammen zu stehen, seine Schulter schmerzte, als er sich hochkämpfte, und dann schien sich eine Last von ihm zu heben, und er konnte wieder atmen. Überall um ihn herum waren jetzt Kavalleristen auf ihren Pferden, die die Anhöhe auf der anderen Seite hinunterrasten, eine Attacke ritten. Er konnte seine Beine nicht bewegen. Dann sah er einen Körper quer über seinen Oberschenkeln liegen. Er war von seiner Brust heruntergerutscht. Er sah hin, erkannte den Jungen und murmelte: »Jesus Christus.«

Er kämpfte sich unter dem Jungen vor. Der Junge lag auf dem Bauch. Er drehte ihn um. Dann sah er den Kopf, und beinahe hätte er sich übergeben. Knochen und Blut und Gehirnmasse.

»Jesus Christus«, sagte er zu dem Jungen. »Jesus Christus.«

»Wie lange?« fragte der Junge. Er blinzelte.

Der alte Mann verstand nicht, wie er noch sprechen konnte.

»Jesus Christus, was ist mit dir passiert? Wie konntest du es nur soweit kommen lassen?«

Dann sah er die Pistole in seiner Hand, den Schlitten, der zurückgeschoben geblieben war, nachdem das Magazin leergeschossen war.

»Deine zweite Waffe. Jesus Christus, ich habe dir das mit deiner zweiten Waffe immer wieder eingeschärft, oder nicht? Was ist los mit dir? Du wolltest nicht auf mich hören. Jesus Christus.« Und er schrie jetzt, und der Junge starrte ins Nichts, schloß langam seine Lider, während er lächelte. Er murmelte noch irgend etwas, und der alte Mann legte sein Ohr an seinen Mund. Er flehte ihn an, es noch einmal zu wiederholen.

»War nicht gut genug.«

Der alte Mann schluchzte, verstand es nicht.

»War nicht gut genug. Ich war kein guter Schüler.«

»Nein, es war meine Schuld. Ich war kein guter Lehrer. Nicht gut genug.«

Doch der Junge schüttelte nur langsam seinen Kopf. Oder versuchte es zumindest. Beendete es nie.

Und der alte Mann saß dort und nahm ihn in die Arme und weinte.

80

Später sprachen sie darüber, wie sie ihn dort gefunden hatten, wie er dagesessen hatte, den Jungen in seinen Armen, wie er immer wieder gesagt hatte: »Ich bin nicht gut genug. Nicht gut genug«, während die Kavalleristen an ihm vorbeiritten, die Mexikaner die andere Seite hinunter verfolgten, ihnen nachschossen. Er saß da und er weinte. Dann legte er den Jungen behutsam auf die Erde und stand auf und wischte sich die Tränen aus dem Gesicht, starrte den Kavalleristen nach, die jetzt die andere Seite der Anhöhe hinunterritten.

Sein Gesicht versteinerte sich, sein Körper trat in Aktion, als wäre er überhaupt nicht verwundet, geschweige denn am Arm oder in der Seite. Er packte sich ein Gewehr, schoß auf die Mexikaner. Er leerte das Magazin und packte sich ein anderes Gewehr und schoß auch dessen Magazin leer. Dann nahm er sich eine herumliegende Pistole, dann noch eine, fluchte, stürzte zu seinem Pferd, stieg auf, ritt den Mexikanern nach, und die Kavalleristen, die mit ihm dort oben waren, folgten ihm, und wenn der alte Mann beim Rückzug keine Möglichkeit gesehen hatte, wie er die Raserei des Jungen beenden konnte, so sahen die Kavalleristen, die ihm jetzt folgten, keine Möglichkeit, nun den alten Mann aufzuhalten. Sie sagten, er ritt einfach immer weiter, gab seinem Pferd die Sporen, bis er die Mexikaner fast erreicht hatte, wartete so lange, bis er praktisch nicht mehr danebenschießen konnte, zog seine Pistole, zielte, schoß, leerte das ganze Magazin, nahm dann die andere Waffe, schoß auch dieses Magazin leer, riß das alte heraus, stieß ein frisches hinein, und machte so weiter, zielte, schoß, bis er keine weiteren Magazine mehr hatte, nahm dann den Revolver aus seinem Schulterhalfter, schoß auch den leer, und sie sagten, daß er an diesem Tag mehr als dreißig Männer getötet hatte – diese Zahl ist nie bestätigt worden, doch sie waren alle in dem Punkt einer Meinung, daß es mehr als dreißig Mexikaner gewesen waren –, und der Major wünschte sich, als er davon hörte, daß er das gesehen hätte. Es erinnerte ihn daran, wie der alte Mann diesen Berg auf Kuba hinaufgestürmt war: So wie der alte Mann fünfzig Meter vor allen anderen vorausgeritten war, wie er auf die Mexikaner geschossen hatte, sie getötet hatte, während er noch eine Kugel ins Bein und eine weitere in die Schulter bekommen hatte, und diese letzte erwischte ihn richtig, und er fiel. Er stürzte seitlich von seinem Pferd und landete mit dem Gesicht im Dreck. Was vielleicht so auch besser war, sagte der Major später: Durch die Wucht des Sturzes wurde er bewußtlos, und so brauchte er nicht mehr zu denken. Die Kavalleristen hielten neben ihm an, schossen den Mexikanern noch nach, die weiter davonritten. Sie sprangen von ihren Pferden, waren sicher, daß er tot war. Ein Wunder, wenn er nicht tot war. Vielleicht nicht. Ein Mann von seiner Statur, fest entschlossen – es war einfach sein Pech, daß er überleben würde. Sie brachten ihn ins Dorf, und der Arzt schüttelte seinen Kopf. Doch der Arzt tat sein Bestes; und viermal getroffen, legte er sie alle herein und überlebte. Trotzdem dauerte es eine ganze Weile, bis er wieder zu sich kam – fast vier ganze Tage –, und selbst da sah er sie nur an und blinzelte. Er versuchte nicht einmal zu sprechen. Er lag dort, während die Kavalleristen das Ende der Belagerung abwarteten. Die mexikanischen Soldaten waren zurückgekehrt und hatten sie eingekesselt. Der Major, nachdem er jemanden losgeschickt hatte, um Hilfe zu holen, hatte schon gegen Sonnenaufgang des ersten Tages der Belagerung Verstärkung erhalten. Eine Einheit schwarzer Kavalleristen war zum Dorf herabgeführt worden, und der Major, überglücklich sie zu sehen, hatte laut gebrüllt, daß er sie alle küssen könnte. Ein Mann namens Young, der kommandierende schwarze Offizier der Einheit, hatte ihn angegrinst und ihm gesagt, daß er mit ihm direkt anfangen könnte.

Doch diese zusätzlichen Männer reichten nicht aus, genausowenig wie eine zweite aus Schwarzen bestehende Einheit, die kurz darauf eintraf, und erst am vierten Tag der Belagerung, als ein Colonel und ein Major mit weiteren Truppen in das Dorf kamen, zeigten die Mexikaner auf den Bergen die ersten Anzeichen, daß sie ihre Belagerung aufgaben. Die Kavalleristen blieben noch eine weitere Woche. Nachdem sie dann von Pershing den Befehl erhielten, marschierten sie Richtung Norden. Zu diesem Zeitpunkt war der alte Mann wieder ziemlich klar, erkundigte sich, was passiert war, vermied jedoch jede Erwähnung des Jungen. Er schaute sich die Stelle an, wo der Junge begraben worden war, doch er sagte kein Wort. Dann legten sie ihn auf einen Wagen, und sie nahmen ihn mit zurück in den Norden. Auf halbem Weg hielten sie in einer Stadt an, in der Pershing sein Hauptquartier aufgeschlagen hatte. Dort blieben sie, zumindest die Kavalleristen. Der Major gab es nur äußerst ungern zu, und der alte Mann widersprach nicht: Er war erledigt. Und so schickten sie ihn weiter in den Norden, zuerst nach Colonia Dublán, dann dorthin, wo alles angefangen hatte, nach Columbus.

81

Er kam auf einem Planwagen in die Stadt, und er erkannte sie kaum wieder. Zelte erstreckten sich in alle Himmelsrichtungen, Gebäude standen an Stellen, wo früher nichts als Wüste gewesen war. Er sah die neuen Korrale und Ställe, die neuen Bars und die Kasernen und die Lagerhäuser, mehrere tausend Kavalleristen, wenigstens tausend Arbeiter, Militärpolizisten, bewaffnete Polizisten, Schlägertypen, die die Arbeiter scharf bewachten. Und mehr noch, er sah die Start- und Landebahn, sah den Fuhrpark, das Testgelände für Flugzeugmotoren, hörte den ganzen Tag das laute Dröhnen der Motoren. Die Leute erzählten, daß er eine ganze Weile dort blieb. Andere behaupten, er wäre sehr bald wieder gegangen. Alle sind darin einer Meinung, daß er, kaum daß er wieder gehen konnte, im Lager herumwanderte, als suchte er nach Stellen, die ihm einmal vertraut gewesen waren. Mehr als das – mit einer Ausnahme – können nur wenige sagen.

82

Die Strafexpedition stieß niemals weiter als bis nach Parral vor. Nachdem sie Villa so nah gekommen waren und ihn doch nicht fassen konnten, erhielten sie nie wieder eine bessere Chance. Nachdem ein wütendes Mexiko ihnen befohlen hatte, daß die Expedition überall hingehen konnte, wohin sie wollte, nur nicht nach Osten oder Westen oder Süden, war Pershing wieder nach Norden marschiert. Das Land war einfach zu groß und zu wild, sein Kommando zu weit verteilt, die Nachschubwege zu lang. Als im Juni eine weitere Einheit Kavallerie in ein Gefecht mit Carranzista-Truppen verwickelt wurde, dieses Mal bei einem Ort namens Carrizal, war die Empörung Carranzas so groß, daß es zwischen Amerika und Mexiko beinahe zum Krieg gekommen wäre. Die Expedition mußte feststellen, daß sie noch weiter in den Norden verbannt wurde und danach ziemlich nutzlos geworden war. Trotzdem blieben sie weitere sieben Monate. Pershing und ein Oberleutnant namens George S. Patton, sich des Krieges in Europa bewußt, arbeiteten neue Ausbildungsmethoden aus, die sich als nützlich erweisen würden, falls die U.S.A. jemals in diesen Krieg eintreten sollten – Schützengräben, Stacheldrahtverhaue und Maschinengewehre –, und als die U.S.A. im April des darauffolgenden Jahres tatsächlich ihren Kriegseintritt erklärten, bildeten Pershings Truppen, gerade erst zwei Monate aus Mexiko zurück, den Kern der U.S. Streitkräfte in Europa. Pershing erhielt das Kommando über sie, über die A.E.F., wie man sie nannte, das *American Expeditionary Force*, das amerikanische Expeditionskorps während des Ersten Weltkrieges in Europa, und genau wie Sherridan und Sherman nach dem Bürgerkrieg direkt gegen die Indianer weitergekämpft hatten, so ging Patton von Mexiko zum Ersten Weltkrieg und dann natürlich nach Frankreich und zum Zweiten Weltkrieg.

Villa, mit Unterstützung der Bewohner von Parral von seiner Verwundung genesen, ging nach Durango und formierte sich dort neu. Er begann mit Überfällen auf Vorposten der Carranzistas, zuerst Satevó, Santa Isabel, Chihuahua City, dann Parral, Torreón, Camargo und ein halbes Dutzend andere Städte. Es sah ganz so aus, als wäre er wieder zu einem Machtfaktor geworden. Doch zu diesem Zeitpunkt spielte es bereits keine Rolle mehr. Er hatte seinen Zweck erfüllt. Seinem Gegenspieler Zapata war ein Hinterhalt gelegt worden. Carranza, unter dem Druck der Rebellen, hatte alles an Vermögen zusammengerafft, das er finden konnte, und floh, wurde dann auf dem Weg nach Veracruz erschossen. Obregón, ihm einst treu ergeben und jetzt selbst Rebell, wählte eine Marionettenregierung und übernahm dann selbst die Staatsgewalt, wurde einige Jahre später von einem jungen Mann niedergeschossen, der die Tat beging, um die Interessen der katholischen Kirche zu schützen. In der Zwischenzeit hatte Villa ein Gnadengesuch bei ihm eingereicht und, nachdem es bewilligt worden war, mehrere tausend Morgen Land und eine Hazienda in der Nähe von Parral zugesprochen bekommen. Dort lebte er einige Jahre. Dann im Jahre 1923, als Folge von Spielschulden und einem Streit über die Bezahlung für einige Möbel, die er sich genommen hatte, warteten in einem oberen Stockwerk in Parral acht Männer auf ihn. Unter dem Schutz von sechs Leibwächtern fuhr er an diesem Haus vorbei – und zwar in einem Dodge, einem Modell, aus dem heraus Pershing seine Expedition geleitet hatte. Sie schossen so oft, daß eigentlich niemand auch nur eine Chance hätte haben dürfen. Irgendwie überlebte ein Mann im Fond des Wagens. Sie begruben Villa in Parral. Ein Jahr später öffnete jemand das Grab und enthauptete ihn. Niemand weiß, was aus dem Kopf geworden ist. Der Wagen selbst steht heute in Chihuahua City, verrostet, von Kugeln durchsiebt, unter einem Glaskasten, im hinteren Teil eines großen rosafarbenen Hauses, das jetzt ein Museum ist und einmal Villas Zuhause war.

Seine letzte große Schlacht kämpfte er 1919 in Juárez, direkt hinter der Grenze bei El Paso. Kugeln trafen amerikanische Häuser, töteten Soldaten und Zivilisten, und der Kommandant von Fort Bliss, ein Mann namens Erwin, der zusammen mit Pershing unten in Mexiko gewesen war, war darüber dermaßen wütend, daß er seiner Artillerie befahl, das Feuer über die Grenze hinweg auf eine Rennbahn in Juárez zu eröffnen, wo sich Villas Streitkräfte verschanzt hatten. Unter dem Schutz des Granatfeuers überquerte eine Abteilung Kavallerie den Rio Grande und rückte von der Flanke her gegen Villa vor. Schwarze Soldaten rückten mit aufgepflanzten Bajonetten über den Fluß vor und griffen von der anderen Flanke aus an. Sie schlugen ihn gründlich in die Flucht, und mehr noch, zum letzten Mal in ihrer Geschichte unternahm die U.S. Kavallerie einen berittenen Pistolen-Angriff. Es waren viele Kavalleristen dabei, die auch mit Pershing unten in Mexiko gewesen waren, die zusammen mit der 13. und dem Major und dem alten Mann in Parral gewesen waren. Später, als sie über diesen letzten Angriff erzählten, gab es viele unter ihnen, die behaupteten, daß der alte Mann auch dabeigewesen wäre, mit ihnen den Fluß nach Mexiko überquert und Villa aus der Stadt gejagt hätte. Die Meinungen gingen darüber auseinander, wie er ausgesehen hatte, welche Kleidung er getragen hatte, ob er älter ausgesehen hatte oder langsamer gewesen war, aber sie waren alle in dem einen Punkt einer Meinung, daß sie ihn gesehen hatten, wie er direkt unter ihnen mitgeritten war, mit dem Schulterhalfter an der Stelle, wo es immer war, mit gezückter Pistole und in scharfem Galopp und schießend. Und sie waren sich auch in noch einem weiteren Punkt einig: Daß er, als ihre Pferde nicht mehr weiter konnten, als ihre Munition aufgebraucht war und sie so gezwungen waren, Halt zu machen, daß da der alte Mann immer noch weitergeritten war. Villas Streitkräfte preschten einen Bergrücken hinauf und dann hinüber, und der alte Mann folgte ihnen immer weiter, ein einsamer Fleck unter der Mittagssonne, ritt weiter hinter ihnen her, entfernte sich, ritt den Hang hinauf, ein kleiner Punkt auf dem Gipfel, und dann war er fort.